후계자 2

후계자 2

초판1쇄 인쇄 | 2022년 1월 21일
초판1쇄 발행 | 2022년 1월 28일

지은이 | 이원호
펴낸이 | 박연
펴낸곳 | 한결미디어

등록 | 2006년 7월 24일(제313-2006-000152호)
주소 | 서울시 마포구 모래내로 83 한올빌딩 6층
전화 | 02-704-3331
팩스 | 02-704-3360
이메일 | okpk@hanmail.net

ISBN 979-11-5916-159-9 979-11-5916-157-5(set) 04810

후계자 2

리스타연방

이원호 지음

한결미디어
HANGYEOL MEDIA

차례

1장
격변의 한반도

한국의 리스타연합 법인의 주 업무는 '리스타연방 아프리카 이민'이다.

아프리카로 이민 가려는 한국인은 모두 리스타연합을 통해야 되는 것이다.

이미 아프리카로 떠난 한국인은 220만 명. 리스타그룹의 계획은 앞으로 1년 후인 내년 9월까지 500만 명을 아프리카로 보낼 예정이다.

그것을 한국의 리스타연합이 주관하고 있는 것이다.

한국의 리스타연합 법인 본사는 강남 테헤란로의 리스타빌딩에 있다.

15층짜리 빌딩 전체를 사용하고 있는데 사원은 360명.

이동욱이 서울에서 새로운 업무를 시작했다.

오전 10시, 간부회의.

사장 이동욱을 중심으로 장방형 원탁에 한재구 전무, 박태기 전무, 양선호 상무, 장경아 상무가 둘러앉아 있다.

한재구, 양선호가 자금과 관리 담당이고 박태기와 장경아가 이민 업무를 맡고 있다.

따라서 박태기가 연방 업무의 중심이다.

43세, 연합에 근무한 지 8년. 전에는 리스타상사에서 7년을 근무했다.

이동욱이 입을 열었다.

"들었겠지만 난 현장에서 근무를 해왔고 그것도 여러 곳을 돌아다니는 바람에 직책만 높아진 감이 있어요."

이동욱이 넷을 둘러보았다.

"아프리카 리스타연방의 연합 사장에서 한국 사장으로 발령이 난 건 전혀 다른 분위기인데."

이동욱의 시선이 박태기에게 옮겨졌다.

"박 전무."

"예."

박태기가 고개를 들고 이동욱을 보았다. 검은 피부, 각진 얼굴.

이동욱의 시선을 받은 눈동자가 흔들렸다.

이동욱이 다시 입을 떼었다.

"리스타의 목표는 뭐라고 생각하시오?"

"네?"

되물은 박태기의 얼굴이 굳어졌다.

리스타의 목표는 없다.

직원 10명짜리 회사도 사훈이 있지만, 리스타는 세계 제1의 기업이며 직계 직원이 3백만 명, 방계 직원까지 2천만 명이지만 사훈이 없다. 다만 각 계열 회사, 방계 회사들은 제각기 만들어 놓고 있다.

그때 이동욱의 시선을 받은 박태기가 입을 열었다.

"'함께 사는 세상'입니다."

"그렇군."

고개를 끄덕인 이동욱이 감탄했다.

"기억해 두겠어. 그럼 한 전무는 어떻게 생각하시오?"

한재구에게도 고개를 돌리자 기다렸다는 듯이 대답이 나왔다.

"한국인의 세계 정복입니다."

"과연."

이동욱의 얼굴에 웃음이 떠올랐다.

"여기 모인 다섯이 마침 한국인이라 다행이군. 그것도 공감이 가네."

그러고는 이동욱이 양선호를 보았다.

"양 상무는 내가 여기 사장으로 발령받았다는 통보를 받고 어떤 느낌이 들었습니까?"

"예?"

놀란 양선호가 눈을 크게 떴다.

갸름한 얼굴형의 미남. 관리, 자금 담당 실무자다.

이동욱이 시선을 주고 있었기 때문에 양선호가 대답했다.

"좀 놀랐습니다. 사장님은 전시(戰時)에 전장(戰場)에서 근무해 온 분으로 알고 있었거든요."

"그렇군."

이동욱의 얼굴에 웃음이 떠올랐다.

"그래서 어떻게 생각하시오?"

"이곳이 전시이며 전장이란 생각이 들었습니다."

"전(前) 사장 강성배가 무슨 짓을 했는지 알고 있겠지요?"

불쑥 이동욱이 묻자 양선호의 얼굴이 대번에 굳어졌다.

"예, 사장님."

"언제부터 알았습니까?"

"최근에 알았습니다."

양선호가 손끝으로 이마의 땀을 닦았다.

관리, 재정 담당 실무 책임자가 양선호인 것이다.

그때 이동욱이 입을 열었다.

"내가 강성배를 처리하고 그자가 횡령했던 3,300만 불을 리스타 계좌로 환수했습니다."

"……."

"강성배는 가족과 함께 중국으로 도피할 예정이었지만 무산되었지요."

고개를 든 이동욱의 시선이 이제는 장경아에게 옮겨졌다.

"장 상무, 이민 작업에서 애로 사항은?"

"사기꾼, 공갈 협박범, 이민 자금을 횡령하려는 조직적 범죄가 늘어나고 있습니다."

장경아가 기다렸다는 듯이 대답했다.

"한때 사회에서 사라졌던 조직이 우후죽순처럼 생기면서 아프리카 이민단에 휩쓸리고 있습니다."

이동욱이 고개를 끄덕였다.

장경아가 이민 사업 실무 책임자다. 현장에 가장 밀착되어 있는 간부인 것이다.

"우리가 한국 사회 정풍운동을 할 필요까지는 없지만, 이민 업무에 지장을 주는 부류는 가차 없이 제거할 거요."

이동욱이 정색하고 장경아를 보았다.

"장 상무 팀에 바로 보좌관을 파견해 줄 테니까 수시로 상의하도록."

"네, 알겠습니다."

장경아의 표정이 밝아졌다.

전임 사장 강성배는 신경도 쓰지 못했던 일이다.

회의가 끝나고 회의실에 이동욱과 장경아 둘이 남았다.

이동욱이 남으라고 했기 때문이다.

이동욱이 긴장한 장경아를 보았다.

"이민 신청자에게 지급할 수 있는 금액이 어느 정도요?"

"업종에 따라 다르지만 최대 1백만 불에서 10만 불까지 있습니다."

장경아가 바로 대답했다.

"신청자가 자금 승인을 받으면 현지에서 인출해야 되지만 한국에서도 먼저 출금하는 편법도 가능하거든요."

장경아가 말을 이었다.

"조폭, 또는 사기꾼들이 그것을 이용해서 자금을 갈취합니다. 그래서 돈을 뜯긴 이민자는 거지가 되어서 맨손으로 이민을 가는 셈이지요."

"……."

"숨기고 있어서 다 파악은 못 했지만 수백 명이 수천만 불 이상을 갈취, 횡령당한 것 같습니다."

고개를 끄덕인 이동욱이 장경아를 보았다.

"청소를 할 거요. 그러니까 보좌관과 수시로 상의를 하도록."

그때 회의실로 박기준이 들어섰다. 이동욱이 부른 것이다.

박기준이 장경아의 보좌관이다.

"사장이 바뀌었어."

백종수가 고개를 들고 말했다.

"젊은 놈이야. 아프리카 리스타에서 왔다는 놈인데 정보가 없어."

앞에 앉은 김태영, 최규만은 듣기만 했다.

오후 8시 반, 역삼동의 크라운호텔 지하 1층의 크라운클럽 안.

방 안이 조용해졌다.

백종수는 39세, 전진회의 회장. 휘하에 3백여 명의 회원을 거느리고 있다.

강남의 신(新)조직 중에서 가장 두각을 나타내는 조직.

술잔은 든 백종수가 말을 이었다.

"하지만 우리 사업에는 지장이 없어. 사장 놈이 몇 놈 바뀌어도 말야."

"회장님."

김태영이 백종수를 보았다.

"서용길이 계속 고집을 부리고 이민 신청을 안 하는데요. 아무래도 가족을 인질로 잡아야 될 것 같습니다."

"그 자식이."

이맛살을 찌푸린 백종수가 어깨를 부풀렸다.

넓은 얼굴이 붉어지면서 험악한 인상이 되었다.

"8천만 원이나 채무가 있는 놈이 안 간다고? 아들 있지?"

"예, 13살짜리 아들이 있습니다."

"아들 데리고 와."

"그러지요."

"이민 신청하고 지원금 승인될 때까지 데리고 있어."

"알았습니다."

"애들을 옆에 붙여 놓으란 말이다."

"염려하지 마십시오."

김태영이 말을 이었다.

"케냐까지 따라갈 테니까요."

신종 사기 협박 수법이다.

서용길은 중소기업의 착실한 중간 간부였다가 도박에 빠져 백종수의 '건영투자'로부터 사채 2,500만 원을 빌렸던 것이다.

그것이 1년 만에 8천으로 늘어났고 서용길은 건영투자 측의 강권으로 리스타 아프리카 이민을 신청하려는 것이다.

백종수에게는 '리스타 이민'이 꿀단지다.

그리고 그 꿀단지 주위에는 백종수뿐만 아니라 온갖 부류의 기생충들이 번식하고 있다.

"이 정도까지 될 줄은 상상도 못 했는데."

이동욱이 고개를 절레절레 흔들었다.

오후 9시 반, 회사의 회의실 안.

이동욱이 박기준, 고영수를 불러놓고 보고를 받는 중이다.

"사흘 동안 조사했는데 이 정도라니."

"자금 결정이 서울에서 이루어지고 있기 때문입니다."

박기준이 말을 이었다.

"그렇다고 이민자 집결지인 케냐에서 자금을 집행할 수도 없고 말입니다."

그때 고영수가 입을 열었다.

"리스타연방 주변에 3개 조폭 조직이 모여 있습니다. 벌써 이민자 중에서 피해가 수백 명 발생했고 지금도 수백 명이 연결된 것 같습니다."

"소탕하도록 하지."

이동욱이 둘을 번갈아 보았다.

"팀을 만들도록."

"3개 팀으로 운용하겠습니다."

박기준이 말했을 때 고영수가 말을 이었다.

"정보 수집을 강화하겠습니다."

지금까지 내부에서 정보 수집을 한 적이 없는 것이다.

그야말로 '등잔 밑이 어둡다'는 식이다.

외부 상황만 관심을 두었지 내부에서 썩어가고 있는 것은 본부에서도 전혀 모르고 있던 것이다.

엘리베이터 안에도 셋이 탔을 때 박기준이 고개를 돌려 이동욱을 보았다.

"3개 팀이면 30명입니다, 사장님."

"그래서?"

이동욱이 되물었더니 박기준이 입맛을 다셨다.

"3개 조직원이 1천 명도 넘습니다. 그놈들은 또 교활해서 머리를 쓰는 작전을 잘합니다."

"그놈들이 예상하지 못한 방법으로 제재를 하는 거야."

"경찰과 연합해서 작전하는 것이 어떻겠습니까?"

"경찰은 필요할 때만 요청한다."

이동욱이 자르듯 말했다.

이미 깊은 밤이다.

엘리베이터에서 내린 셋은 현관으로 나와 어두운 밤거리로 나왔다.

서민주는 이동욱한테 수표 3장을 받았는데 3천만 원이다. 거금이다.

서민주가 그동안 파트너한테서 여러 번 자금을 받았지만 3천을 받은 적은 처음이다.

서민주는 그날 이후로 이동욱이 집에 찾아오지 않았지만 계속해서 집에만 머물고 있었다.

5일째다.

사흘째부터는 이동욱한테 전화도 하지 않았다. 전화가 오지도 않았다.

오늘이 5일째가 되는 날 밤. 11시 반.

문에서 벨 소리가 났기 때문에 서민주는 벌떡 일어섰다.

한숨에 문으로 다가간 서민주가 문을 열었을 때 이동욱이 웃음 띤 얼굴로 서 있었다. 더구나 손에 꽃이 가득한 바구니를 들고 있다.

입을 딱 벌린 서민주가 꽃바구니를 받지 않고 대신 이동욱의 목을 껴안고 매달렸다.

쓴웃음을 지은 이동욱이 서민주를 목에 매단 채 문을 닫고 꽃바구니를 내려놓았다.

"자, 그만."

이동욱이 서민주의 몸을 떼어 놓으면서 말했다.

얼굴에 웃음이 떠올라 있다.

"참, 안 언니의 전남편이 죽었어."

가슴에 얼굴을 붙이고 누워 있던 서민주가 상체까지 일으키며 말했다.

머리칼이 어지럽게 엉킨 모습이 방금 숲에서 빠져나온 선녀 같다. 뜨겁고 습기 찬 숲.

이동욱을 내려다보면서 서민주가 말을 이었다.

"천지주차장에서 강도한테 당했대."

"……."

"며칠 됐는데. 모르죠?"

"내가 알 리가 있나? 가게도 안 갔는데."

"참, 그렇지. 언니한테도 연락 안 했다고 했지."

"그럼."

다시 이동욱의 가슴에 얼굴을 묻은 서민주가 말을 이었다.

"죽은 다음 날 전화해 보니까 목소리가 밝아져 있었어."

"그렇군."

"언니가 그랬어. 죽은 건 안됐지만, 몸이 가벼워진 것 같다고."

"독한 여자 아냐?"

"그럴 리가."

정색한 서민주가 고개를 들었다가 다시 내렸다.

깊은 밤, 오전 2시 가깝게 되었다.

방 안은 조용하다. 더운 숨소리만 들린다.

"마침내 그놈이 한국으로 넘어왔구나."

홍기천의 두 눈이 번들거렸다.

"리스타가 저재저소의 인사를 했어."

"회장님, 무슨 말씀입니까?"

전채규가 조심스럽게 물었다.

오전 9시, 둘은 대림동의 식당에서 마주 앉아 있다. 이곳은 탈북자, 조선족 동포, 중국인들이 많이 사는 동네다. 이 식당도 조선족이 운영하는 곳으로 홍기천과 전채규도 단골이다.

홍기천이 입을 열었다.

"리스타가 우리 의도를 알고 있다고 봐야 돼. 그래서 이동욱을 데려온 거야."

전채규가 어깨를 늘어뜨렸다.

홍기천은 조선족 모임인 '애국회' 회장.

회원이 5천 명 가깝게 되는 대조직인데 그중 한인도 포함되었다.

그러나 모두 한국어에 능통해서 한국인 행세를 한다.

그때 전채규가 물었다.

"회장님, 이동욱이 누굽니까?"

"암살자지. 리스타자원 소속의 용병이었다가 해결사로 고용된 암살자야."

"……."

"그런데 점점 큰일을 맡아서 중국 정권을 뒤집고 리스타 아프리카연방에 기여한 공을 세워서 일약 리스타의 후계자 명단에 오른 행운아지."

"행운아라고 하셨습니까?"

"운 좋게 지금까지 살아남았으니까."

전채규의 시선을 받은 홍기천이 빙그레 웃었다.

"리스타가 한국을 떠나는 것으로 알았더니 그게 아닌 것 같다. 이동욱을 보낸 걸 보니까 말야."

홍기천은 46세, 조선족 행세를 하지만 평양에서 온 공작원이다.

현역 육군 소장으로 '대남공작 담당 비서', 러시아 유학을 마친 유학파로 한국에 파견된 지 3년. 이미 조선족, 한인을 중심으로 기반을 굳힌 상태.

홍기천이 말을 이었다.

"전쟁을 치를 준비를 해야겠어."

"그놈이 우리 존재를 알고 있을까요?"

그렇게 묻는 전채규는 42세, 홍기천의 보좌관이다.

역시 평양 출신으로 육군 중좌, 애국회의 행동대장 역할이다.

홍기천이 고개를 기울였다.

"전임 사장이 갑자기 사라진 것도 수상해. 곧 알 수 있겠지."

김광수, 43세, 조선족. 길림성 옌지 출생이지만 평양에서 김일성 대학을 나와 10년 동안 당 선전부에서 근무한 경력이 있다.

오전 11시.

이동욱과 김광수가 역삼동의 안가에서 만나고 있다.

김광수는 리스타연합 본사 소속의 자문관이다.

가족과 함께 리스타랜드로 이주한 것은 3년 전. 그동안 한국에서 남북관계를 연구해 왔다.

안가는 조용하다. 응접실 밖에는 팀원 대여섯이 있겠지만 발자국 소리도 내지 않는다.

김광수가 입을 열었다.

"중국이 지난번 전인대 총회에서 정권이 바뀐 후에 북한은 동북3성에 영향력을 확대하고 있습니다. 그야말로 북한은 어부지리를 얻은 셈이지요."

이동욱은 듣기만 했고 김광수가 말을 이었다.

"한국은 북한에 막혀 대륙으로 진출할 길이 막혔기 때문이지요."

"……."

"이번 리스타의 아프리카 진출과 중국 체제 번복 등에 한국보다 북한이 이득을 많이 보았습니다. 그것을 가장 이용하고 있구요."

고개를 든 김광수가 이동욱을 보았다.

"북한에서 온 조직원들이 조선족을 규합해서 '리스타 아프리카' 이민 사업에 깊숙하게 개입하고 있습니다."

"목적은?"

"한국이 리스타의 기세를 타고 세계에 영향력을 넓히는 것을 이용하려는 것이지요. 지금까지 리스타는 다 받아들였으니까요."

"……."

"이미 조선족으로 한국 국적을 취득한 후에 아프리카로 떠난 인원이 수백 명이고 지금도 수천 명이 이민 신청자 명단에 포함되어 있습니다."

김광수의 얼굴에 쓴웃음이 떠올랐다.

"내부에서 곪고 있었군."

"이미 본부에 보고를 했습니다. 그룹 비서실에서는 알고 있습니다."

눈동자의 초점을 잡은 이동욱이 고개를 끄덕였다.

이제 회장이 자신을 이곳으로 보낸 이유를 알게 된 것이다.

지금부터는 북한과의 전쟁인가?

"갓댐."

이동욱이 흐려진 눈으로 낮게 욕설을 뱉었을 때, 김광수가 고개를 들고 쓴웃음을 지었다.

"한국이 북한에 넘어가면 리스타가 세계를 제패해도 모두 북한의 소유가 됩니다. 북한은 그것을 노리고 있는 것인지도 모릅니다."

"그럴 리가."

고개를 기울인 이동욱이 물었다.

"지금까지 남북한 간에 별일이 없었지 않소? 북한이 핵 개발을 하고 있었지만 말요."

"북한은 한 번도 적화통일 계획을 버린 적이 없습니다."

정색한 김광수가 말을 이었다.

"하지만 남한은 남한 주도의 통일 계획을 추진하지 않았지요. 북한을 자극할까 봐 소극적이었던 것입니다."

"난 외국에 나가 있어서……."

그렇다. 10여 년간 외국에 나가 있었기 때문에 국내 사정도 어둡다.

그때 김광수가 말을 이었다.

"그러다 보니까 남한은 북한 공작원들의 세상이 되었습니다. 북한 공작원들은 조선족과 합세해서 남한 사회에 깊숙이 파고들었고 내부는 이제 붕괴 상태입니다."

"그럴 리가."

"리스타연방의 이민자도 마찬가지입니다. 이민 사업 주변에 북한 측 조직이 밀착되어 있어서 자금을 빼내거나 아프리카 이민단에 합류하는 것입니다. 그것은 병균을 실어 나르는 것이나 같습니다."

"그것을 본사에 보고한 거요?"

"예, 하지만 지도부에서는 심각하게 생각하지 않는 것 같습니다. 남북한 주민이 자연스럽게 혼합되니까요. 오히려 권장할 만하다고까지 여기는 것 같습니다."

이동욱이 심호흡을 했다.

지금 한국은 어떤 상황인가?

장경아는 35세, 서운대 경제학과 졸, 서운대 박사.

서운대는 한국 최고의 대학이다. 미국인이 하버드, 프린스턴 등을 생각하는 것보다 한국인은 서운대를 더 상급으로 쳐 준다.

장경아가 이동욱의 요청을 받고 소공동의 일식집에서 마주 앉아 있다.

같이 저녁 식사를 하자는 요청을 받은 것이다.

이동욱은 김광수로부터 정보 보고를 받고 나서 이번에는 장경아에게서 국내 분위기를 들을 예정이다.

장경아는 숏커트한 머리에 갸름한 얼굴, 조금 작은 눈의 눈꼬리가 치켜 올라간 것이 야무진 인상. 이동욱과 동갑인 35세지만 직급은 사장이고 상무 신분이다.

이동욱은 리스타에 8년 근무했고 7년 동안 외국에서 군 생활을 했기 때문에 15년간 한국을 떠나 있었던 상황이다.

방에서 둘이 마주 앉아 회를 시켜놓고 저녁을 먹는다.

이동욱은 장경아가 은근히 자신을 경원하고 있는 것을 느끼고 있다.

예감이다. 암살자 출신인 이동욱은 예감이 강하다. 어렸을 때의 영향도 있을 것이다.

식사를 대충 하고 나서 이동욱이 술잔을 들었다.

"장 상무, 한국 상황을 들으려고 내가 만나자고 한 거요."

이동욱이 장경아를 보았다.

"내가 한국을 떠나 15년간 밖에서 살았기 때문에……."

"어떤 상황을 알고 싶으신 거죠?"

"북한 관계."

"북한의 핵 개발을 한국이 막으려고 애를 쓰고 있지요."

"그건 들어서 아는데, 한국 내에서 북한의 영향은?"

"무슨 말씀이세요?"

"내가 정보를 들었는데, 리스타연방의 업무에도 북한 측 조직이 개입되어 있다는 거요."

"저는 모릅니다."

장경아가 고개를 저었다.

얼굴이 굳어진 장경아가 말을 이었다.

"이민 업무 주변에 사기꾼, 횡령범, 폭력 조직이 개입되어 있다는 이야기는 들었지만, 북한은……."

"북한 조직이 조선족과 결탁해서 이민단에까지 끼어 있다는 정보요."

"그것까지는……."

이동욱이 고개를 끄덕였다.

장경아의 업무 밖이다. 그리고 아직 확실한 증거도 없는 것이다.

한 모금에 술을 삼킨 이동욱이 말을 이었다.

"연방의 정보부에서 파악한 조선족 조직이 있어요. 그 배후에 북한이 있다는 것까지 알게 되었습니다."

"……."

"장 상무는 이민 업무의 실무 책임자니까 하는 말인데 앞으로 조선족 이민은 당분간 보류시키도록 해요."

"알겠습니다."

"그리고 이미 이민을 보냈거나 현재 진행 중인 조선족 출신 이민자 내역은 나한테 보내주시도록."

"예, 내일 중으로 보내드리겠습니다."

"죽 쒀서 개 줄 수는 없어요."

불쑥 이동욱이 말했더니 장경아가 시선만 주었다.

장경아의 잔에 술을 채운 이동욱이 말을 이었다.

"그리고 현재 외부에 드러나지 않은 이민 사업의 사기꾼, 폭력배들을 내가 가차 없이 처리할 겁니다."

"……."

"리스타는 한국에서 출발한 세계 기업입니다. 한국이 모국이지요. 북한이 한국에 흡수되면 모를까, 북한이 리스타에 숟가락을 얹어 놓을 수는 없습니다."

이것이 장경아에게 주입하려는 말이다.

그때 장경아가 고개를 끄덕였다.

"잘 알겠습니다. 사장님의 의도에 전적으로 공감합니다."

한대영 대통령이 고개를 들고 집무실로 들어서는 비서실장 안윤수를 보았다.

"대통령님, 리스타연방의 사장이 바뀌었습니다."

안윤수가 말하자 한대영이 시선만 주었다.

앞쪽에 선 안윤수가 말을 이었다.

"이번에는 35살짜리 리스타 아프리카연방에서 사장 노릇을 하던 자라는데요."

"……."

"갑자기 한국 사장으로 발령이 난 것은 이민 사업 때문인 것 같습니다."

오전 9시 반, 청와대 집무실 안.

그때 한대영이 물었다.

"지금까지 이민으로 220만이 떠났지?"

"예, 대통령님."

안윤수가 말을 이었다.

"내년 9월까지 1년 동안 280만을 채워서 500만이 나갈 예정입니다."

"남한 인구가 이미 5백만 가깝게 줄었어. 현재 4천5백만이야."

한대영이 혼잣소리처럼 말했다.

220만은 이민 수속을 마친 당사자다. 그 가족까지 합쳐서 500만이 되는 것이다.

이제 500만이 되면 인구가 1천만 정도가 줄어들 것이다.

그때 고개를 든 한대영이 안윤수를 보았다.

"이봐, 안 실장, 리스타의 이민은 국가적 사업이야. 역사적인 사업이라고. 이건 한국 정부 주도로 실행되는 거라구."

"그렇습니다."

그렇게 대답은 했지만 안윤수가 시선을 내렸다.

정부가 적극적으로 이민 업무를 도와주고는 있지만 '주관사'는 리스타인 것이다.

이민 자금, 이민지에서의 교육, 이민지 배당은 모두 리스타에서 집행, 진행하고 있기 때문이다. 그래서 한대영은 이민 사업이 진행되는 동안 소외감을 느끼고 있다.

그때 안윤수가 입을 열었다.

"대통령님, 북한이 남북 담당자 협상을 거부했습니다."

한대영은 눈만 껌벅였고 안윤수가 말을 이었다.

"그러면 핵 협상도 자연히 지연될 것 같습니다."

남북 협상은 계속해서 지지부진이다.

그렇게 시간이 지나고 있다. 한국은 계속 인내하면서 기다렸고 한국 대통령은 그만큼 북한 측으로부터 수모를 당하고 있다.

이동욱이 이제는 김광수, 박기준, 고영수 셋을 불러놓고 말했다.

"터지지 않은 폭탄이야. 지금 이민단뿐만 아니라 우리 주위에 테러 조직이 모여 있다고 생각해도 될 거다."

박기준과 고영수가 긴장했고 이동욱의 말이 이어졌다.

"자문관의 이야기를 듣도록 해."

이동욱의 시선이 김광수에게 옮겨졌다.

"자문관, 팀장들에게 이야기 해주도록, 작전 전(前)에 상황을 알아야 될 테니까."

이동욱이 소리 죽여 숨을 뱉었다.

이것은 드러나지 않은 전쟁이다. 지금까지 해온 전쟁과는 전혀 다르다.

그리고 이곳은 고국인 것이다, 잊고 있었던 고국.

"좋아. 그럼 같이 케냐로 가지."

오찬성이 웃음 띤 얼굴로 서용길에게 말했다.

"수고했어."

오후 1시 반, 서용길은 방금 리스타빌딩에서 이민 수속을 마치고 온 것이다.

대출 자금은 25만 불. 물론 10년 거치 상환이며 서용길은 케냐에서 편의점을 운영할 계획이다.

그때 서용길이 오찬성에게 말했다.

"내 아들, 이제 돌려주시죠."

"아니, 케냐에 같이 가야지."

오찬성이 고개를 저었다.

"닷새쯤 걸린다니까 닷새만 참아."

"아니, 이것 보소."

리스타빌딩 건너편의 커피숍 안이다.

안에는 손님이 절반쯤 차 있었는데 서용길이 목소리를 낮췄다.

"당신들이 우리 집에 같이 있으면 될 것 아뇨?"

"시끄러, 이 새꺄."

오찬성이 잇새로 말했다.

"불편해. 그러니까 닷새만 참아. 그때 만나서 같이 떠나라구."

"그럼 나도 내 아들하고 같이 있도록 해주시오."

"시끄럽다니까, 이 새끼가."

자리에서 일어선 오찬성이 서용길을 노려보았다.

서용길의 아들을 납치한 덕분으로 이민 수속을 밟은 것이다.

이제 닷새 후에는 케냐로 출발이다.

"나 좀 봅시다."

커피숍을 나온 오찬성이 뒤에서 부르는 소리에 몸을 돌렸다.

세 사내가 다가오고 있다.

"뭐요?"

물으면서 좌우를 둘러본 오찬성의 얼굴이 굳어 있다.

순식간에 다가온 세 사내가 주위를 둘러쌌기 때문이다.

"우리하고 같이 갑시다."

앞에 선 사내가 바짝 붙어서더니 오찬성의 어깨를 움켜쥐었다.

"어? 이거 놔."

오찬성이 버럭 소리친 순간이다.

"억!"

허리를 굽힌 오찬성이 신음을 뱉었을 때 뒤쪽에서 두 사내가 덮쳤다.

그때 도로 옆으로 승합차 한 대가 다가와 옆에 멈춰 섰다.

셋이 오찬성을 차 안으로 던져 놓고는 순식간에 시야에서 사라졌다.

경찰서에 신고가 가기는 했다.

3건이나 되었다.

3건 모두 승합차 번호까지 신고되었다.

경찰이 번호를 추적했지만 멀쩡한 슈퍼의 승합차였고 주인은 차가 분실된 줄도 모르는 상황이었다.

오후 7시가 되어서야 백종수는 행동대원 오찬성이 실종되었다는 보고를 받았다. 김태영의 부하 오찬성은 서용길을 따라 리스타에 이민 신청을 하고 나서 커피숍에 갔다가 실종된 것이다.

"서용길하고는 커피숍에서 헤어졌다고 합니다. 서용길을 두고 커피숍에서 먼저 나갔다고 하는데요."

김태영이 말을 이었다.

"그 후로 소식이 끊겼습니다."

백종수가 고개를 돌렸다.

5시간이 지났으니까 아직 두고 봐야겠다.

"네 조직은?"

박기준이 물었을 때 오찬성이 피식 웃었다.

역삼동 안가의 지하실.

지금 오찬성은 5시간 만에 취조를 받는다.

의자에 묶인 오찬성의 주위로 사내 셋이 둘러서 있다.

앞에 앉은 사내는 박기준.

오찬성의 웃음을 본 박기준도 빙그레 웃었다.

"아직 상황 파악이 제대로 안 된 것 같구나."

둘러선 사내들에게 말한 박기준이 자리에서 일어섰다.

"이 사람한테 지금이 어떤 상황인지 알려드려야겠다."

박기준이 둘러선 부하들에게 지시했다.

"옷 벗기고 회를 떠."

온몸에서 회 14점을 떴다.

일식집에서 내놓은 연어회 크기로 어깨, 가슴, 팔, 배, 허벅지, 턱살도 조심스럽게 떼어 내었다.

오찬성은 회가 3점 떼어졌을 때부터 술술 불기 시작했지만 '웃음값'을 치르게 하려고 계속 회를 생산해 내었다.

그래서 14점이 떼어졌을 때는 오찬성의 머릿속 기억은 다 밖으로 나왔다.

그리고 곧 지하실에 고기 굽는 냄새가 덮였다.

분이 덜 풀린 박기준이 떠 놓은 회를 구워서 오찬성에게 먹이려는 것이다.

"전진회라고 합니다."

박기준이 이동욱에게 보고했다.

"강남에서 가장 강력한 조직입니다."

메모까지 해놓은 터라 박기준이 메모장을 펴들고 읽는다.

"회장은 백종수, 최고 간부 둘은 김태영과 최규만. 이놈들은 사장님이 새로 오신 것이나 조직까지 다 알고 있습니다."

오후 9시 반, 안가의 2층 응접실에는 둘이 마주 앉아 있다.

그때 이동욱이 숨을 들이켜면서 물었다.

"늦은 시간에 어디서 고기 굽나?"

"예, 지하실에 팀원들이 있습니다."

어깨를 부풀렸다가 내린 박기준이 말을 이었다.

"오찬성이 구운 제 살을 먹고 있습니다."

이동욱이 힐끗 시선을 주었지만 다시 묻지는 않았다.

이동욱이 청와대 비서실의 연락을 받았을 때는 오전 9시다.

놀란 이동욱이 전화기를 귀에 붙였다.

회사 사장실 안.

전화를 연결해 준 비서실장 윤병호도 놀라 옆에 서 있다.

이동욱이 응답했을 때 사내의 목소리가 울렸다.

"예, 비서실 의전수석 백용권입니다."

"아, 예."

"갑자기 전화드려서 죄송합니다."

"아닙니다."

"대통령께서 뵙자고 하십니다. 상의하실 일이 있다고 하시는데요."

"아, 예."

"비공식적으로, 그러니까 비밀 회동을 하시자는 말씀입니다. 괜찮으십니까?"

"괜찮습니다."

대통령이 만나자고 하는데 거절할 국민은 없다.

그때 백용권의 목소리가 밝아졌다.

"감사합니다. 오늘 오후 6시에 청와대 후문 근처의 '북카페'에서 뵙지요. 제가 모시러 가겠습니다."

이동욱이 숨을 들이켰다. 한국 대통령을 만나다니.

30분 후.

이광이 안학태의 보고를 받는다.

이곳은 리스타랜드.

이광은 전화를 귀에 붙이고 물었다.

"대통령이?"

"예, 회장님. 상의하실 일이 있다는군요."

"이민 사업 때문이겠군."

"예, 대북 관계를 말씀하실지도 모릅니다."

"이동욱이 북한 관계 보고는 들었겠지?"

"예, 자문관한테서 듣고 팀도 증원 받았으니까요."

"무슨 말씀을 하실지 모르겠군."

이광도 궁금한 기색을 보였지만 어두운 표정은 아니다.

지금까지 한국 정부와 지도자들과는 좋은 관계를 유지해왔기 때문이다.

나쁠 이유가 없지.

그러나 이동욱의 직속상관인 해밀턴은 입장이 다르다.

이동욱은 가장 먼저 해밀턴에게 보고를 했고, 해밀턴이 안학태에게 이 사실을 알린 것이다.

지금 해밀턴은 이동욱에게 전화를 하고 있다.

"이봐, 넌 대통령급은 처음 만나니까 하는 말인데, 얼지 마라. 알았나?"

해밀턴이 주의를 주었다.

"얼 필요가 없어. 네가 날 대하는 것처럼 하면 된다. 아니지, 나보다 더 가볍게 생각해도 돼. 알았지?"

"알겠습니다."

한국 시간으로 오후 2시, 약속 4시간 전.

"이 사장, 대통령이 무슨 요구를 하던 간에 듣기만 하고 약속은 하지 말 것. 명심해라."

"예, 사장님."

"그럴 리는 없겠지만 누구 취직 부탁을 해도 얼른 '예스' 하지 마."

"그럴 리가 있습니까?"

"네가 무슨 일을 해왔는지도 다 알 거다, KCIA가 다 보고를 했을 테니까."

"……."

"좋아. 잘 다녀와라."

해밀턴이 통화를 끝내자 이동욱이 한숨을 쉬었다.

도대체 대통령이 왜 이래? 귀찮아 죽겠네.

오후 4시 반, 청와대 후문으로 떠나기 전에 이동욱이 배웅 나온 간부들과 지하 주차장에서 악수를 나눴다.

이동욱이 말하지 않았는데도 비서실장 윤병호가 소문을 낸 것이다.

제각기 잘 다녀오시라는 인사를 했지만 이동욱은 귓등으로 흘려들었다.

그러고 나서 차에 오르기 전에 옆으로 다가온 박기준에게 짧게 말했다.

"전진회 최고급 간부 한 놈을 잡아라."

"예."

고개를 끄덕인 박기준이 한 걸음 물러섰다.

최고급 간부란 김태영과 최규만 둘이다.

대통령과 만나러 가더라도 업무는 중단 없이 진행되어야 한다.

오후 7시, 청와대 대통령 집무실.

집무실은 뉴스에서 본 것보다 더 컸고 더 위압감이 풍겨왔다.

대기실에서 기다리던 이동욱이 의전비서관 백용권과 함께 들어서자 대통령 한대영이 웃음 띤 얼굴로 자리에서 일어섰다.

"어서 와요."

부드러운 목소리.

다가온 한대영이 손을 내밀었다.

한대영은 65세, 반신불수가 된 이동욱의 부친 이창규보다 5살이나 연상이다.

한대영은 비서실장 안윤수와 함께 기다리고 있었다.

백용권이 안내만 하고 돌아갔기 때문에 방 안에는 셋이 남았다.

셋이 소파에 둘러앉았을 때 한대영이 이동욱을 보았다.

"이 회장은 잘 계시오?"

"예, 대통령님."

"내가 전화만 여러 번 했지, 최근 3년 동안 못 만났어."

이동욱이 똑바로 앉아 있었고 한대영의 말이 이어졌다.

"이 회장이 위대한 사람이야. 한국인을 세계의 지배자로 만든 영웅이시지."

한대영이 길게 숨을 뱉었다.

"인류 역사상 첫 기회지. 그렇지 않소?"

"예? 예, 대통령님."

갑자기 물었기 때문에 이동욱이 고개를 들고 한대영을 보았다.

그때 한대영이 말을 이었다.

"그런데 북한이 도와주지를 않아."

"……."

"핵으로 한민족의 앞길을 막고 있는 상황이야. 그렇지 않소?"

"예, 대통령님."

"북한이 동북3성에 진출하고 있어. 알고 있지요?"

"예, 대통령님."

"재주는 한국인인 우리가 부렸는데 그 보상은 북한이 먹고 있는 실정이야."

"……."

"그래서 내가 이 사장을 불렀는데."

한대영이 길게 숨을 뱉었다.

"지금까지 북한 주민은 아프리카연방의 이민에 포함되지 않았어. 하지만 북한 주민이 중국을 통해 조선족으로 위장해서 한국으로 온다는군. 그러고는 이민 신청을 해서 나간다는 거야."

"……."

"KCIA의 보고야, 이 사장."

한대영의 두 눈이 번들거렸다.

"북한도 리스타연방의 아프리카 이민으로 합세해서 경제의 활력을 받고 싶은 거네. 그것도 간절하게."

"……."

"그래서 말인데. 우리가 북한에 제의를 하려고 그러네."

숨을 고른 한대영이 말을 이었다.

"북한에 정식으로 리스타의 아프리카 이민에 참여하라는 제의를 하려고 하네."

"……."

"물론 리스타가 합의를 해줘야겠지만 말이네. 그리고……."

말을 그친 한대영이 고개를 돌려 안윤수를 보았다.

말을 이으라는 표시다.

그때 안윤수가 입을 열었다.

"한국 정부는 북한 측에 핵 폐기 요구를 할 거네. 북한 주민의 아프리카 이주를 지원하는 대가로 말이네."

이동욱이 숨을 들이켰다.

아, 이거구나.

핵 폐기 조건으로 북한 주민의 아프리카 이주를 지원하다니.

이동욱이 어깨를 늘어뜨렸다. 갑자기 한국 정부가, 눈앞의 대통령이 안쓰러워졌기 때문이다.

고영수는 32세, 체격이 컸고 잘생긴 미남이다.

용병 조건에 미남이 불리할 건 없지만 본인은 그것이 흠인 줄 아는 것 같다.

오늘 고영수는 대림동의 주택가 골목에 서 있었는데 이곳이 최규만의 은신처였기 때문이다.

동거녀 조경순의 집이다. 골목 안쪽에 25평형 단독주택에 지금 조경순이 최규만을 기다리고 있는 것이다.

오후 8시 40분.

골목의 벽에 기대서 있던 고영수에게 서둘러 윤기욱이 다가왔다.

골목 밖에서 망을 보던 부하다.

"옵니다. 뒤에 경호원 둘이 따르고 있습니다."

고영수가 몸을 세웠다.

"준비했어?"

"예, 준비됐습니다."

고개를 끄덕인 고영수가 골목 안으로 들어섰고 윤기욱이 뒤를 따랐다.

차에서 내린 최규만이 사람들을 헤치고 골목을 향해 다가갔다.

2차선 도로지만 주위에 식당, 술집, 가게가 이어진 번화한 시장 거리다.

거리는 차와 행인으로 뒤덮여 있었기 때문에 차량도 기어가고 있다.

'대림동 시장 골목'인 것이다.

이윽고 골목으로 들어선 최규만이 뒤를 따르는 경호원들에게 말했다.

"내가 11시쯤 다시 나올 테니까, 너희들은 이 근처에서 밥 먹고 기다려."

"예, 전무님."

경호원 하나가 대답했을 때다.

"퍽! 퍽!"

뒤쪽에서 둔탁한 발사음이 울리더니 경호원들이 땅바닥에 고꾸라졌다.

놀란 최규만이 눈을 치켜뜬 순간이다.

이번에는 어둠에 덮인 앞쪽에서 사내 둘이 나타났다.

"이놈들을 싣고 가자."

앞쪽에서 나타난 장신의 사내가 최규만을 무시한 채 뒤쪽 사내들에게 말했다.

땅바닥에 쓰러진 경호원들을 말한 것이다.

그때 어깨를 부풀린 최규만이 미처 입을 열기도 전이다.

어느새 다가온 장신의 사내가 발길로 최규만의 사타구니를 올려 찼다.

"어억!"

사타구니의 통증으로 허리를 기역자로 꺾은 최규만이 땅바닥에 무릎을 꿇었을 때다. 이번에는 등에 떨어진 충격으로 개구리처럼 납작 엎드렸다.

밤 10시 반.

이광이 해밀턴의 보고를 받는다.

해밀턴은 방금 이동욱의 보고를 받은 것이다.

받고 나서 5분도 안 되었다.

"회장님, 한 대통령이 이동욱한테 전한 내용이 바로 이것입니다."

이렇게 운을 뗀 해밀턴이 소리치듯 말을 잇는다.

해밀턴은 지금 뉴욕에서 전화를 한다.

시차는 완전 무시되었다.

"결국 북한 핵 문제였습니다!"

통화가 끝났을 때 이광이 옆에 앉은 안학태에게 말했다.

이곳 리스타랜드는 한국과 1시간 시차가 난다.

"우리가 북핵 문제를 맡게 되었어."

"대통령이 답답했기 때문일 것입니다."

안학태가 말을 이었다.

"하지만 북한의 주민이 대거 아프리카로 이주해 간다면 경제에 엄청난 효과가 올 것입니다."

그때 이광의 얼굴에 웃음이 떠올랐다.

"그럴까?"

"아마 모집을 한다면 수백만 명이 지원하겠지요. 인구의 절반이 빠져나갈 수도 있습니다."

안학태의 목소리에 열기가 띠어져 있다. 눈도 꿈꾸듯이 흐려진 상태다.

"어? 최규만도?"

백종수가 되묻더니 옆자리의 김태영을 보았다.

오전 9시 반, 역삼동의 식당에서 백종수가 보고를 받는다.

오찬성에 이어서 최규만까지 실종된 것이다.

"이거."

엉거주춤 일어선 김태영이 보고한 부하에게 물었다.

"어젯밤 집에 들어오지 않았단 말이냐?"

"밤에 집 앞 골목까지 들어가는 것을 보았다고 합니다. 그런데……."

"경호원은? 둘이잖아?"

"경호원 둘도 실종되었습니다."

"이런."

얼굴을 굳힌 백종수가 김태영에게 지시했다.

"터미널파 놈들인가?"

"알아보지요."

"애들 비상소집해."

"알겠습니다."

김태영이 서둘러 나갔기 때문에 식당에는 백종수 혼자 남았다.

식욕이 뚝 떨어진 백종수가 수저를 내려놓고 문 앞에 앉은 경호원을 손짓으로 불렀다.

경호원이 다가와 섰을 때 백종수가 말했다.

"사무실로 돌아가자. 경호 철저히 해."

다른 때는 경호를 철저히 하라는 말은 하지 않았다.

그 시간에 리스타 건물의 회의실 안에서는 간부 회의가 열리고 있다.

오늘도 다섯 명이 모였다.

이동욱이 어젯밤 대통령을 만난 이야기를 해주는 것이다.

이동욱이 말을 마쳤을 때 넷은 침묵했다. 놀란 것이다.

북한 '핵'과 북한 '주민'의 이민을 '딜' 하다니, 생각지도 못했던 대통령의 제안인 것이다.

얼마나 속이 탔으면 이러겠는가?

그때 이동욱이 다시 입을 열었다.

"리스타는 대통령의 제의를 적극 수용하기로 했어. 이건 회장님의 결정이야."

어깨를 부풀린 이동욱이 넷을 둘러보았다.

"곧 리스타 본사에서 청와대로 연락이 갈 거야. 이제부터는 본사와 청와대가 합의를 할 거야. 우리는 북한 주민을 받아들일 준비를 하면 돼."

"알겠습니다."

이민 책임자인 박태기가 가장 먼저 대답했고 한재구가 말을 이었다.

"우리가 남북한 통일의 시발점이 될 것 같습니다."

이동욱이 고개를 끄덕였다.

"이젠 우리 본부와 남북한 당국이 처리할 거야. 우리는 그 지시를 따르면 돼요."

"리스타 비서실장 안학태입니다."

수화구에서 안학태의 목소리가 울렸을 때 안윤수의 얼굴에 웃음이 떠올랐다.

"아이구, 안 실장님, 안녕하십니까?"

"실장님도 건강하시지요?"

"이렇게 전화 주셔서 고맙습니다."

"아닙니다. 제가 일찍 인사를 드렸어야 했는데 죄송합니다."

안학태가 공손하게 말했다.

"실장님, 이동욱 사장한테 보고 받았습니다."

"아, 그러세요. 이거 갑자기 대통령께서 말씀하셔서……."

"아닙니다. 당연한 말씀이지요."

안학태가 말을 이었다.

"저희 회장님께선 대통령님의 의견을 적극 수용하실 것입니다. 한국 정부와 협력해서 북한 핵 폐기에 적극 동참하겠다고 말씀하셨습니다."

"감사합니다."

안윤수가 어깨를 늘어뜨리면서 말했다.

"대통령께서도 기뻐하실 것입니다."

"이민 작업을 보완하기 위해서 저희들도 만반의 준비를 하겠습니다."

"그럼 저희 정부에서 북한 측에 통보하겠습니다."

들뜬 목소리로 안윤수가 말을 이었다.

"대통령께서도 기뻐하실 것입니다."

이제 한국 정부에 리스타가 연합해서 북한 핵 폐기에 나서게 되었다.

"이것들이 닭장 안에 사는 닭처럼 세상 물정을 모르고 있군."

지그시 최규만을 응시하던 박기준이 옆에 선 남준에게 말했다.

남준이 이번에 보강된 팀장 중 하나다.

지금 박기준은 안가의 1층 방에서 앞에 앉아 있는 최규만을 응시하고 있다.

오전 11시 반, 박기준은 어젯밤 납치해 온 최규만을 처음 심문하고 있다.

그런데 최규만은 입도 뻥긋하지 않는 것이다.

"어때? 아직도 오찬성이가 지하실에 있나?"

"예, 먹을 고기가 아직 많이 남아 있으니까요."

남준이 시치미를 뗀 얼굴로 대답했다.

"며칠 더 살 겁니다."

"그럼 이놈도 그놈 옆으로 데려가."

"그러지요. 이놈도 고기 구울까요?"

"준비해 놔라."

최규만은 시큰둥한 표정으로 듣기만 했다.

30분쯤 후, 박기준이 지하실로 내려갔을 때의 분위기가 이렇다.

오찬성은 이미 회 14점을 떼어낸 후에 그것을 삼겹살로 다 먹었다.

물론 상추, 된장은 없고 그냥 구워 먹은 상태다. 떼어낸 상처에 약을 발랐지만 곪아서 보기가 역겹다.

오찬성 앞에는 불고기용 가스레인지와 석쇠가 설치되었고 석쇠 위에는 먹다 만 고기가 2점 남아 있다.

그리고 그 옆에는 회칼이 놓여 있다. 회칼에 묻은 피는 말랐지만 선명하다.

최규만은 오찬성 옆에 앉아 있었는데 30분 전과는 분위기가 다르다.

그때 박기준이 최규만의 앞쪽 의자에 앉으면서 말했다.

"두 번 말하지 않겠다. 자, 백종수에 대해서 말해라."

그러고는 박기준이 옆에 선 부하에게 지시했다.

"회 뜰 준비해."

평양, 12시 반, 대동강변의 제3초대소 안.

소파에 깊숙이 등을 붙인 김정은의 앞에 선 통전부장 김영철이 보고했다.

"방금 남조선 청와대에서 북남 간 핫라인을 통해 우리 공화국 인민의 리스타연방 이민 사업에 대해서 논의를 하자는 연락이 왔습니다, 지도자 동지."

김정은이 다 듣더니 하품을 하고 나서 물었다.

"어쩌자는 게야?"

"우리 북조선 인민을 리스타연방의 아프리카 이민단에 공식적으로 포함시키는 논의를 하자는 것입니다."

김영철이 다시 또박또박 말했을 때 김정은이 눈을 가늘게 떴다.

"무슨 꿍꿍이 속셈이야?"

"핵 문제일 것입니다."

"그렇겠군."

김정은의 얼굴에 쓴웃음이 번졌다.

"맞바꾸자는 것일까?"

"그럴 가능성이 많습니다."

"우리한테 얼마나 이득이 될까?"

"검토해 봐야 할 것 같습니다."

"언제까지 대답을 해줘야 되니?"

"기한은 없습니다."

"연구해보라우."

마침내 김정은이 결정했다.

"얼마나 이득이 될지."

백종수도 정보원이 있다.

전(前) KCIA 간부인 노경우다.

48세, 사기 사건에 연루되어 해직당한 후에 백종수의 비상근 고문이 되어서 정보 참모 역할을 해주고 있다.

오후 3시 반, 백종수가 방으로 들어서는 노경우를 맞는다.

이곳은 역삼동의 신흥빌딩 안, 6층 집무실이다.

2층에서 6층까지 건영투자 사무실인 것이다.

앞쪽 의자에 앉은 노경우가 눈썹을 모으고는 백종수를 보았다.

"어떻습니까?"

노경우가 입을 열지 않았기 때문에 답답해진 백종수가 물었다.

"조사했어요?"

그때 노경우가 고개를 끄덕였다.

"심각해요."

이제는 백종수가 시선만 주었고 노경우가 말을 이었다.

"이동욱은 암살자요. 암살자 출신이오."

"암살자라니요?"

"말 그대로 암살자죠. 아프간, 이라크에서 암살자로 명성을 떨치다가 중국에서 삼합회를 장악하고 체제 전복에 대공을 세운 자요."

"……."

"그러고는 이번 아프리카연방 작업에서도 공을 세우고 나서 이곳에 온 거요."

"……."

"이건 닭장 안에 구렁이가 들어와 있는 느낌이 들었어요."

"……."

"거물이오. 우린 상대가 안 되는 거물이죠. 중국 삼합회를 주물렀던 놈이라니까요?"

이제는 노경우가 길게 숨을 뱉고 나서 백종수를 보았다.

"백 회장님, 이동욱과 상대가 안 됩니다."

"……."

"전임 사장 강성배하고는 전혀 다른 인물이에요."

"……."

"이동욱이 제 손으로 죽인 인물이 수백 명이라는 소문이오."

"……."

"몸을 피하는 게 상책이오."

그러고는 노경우가 방 안을 둘러보는 시늉을 했다.

"참, 이동욱은 지금까지 CIA와 수십 번 작전을 해왔어요. 백 회장은 지금 이동욱의 손바닥 위에 앉아 있는 셈이오."

노경우가 자리에서 일어섰지만 백종수는 입을 열지 않았다.

방에 혼자 남았을 때 백종수가 인터폰을 눌렀다.

금방 비서가 전화를 받는다.

"예, 회장님."

"김태영 전무를 불러."

"예, 회장님."

그러더니 잠시 후에 인터폰이 울렸다.

전화기를 들었더니 비서가 말했다.

"전무님이 자리에 안 계십니다."

"밥 먹고 안 들어왔어?"

"예, 들어오지 않았습니다."

"이런, 망할 자식. 연락해 봐."

백종수가 거칠게 전화기를 내려놓았다.

최규만이 실종된 지 만 하루도 되지 않았다.

그렇다고 실종 신고도 할 입장이 아니었기 때문에 백종수도 사무실 밖으로 나가지도 않고 박혀 있는 상황이다. 그런데 김태영은 점심 먹고 오겠다면서 나간 후에 아직 돌아오지 않은 것이다.

오후 4시가 되어가고 있다.

그때 전화벨이 울렸고 백종수가 서둘러 전화기를 들었다.

직통 전화였으니 김태영일 것이다.

"여보세요."

백종수가 바로 응답했을 때 사내의 목소리가 울렸다.

"백종수 씨?"

그 순간, 백종수가 숨을 들이켰다.

"누구야?"

"나 이동욱이야. 내 이름은 들었겠지?"

방금 들었는데, 이제는 백종수가 숨을 죽였다.

백종수가 대답하지 않았기 때문에 이동욱이 다시 물었다.

"백종수 씨, 듣고 있나?"

"듣고 있어."

백종수가 겨우 말했을 때 이동욱의 목소리가 울렸다.

"내일 오전 10시까지 리스타연방 사장실로 오도록. 정문 경비실에 연락을 하면 될 거다."

"뭐라구?"

"내일 나타나지 않으면 넌 이 세상에서 없어진다. 그렇게 알고 있도록."

"야!"

백종수가 버럭 소리쳤을 때 통화가 끝났다.

이번 북한 주민의 '아프리카 이민' 사업의 한국 정부 측 주관부서는 '통일부'다.

통일부장관 양기춘은 오전에 난데없이 대통령의 호출을 받고 헐레벌떡 청와대로 들어갔다가 엄청난 사업을 지시받게 된 것이다.

그야말로 국가적인, 세계가 주목할 만한 사업이다. '북한 주민'을 아프리카로 이주시키다니.

통일부에 돌아온 양기춘이 바로 대변인을 불러 성명 발표 지시를 했다.

통일부가 주관하여 '북한 주민의 아프리카 이민을 실시한다'는 내용이다.

리스타를 통한다는 말은 '한 줄'만 넣었다.

대변인이 성명을 발표하기 전에 초안을 청와대에 보낸 지 20분쯤 지났을 때다. 국무총리 김대세가 양기춘에게 전화를 했다.

김대세가 입을 열었다.

"당신, 성명부터 발표해서 어쩌자는 거야?"

"예?"

성질이 괄괄한 김대세여서 양기춘이 긴장했다.

그때 김대세의 목소리가 높아졌다.

"북한 반응도 아직 없는 상황에서 왜 혼자 날뛰는 거야?"

"……."

"대통령께서 통일부 성명서를 보고 화를 내셨다구! 왜 이따위로 경솔하게 나대!"

"아니, 총리님……."

"당신은 빠져! 시킨 일이나 하란 말야! 나대지 말고! 북한 반응이 올 때까지 기다려! 그리고……."

숨을 돌린 김대세가 말을 이었다.

"왜 리스타는 한 줄만 넣었어? 주관사는 리스타고 남북한 당국은 리스타를 통해 화합하고 타협하고 서로 합의하는 거야! 그것을 명심하라구!"

양기춘이 이제는 숨도 쉬지 않고 굳어 있다.

양기춘에게 '핵' 이야기를 안 하기는 했다.

오후 5시 반.

이동욱의 전화가 온 지 1시간 반쯤 되었나?

백종수는 그대로 집무실에 앉아 있다. 그러나 그동안에 백종수는 경호대를 50여 명으로 늘렸다. 경호대장 최철도 옆방에서 대기 중이다.

그 상황에서 직통 전화가 울렸기 때문에 백종수는 숨부터 들이켰지만 안 받을 수는 없지 않겠는가?

어금니를 문 백종수가 전화기를 쥐었다.

"여보세요."

응답했을 때 곧 김태영의 목소리가 울렸다.

"회장님, 접니다."

"응, 너 어디야?"

버럭 소리친 백종수가 전화기를 고쳐 쥐었다.

"왜 안 들어오는 거야?"

"저, 이 사장님하고 같이 있습니다."

"이 사장이 누구야?"

백종수의 눈이 흐려졌다. 어깨도 늘어졌다.

그때 김태영이 말을 이었다.

"회장님, 내일 오시죠."

"뭐라구?"

"이 사장님을 뵈러 오셔야 합니다."

"아니, 이 병신 같은……."

"10시에 오셔야 합니다. 그렇지 않으면 아주 곤란해질 겁니다."

그러더니 통화가 끊겼다.

밤 10시에 업무보고다.

요즘은 간첩이 암수표를 쓰거나 암호 방송을 듣고 번역하는 것이 '호랑이 담배 먹던 시절'의 이야기다. 그래서 홍기천이 직접 전화로 지령을 받고 보고를 한다.

상대는 중국 칭다오에 자리 잡고 있는 연락책 고동표.

현역 육군 중장으로 당 선전부 부부장이다.

홍기천이 말을 이었다.

"지난주에 17명이 지원해서 합격했습니다. 이번 달에 48명이 합격한 것입니다."

이것은 '리스타 이민'을 신청해서 가입한 보고다.

조선족은 중국 국적이다.

중국 국적으로 가입할 수 없으니까 먼저 귀화를 시킨 후에 이민 신청을 해 온 것이다.

실적이 좋았기 때문에 홍기천의 목소리에 활기가 띠어졌다.

"이번 달 실적은 계획보다 110퍼센트 달성했습니다. 다음 달은 50명입니다."

그때 고동표가 말했다.

"알았어. 그런데 작업을 서둘 필요는 없어. 내일부터 당분간 작전을 중지하고 대기하도록."

"예? 갑자기……."

"밖으로 드러나는 행동을 하지 말란 말야. 무슨 말인지 알겠나?"

"예, 부부장 동지."

홍기천이 손등으로 이마에 땀을 닦았다.

이유를 물을 필요는 없는 것이다. 무조건 지시에 따라야 한다.

"지시를 따르겠습니다."

어떤 실책을 저질렀는지 알 수 없지만 분위기가 바뀌었다.

밤 11시 반, 이 시간은 김정은에게 한낮이나 같다.

아버지 김정일과 생활 패턴이 비슷해서 오전 6시쯤까지 일하고 오후 5시에나 일어나는 경우가 많기 때문이다.

김정은이 오늘은 제8초대소에서 선전선동부장 우명수의 보고를 받는다.

"리스타는 한국인 500만을 아프리카로 이민을 보낼 예정인데 현재 220만을 보냈습니다."

부동자세로 선 우명수가 말을 이었다.

"이민자 1명당 생활 정착 자금을 1백만 불까지 지원하고 있기 때문에 선정만 되면 부담 없이 출국이 되는 것입니다."

우명수가 자료를 계속해서 읽는다.

"남조선에서는 아프리카 이민을 적극 장려하고 있는데 그것은 국내 실업자를 줄여주는 효과에다 국민 소득을 급격하게 향상시키는 효과를 내고 있기 때문입니다. 또한 이민을 간 국민들로부터 국내로 자금이 유입되기 시작했습니다. 시간이 지나면 유입 자금이 증가할 것입니다."

그때 잠자코 듣던 김정은이 물었다.

"우리한테 해가 될 조건은 하나도 없다는 말인가?"

"예, 지도자 동지."

어깨를 편 우명수가 김정은을 보았다.

"해가 없습니다. 거기에다……."

입 안의 침을 삼킨 우명수가 말을 이었다.

"지금 핵 문제로 미국의 경제 제재를 받는 입장인데 이번 이민 사업은 경제 제재에 해당되지 않습니다."

김정은의 눈빛이 강해지는 것을 본 우명수의 목소리에도 생기가 덮였다.

"이것은 리스타 측과 합의할 경우에 추진하겠습니다만, 이민자 1인당 정부 측에서 수수료를 받아낼 수도 있을 것 같습니다."

"……."

"더구나 이민 간 인민의 국적은 북조선이기 때문에 그들로부터 세금을 받아낼 수도 있을 것입니다."

"으음."

마침내 김정은의 입에서 탄성이 터졌다.

"그럼 추진하기로 하지."

해밀턴이 서울에 도착했을 때는 오전 9시경이다.

전용기로 도착한 해밀턴은 곧장 서초동의 안가(安家)로 출발했다.

공항에 마중 나온 이동욱이 해밀턴과 나란히 차 안에 앉아 있다.

해밀턴이 고개를 돌려 이동욱을 보았다.

"이민 사업 주변에 붙어 있던 조직을 소탕하고 있다면서?"

"예, 사장님."

이동욱이 해밀턴의 시선을 맞받았다.

"오늘 10시에 조직의 보스를 만나기로 했습니다."

"오, 그래?"

해밀턴이 눈을 크게 떴다.

"협상을 하는 건가?"

"예, 그런 셈이지요."

고개를 끄덕인 해밀턴이 이동욱을 보았다.

"준비는 다 해놓았지?"

"예, 만나시기 전에 브리핑 받으시도록 준비해 놓았습니다."

이동욱이 말을 이었다.

"안가에서 대기하고 있습니다."

오늘 오후 4시에 청와대에서 대통령과 회담이 있는 것이다.

이번에도 대통령의 요청으로 '이민 사업'의 총책인 리스타연합 사장 해밀턴이 대통령과 만나는 것이다.

만나기 전에 해밀턴은 실무자로부터 현안에 대한 브리핑을 받아야 한다.

오전 10시 35분.

이곳은 리스타의 제3안가.

해밀턴이 지금 장경아로부터 브리핑을 받는 안가로부터 200미터 거리다.

거실로 들어선 이동욱이 자리에서 일어서는 백종수를 보았다.

백종수가 찾아온 것이다. 백종수는 굳은 얼굴이다.

백종수의 옆에는 어제 잡혀 온 김태영이 서 있었는데 먼저 입을 열었다.

"제가 이야기를 다 했습니다."

고개만 끄덕인 이동욱이 자리에 앉으면서 앞쪽 둘에게 앉으라는 눈짓을 했다. 그때 박기준과 고영수가 들어와 옆쪽에 앉는다.

이동욱이 똑바로 백종수를 보았다.

"널 그냥 화장시켜 버리려다가 살려둔 것이니까 남은 인생을 보람 있게 보내."

백종수가 숨만 쉬었을 때 이동욱이 자리에서 일어섰다.

앉아 있던 셋이 일제히 따라 일어섰기 때문에 넋을 잃고 있던 백종수가 엉겁결에 일어섰다.

이동욱이 나갔지만 박기준과 고영수가 남았다.

전진회 정리 작업을 해야 한다.

오후 4시, 청와대 대통령 집무실.

오늘은 지난번보다 사람이 늘었다.

해밀턴, 총리 김대세, 통일장관 양기춘이다.

대통령 한대영과 비서실장 안윤수, 그리고 이동욱은 이미 구면이고.

인사를 마치고 본론을 꺼냈을 때는 10분쯤이나 지난 후였다.

해밀턴이 이광 회장의 인사까지 다 했기 때문이다.

먼저 입을 연 것은 대통령 한대영이다.

"갑자기 뵙자고 한 것은 어젯밤에 북한 측으로부터 연락이 왔기 때문입니다."

그렇다. 이번에는 청와대의 핫라인 전화를 이용해서 북한의 선전선동부장 우명수가 연락을 해왔다. 우명수가 비서실장 안윤수에게 한 것이다.

한대영이 말을 이었다.

"북한 김정은 위원장이 북한 주민의 아프리카 이민을 승인했다는군요. 적극 협조하겠다는 것입니다."

해밀턴이 고개만 끄덕였을 때 한대영의 눈짓을 받은 안윤수가 나섰다.

"리스타의 이민 티오(TO)가 이제 280만이 남은 것입니까? 북한 측은 3백만까지도 보낼 수 있다고 해서 그럽니다."

"3백만이라고 숫자까지 말했습니까?"

해밀턴이 되묻자 안윤수가 쓴웃음을 지었다.

"예, 그 이상도 가능하다고 말했습니다."

그때 해밀턴이 심호흡을 했다.

"회장님께 허락을 받아야겠지만 승낙하실 것입니다. 아마 가능할 것 같습니다."

"그러면 우리도 북한 측과 협상할 여지가 많아지게 될 것입니다."

안윤수가 말을 이었다.

"우리한테 가장 중요한 문제는 이것이 북한 핵 폐기의 교환 조건이 될 테니까요."

"그것을 북한이 알고 있겠지요?"

해밀턴이 묻자 이번에는 한대영이 고개를 끄덕였다.

"물론입니다. 모를 리가 없지요. 세상에 공짜가 어디 있습니까? 우리가 북한의 요구대로 북한 주민 3백만을 리스타 측에 부탁한 것을 알고 있을 텐데요."

이것이다. 이동욱은 소리 죽여 숨을 뱉었다. 이것이 바로 빅딜이구나.

이 자리에 앉아 있는 것만으로도 자신의 위상이 몇 단계나 업그레이드된 것처럼 느껴졌다.

안가에서 해밀턴과 이동욱이 저녁을 먹는다.

청와대에서 돌아온 후에 해밀턴이 바로 이광에게 보고를 하고 허락을 받았다.

이민 계획이 대폭 수정되었기 때문에 그룹 비서실장 안학태는 리스타투자 측과 자금 협의를 해야만 한다.

본부와 연락을 끝냈을 때는 오후 8시가 되었기 때문에 둘은 안가에서 늦은 저녁을 먹는다.

포크를 든 채 해밀턴이 생각난 표정으로 물었다.

"그 조폭 조직은 처리했나?"

"예, 오전에 처리했습니다."

이동욱이 물 잔을 들면서 대답했다.

"회장을 은퇴시키고 간부 하나를 회장으로 임명했지요. 이제 그 조직은 리스타의 계열사 역할을 할 겁니다."

"그렇게 하는 게 낫지. 조직원이 몇 명이나 되는 거야?"

"약 3백 명 정도인데 사업장이 4개 정도여서 2백 명 정도가 놉니다. 그래서 그놈들이 일할 사업장을 마련해 주고 있습니다."

"잘했어."

해밀턴이 고개를 끄덕였다.

"북한 주민을 일단 한국으로 데려왔다가 아프리카로 보낼 테니, 이곳에서 적응 교육을 시켜야 될 것이다."

"그것도 염두에 두고 있습니다."

"어쨌든 너는 큰 사업이 자석처럼 옆에 붙는 운명이다."

해밀턴이 웃음 띤 얼굴로 이동욱을 보았다.

"대통령이나 총리가 대개 그런 운명을 타고 나지."

쓴웃음을 짓는 이동욱에게 해밀턴이 말을 이었다.

"이 기회에 한국의 숙원인 북한의 핵 폐기와 한반도 통일이 될지도 모르겠다."

홍기천에게 당 선전부 부부장 고동표의 연락이 왔을 때는 오후 9시 반이다.

그동안 홍기천은 모든 활동을 중지한 채 대기 중이었는데 시간이 지날수록 불안해졌다.

서둘러 전화기를 귀에 붙였을 때 고동표가 말했다.

"당의 지시야. 잘 들어."

"예, 부부장 동지."

바짝 긴장한 홍기천이 대답했다.

이곳은 대림동의 저택 안, 옆에 보좌관 전채규까지 서 있다.

고동표의 말이 이어졌다.

"우리 북조선 인민공화국은 남조선 정부와 함께 리스타연합의 아프리카 이민 사업에 공동 참여하기로 했다."

숨을 죽인 홍기천의 귀에 고동표의 말이 울렸다.

"하지만 세부 내용은 합의해야 돼. 그때까지 기다릴 것. 작전을 중지하고 지시가 갈 때까지 대기다. 알았나?"

"예, 부부장 동지."

홍기천이 숨을 들이켰다.

이곳, 대림동을 기반으로 애국회를 조직하는 데 4년이 걸렸다.

그런데 갑자기 북남 이민 합의라니, 청천벽력이다.

회의, 밤 12시 반, 이곳은 제7초대소.

오늘은 김정은 주위에 동생 김여정, 우명수, 호위총국장 장성달, 말석에 조국평화통일위원장 윤기백까지 앉아 있다.

그때 김정은이 말했다.

"남조선이 우리 이민을 받아들이는 조건으로 핵 폐기를 요구할 거야. 그때 미국도 나설 것이라구."

모두 숨을 죽이고 있다.

당연한 일이다. 핵 폐기는 미국이 인정해줘야 된다. 한국만으로는 어림도 없다.

김정은이 담배를 꺼내 물었다.

말보로다. 요즘 말보로로 바꿨다.

우명수가 재빨리 일어나 라이터를 켜 담배 끝에 대었다.

담배 연기를 길게 내뿜은 김정은이 말을 이었다.

"방법이 없나? 핵 폐기를 안 하고 이민을 보내는 방법 말야. 의견을 내보라우."

"예, 위원장 동지."

우명수가 먼저 입을 열었다.

"놈들이 북조선을 다 수색할 수는 없을 것입니다. 탄광 깊숙이 핵탄두를 감춰놓는 것입니다."

미리 생각을 해놓은 우명수의 말이 이어졌다.

"1백 기 정도는 숨길 수가 있습니다. 그러고 나서 핵 사찰 시에 낡은 장비, 시설 그리고 일부 핵탄두를 내놓는 것입니다."

"……."

"시간만 있다면 얼마든지 감추고 위장할 수 있습니다."

우명수의 열기가 전염되었는지 조평통위원장 윤기백이 희미하게 고개를 끄덕였다.

그러나 76세인 호위총국장 장성달은 늘어진 눈시울을 놔둔 채 절간 문의 사천왕 중 하나처럼 움직이지 않는다.

그때 김정은이 우명수를 보았다.

"이봐, 동무."

"예, 지도자 동지."

"그거 말야."

"예, 지도자 동지."

"핵탄두, 발사대를 잘 숨길 수 있다고 했지?"

"예, 흔적도 남기지 않고 숨길 수가 있습니다, 지도자 동지."

"얼마나?"

"100기 아니, 현재 저희들이 보유한 250기 중에서 200기까지도 가능합니다."

"음, 그렇군."

"예, 지도자 동지."

"흔적도 남기지 않고 말이지?"

"예, 지도자 동지."

어깨를 부풀린 우명수가 번들거리는 눈으로 김정은을 보았다.

"미국 놈들과 남조선 놈들은 전혀 눈치채지 못할 것입니다, 지도자 동지."

"그렇다면……."

김정은이 고개를 돌려 김여정을 보았다.

"그럼 모두 우리가 핵이 없는 것으로 알고 있겠다. 그렇지?"

김여정은 시선만 주었고 김정은은 다시 우명수를 보았다.

이번에는 김정은의 이맛살이 찌푸려져 있다.

"그럼 핵이 무슨 소용이지?"

"예?"

엉겁결에 물은 우명수에게 김정은이 다시 물었다.

"핵이 있어야 저놈들한테 큰소리를 칠 것 아닌가? 그렇지?"

"예, 지도자 동지."

"그런데 우린 숨겨 놓고 핵이 없다고 한단 말야. 그렇게 저놈들을 믿게 하고 말야."

"……."

"그런데 저놈들한테 큰소리를 칠 때, '야, 우리 핵을 숨겨 놓고 있어' 해야 되나?"

그때 김여정이 말했다.

"꼭 삶은 소대가리 같은 수작이야, 오빠."

나흘 만에 서민주의 오피스텔에 왔다.

오후 9시 반, 문이 열렸을 때 오늘은 서민주가 웃음 띤 얼굴로 이동욱을 맞는다.

"내가 바빴어."

안으로 들어서면서 이동욱이 서민주의 어깨를 감싸 안았다.

늦은 시간이지만 식탁에는 저녁상이 차려져 있다.

서민주가 잠자코 이동욱의 재킷을 받아 들면서 말했다.

"실내복 사왔으니까 바꿔 입으세요."

"고맙다."

"더운물 받아 놓았으니까 씻으세요. 욕실에 실내복 있어요."

서민주에게 등이 밀려 욕실로 들어간 이동욱의 얼굴에 웃음이 떠올랐다.

욕조에는 물이 가득 차 있었던 것이다.

재킷만 벗었기 때문에 이동욱은 바지를 벗었다.

바지는 묵직했다.

왜냐하면 바지 안쪽 주머니에 SIG 자우에르 P226 권총이 들어 있는 것이다.

지금도 이동욱은 긴장을 풀지 않았다.

한국에 와서도 항상 무장하고 있는 것이다.

저녁과 함께 소주를 마셨는데 이동욱도 며칠 만에 긴장을 풀었다.

그러나 오피스텔 주위에 1개 팀이 경호를 하고 있는 것이다.

해밀턴은 이광에게 보고하려고 오늘 오후에 한국을 떠났다.

한국에 온 지 한 달 가깝게 되었다. 그동안 파란만장한 사건을 처리했고 일어났다.

욕조에 들어가 누운 이동욱의 눈앞에 지난 한 달이 주마등처럼 스치고 지났다.

해밀턴의 말도 떠올랐다. '너는 큰 사업이 자석처럼 옆에 붙는 운명이다. 대통령이나 총리가 대개 그런 운명을 타고 나지.'

그런가?

이동욱의 얼굴에 쓴웃음이 떠올랐다.

아니다. 해밀턴 사장이 잘못 보았다.

내가 만들었다. 내가 저질렀더니 사건이 따라 붙었다.

나는 대통령은커녕 회사 사장도 되기 싫은 사람이다.

"언니한테서 매일 연락이 와요."

밤, 침대에 누운 서민주가 이동욱을 바라보며 말했다.

안지현 이야기다.

"언니한테 연락 안 해요?"

"이제는 안 하는 게 나아."

"왜?"

"어차피 잊어야 할 사람이니까."

"난?"

"내가 이렇게 찾아 왔잖아?"

몸을 돌린 이동욱이 서민주를 마주 보았다.

서민주의 맑은 눈과 시선이 마주쳤다.

가벼운 상대는 부담 없이 찾아오게 된다. 그 말은 할 수 없지.

착한 서민주도 그렇다. 서민주는 만나고 헤어지는 일상에 익숙해진 여자다.

함께 있는 동안은 행복하게 해줄 것이다, 그 행복의 방법이란 것도 단순하니까.

"뭐 생각해?"

이동욱의 눈을 보면서 서민주가 물었다.

생각에서 깨어난 이동욱이 서민주의 허리를 당겨 안았다.

"네 생각."

"어떤 것?"

"너 뭘 하고 싶어?"

"카이로에서 사업하고 싶어."

"무슨 사업?"

"의류 가게. 내가 디자인과를 나왔거든."

"오, 그렇구나."

"서울에서 가게 얻으려고 돈 모았지만, 이젠 장소를 카이로로 바꿨어."

"너도 아프리카 이민을 가려고?"

"응, 신청할 거야."

서민주가 턱을 들고 이동욱을 보았다.

"그런데 보증인이 없어. 난 아버지가 사업하다 부도를 내어서 신용불량자인데다가 친척도 없거든."

"그렇구나."

"그렇다고 자기한테 보증을 서달라는 게 아냐. 난 내 능력으로 해볼 거야."

"어떻게?"

"이민 담당을 설득하는 거지. 최종 면접자가 여자 상무인데 냉정하지만 정확한 판단을 한대."

“……”

“상무까지 만나기만 하면 내 계획을 설명해주고 기다리겠어. 진인사대천명이지.”

“잘되기를 바란다.”

“그런데 자기는 무슨 일을 해?”

몸을 붙인 서민주가 묻자 이동욱은 심호흡을 했다.

서민주에게 확실한 이야기를 해주지 않았다.

이동욱이 입을 열었다.

“사업을 해, 정보 사업.”

리스타연합이 그런 역할이니까.

미흡한 것 같았기 때문에 이동욱이 말을 이었다.

“주식이나 증권은 아니고, 상품 정보에 관한 사업이지.”

이동욱이 서민주의 몸을 당겨 안았다.

“일단 이민 신청을 해.”

건설적인 미래 계획 아닌가?

윌슨의 보고를 받은 부시의 얼굴이 환해졌다.

이를 드러내고 활짝 웃는다.

“마이 갓. 리스타가 마침내 한국도 통일시키겠군.”

부시는 미국 대통령이다.

누구는 멍청이라고 했지만 미국 대통령쯤 되려면 보통 사람은 아니다.

부시가 대번에 핵심을 찍었다.

북한의 아프리카 이민, 핵 폐기를 뛰어넘는 예단이다.

백악관의 오벌룸 안.

부시와 윌슨, 안보보좌관 매클레인, 국무장관 베이컨까지 넷이 둘러앉아 있다.

고개를 든 부시가 윌슨에게 묻는다.

"그럼 핵 협상이 시작되는가?"

"아직 말을 꺼내지는 않았습니다."

"우리가 언제 개입하지?"

"한국이 핵 폐기 이야기를 꺼냈을 때 자연스럽게 끼어들어야겠죠."

"누가 갈 건가?"

"물론 핵 폐기 담당이 가야겠지만 우리 CIA와 국무부에서도 참가해야겠지요."

"잘된 거야."

부시가 고개를 끄덕였다.

"리스타가 마음에 들어. 그놈들을 잘 관리해야 돼, 부장."

3자 회담이 열렸다. 남북한, 그리고 리스타의 '리스타 이민' 회의다.

먼저 3자 합의로 주관은 리스타가 맡고 남북한이 참여하는 것으로 규칙을 정했다.

북한 측의 발의다.

그래서 리스타 측 대표는 리스타연합의 사장 해밀턴, 한국 측은 외교장관 박정규, 북한 측은 선전선동부장 우명수가 되었다.

장소는 제주도의 제주호텔, 회의실에는 셋이 둘러앉았다.

오후 4시.

원탁에 둘러앉은 셋의 뒤쪽에는 보좌관들이 각각 두 명씩 대기하고 있다.

먼저 입을 연 사람은 박정규, 58세. 북한 핵 폐기를 위한 3자 회담의 한국 측 대표이기도 하다.

"예상하고 계시겠지만 이번에 핵 문제도 해결해야 될 것 같습니다."

박정규가 웃음 띤 얼굴로 우명수를 보았다.

"이민을 시키기 전에 핵 폐기를 해주셔야겠습니다."

"예상은 했습니다."

우명수의 얼굴에도 쓴웃음이 떠올랐다.

"그때는 미국의 핵 사찰단도 참가시켜야겠지요?"

"예, 승낙하신다면 당연히 참가해야 되지 않겠습니까?"

"좋습니다. 위원장 동지께서 핵 폐기를 결정하셨습니다."

우명수가 정색했다.

"보유한 핵 전량을 폐기시킬 것이고 공화국 전 국토를 사찰단에 개방하겠습니다. 핵 시설도 폐기합니다. 다만, 폐기한 시설, 장비에 대해서는 보상을 받아야 합니다."

"그건 당연한 일이지요."

박정규가 커다랗게 고개를 끄덕였다.

그것은 미국 측이 먼저 제의한 사항이니 문제가 없다.

그때 우명수가 고개를 들고 해밀턴을 보았다.

"우리 인민들의 이민은 얼마나 가능합니까? 3백만은 되어야 합니다."

"북한이 요구한 대로 3백만이 가능합니다."

해밀턴이 바로 대답했다.

통역을 통해 대답을 들은 우명수가 말을 이었다.

"그렇다면 미국 측 대표를 참가시켜서 이민과 핵 폐기를 병행하지요."

서둘고 있는 것이다.

식당에서 TV를 보던 손님 하나가 말했다.

"이제 북한의 인구가 2천만도 안 되겠군."

"그래, 가족까지 나가게 될 테니, 아마 1천만은 빠져나갈 거야."

같이 식사를 하던 손님이 말을 받는다.

"그럼 1천5백만이 남는가?"

"아프리카에 한국인이 2천만쯤 흩어지게 되나?"

"한반도에는 5천만쯤 남겠구나."

TV를 보면서 주고받는 그들의 대화를 듣던 홍기천이 전채규에게 말했다.

"이민 훈련장은 개성에 세울 예정이야. 2만 명을 수용할 숙소와 훈련장을 건설해서 한 달 예정으로 교육을 시켜 내보낸다는 거야."

"그럼 이곳에서 준비해 온 동무들은 어떻게 합니까? 2천 명 가깝게 되는데요."

전채규가 홍기천을 보았다.

"다시 중국으로 되돌려 보낼 수도 없지 않습니까?"

"지시가 내려왔어."

홍기천의 목소리가 낮아졌다.

"우리는 한국인 국적으로 아프리카로 간다. 계속 진행하라는 거야."

주위를 둘러본 홍기천이 말을 이었다.

"이제 한국과 아프리카는 우리 북조선이 장악하게 될 거야."

그때 옆쪽 식탁의 사내가 다시 떠들었다.

"이제 곧 한반도도 리스타로 통일이 되는 거야. 그렇게 돼야 해."

홍기천과 전채규가 서로의 얼굴을 보았다.

당 지도부에서도 그것을 의식하고 있을 것이다.

한국인들이 식당에서 떠들 정도인데 그것을 모를 것인가?

이동욱은 공식석상에 나간 적이 없었기 때문에 언론에 등장하지 않았고 본인이 그런 기회도 만들지 않았다.

이민 작업도 이동욱이 주관한 것이 아니어서 지시 받은 상황만 추진해 왔고 장애물을 제거했을 뿐이다.

그런데 이번 북한과의 '아프리카 이민'이 급물살을 타면서 정부 관계자와 만나는 경우가 많아졌다.

리스타 건물에서도 만났고 이동욱이 찾아간 적도 있다.

이동욱이 개성 이민 훈련소 건설 현장에 다녀온 날 밤이다.

오피스텔 문을 열어준 서민주가 잠자코 비켜섰기 때문에 이동욱이 눈치를 보았다.

"어디 아프냐?"

"아니."

고개를 저은 서민주가 외면하더니 주방으로 다가가며 물었다.

"식사 하실 건가요?"

오후 9시 반이다.

"아니, 됐어. 바빠서 점심을 5시쯤 먹었어."

서민주가 이동욱의 재킷을 뒤에서 벗기더니 잠자코 옷장에 걸었다.

옷을 갈아입은 이동욱이 소파에 앉았을 때 서민주가 뒤에서 불렀다.

"사장님."

이동욱이 숨을 들이켰다.

지금까지 서민주는 그렇게 부르지 않았다. 이동욱이 말해주지 않았기 때문이다.

고개를 돌린 이동욱의 시선을 받은 서민주가 정색하고 말했다.

"오늘 TV에서 봤어요, 개성에서 공사 현장 보고 계시는 장면."

"들켰네."

이동욱이 쓴웃음을 지었지만 서민주는 여전히 정색했다.

"그렇게 높으신 분인지 몰랐어요."

"그만해라."

"사장님 앞에서 이민 가야겠다고 하다니, 부끄러워서."

"뭐가?"

이동욱이 서민주의 팔을 잡아 앞으로 끌어당겼다.

서민주를 옆자리에 앉힌 이동욱이 말을 이었다.

"어쩌다 보니까 그렇게 된 거야. 네가 이민 간다고 해서 곧 말하려고 했어."

이동욱이 서민주의 어깨를 당겨 안았다.

"내일 신청해. 내일 바로 승인해 줄게."

"……."

"케냐로 가서 적응 훈련을 받을 필요도 없어. 바로 카이로로 가서 사업을 해. 사업장도 내가 마련해 줄 테니까."

"……."

"내가 그러려고 했어."

이동욱이 말을 이었다.

"이건 편법도 아냐. 내가 자금을 대줄 테니까."

일이 빨리 진행되는 셈이지.

평양 주석궁 안.

주석 집무실에서 김정은이 보고를 받는다.

앞쪽에 앉은 면면을 보면 선전선동부장 우명수, 호위총국장 장성달, 그리고 김여정까지 셋이다.

방금 김정은은 우명수한테서 지금까지 진전된 '이민 보고'를 받았다.

이제 개성의 '이민 훈련장'은 15일 후부터 이민 예정자를 받을 예정이다.

고개를 든 김정은이 장성달을 보았다.

"어때? 선발은 다 되었나?"

"예, 위원장 동지."

상반신을 세운 장성달이 말을 이었다.

"일단 호위총국 병사 중 2만을 선발했습니다. 그리고 인민군 병사를 기준으로 20만을 대기시켰습니다."

"당원에서 200만, 군 출신에서 1백만이지만 조정할 수 있으니까."

"예, 위원장 동지."

김정은이 고개를 돌려 우명수를 보았다.

"1인당 선금을 얼마 정도 받아낼 수 있겠나?"

"저쪽이 긍정적인 반응을 보이고 있습니다. 곧 이민을 보내기 전에 받아내도록 하겠습니다."

"1인당 1만 불 정도로 받아내 봐."

"노력하겠습니다, 위원장 동지."

김정은은 이민 3백만 명에 1인당 1만 불 선금을 받아낼 예정인 것이다.

이것은 핵 폐기를 담보로 하는 이민이다.

핵 시설과 장비를 폐기시킨 보상을 별도로 하고 이민자 1명당 1만 불씩 선금을 받아야 한다.

이 자금은 리스타와 한국, 미국 정부가 공동 부담을 해야 될 것이다.

1만 불씩이면 3백만 명분이 300억 불이다.

이것으로 북한 경제는 대약진의 계기가 될 것이다.

그때 김여정이 말했다.

"서울에서 활동해 온 동무가 있어요. 그 동무를 중심으로 게릴라전을 시작해야 될 것 같습니다."

김정은이 고개를 끄덕였고 김여정이 말을 이었다.

"이대로 끌려만 갈 수는 없으니까요. 우 부장과 작전을 세우겠습니다."

"그래야지."

다시 김정은이 고개를 끄덕였다.

화전(和戰)양면의 전략이다.

"대이동이야."

대통령 한대영이 초점이 흐려진 눈으로 비서실장 안윤수를 보았다.

청와대 집무실 안, 오전 11시.

집무실에는 둘이 마주 보고 앉아 있다.

한대영이 말을 이었다.

"이것이 한민족 5천 년 역사에서 두 번째 대이동이 되겠지."

"그렇군요. 첫 번째는 한민족이 대륙에서 이동해 왔지만, 지금은 나가는 것입니다."

안윤수가 말을 이었다.

"남북한 대이동입니다. 아프리카에 가면 남북한이 함께 살게 되겠지요. 한반도 밖에서 한민족이 먼저 통일된 셈입니다."

"리스타에 의해서 밖에 나가 통일이 되는 셈이지. 하지만……."

"그것이 잘될지 걱정입니다. 북한은 북한 주민을 계속 관리하려고 들 테니까요. 리스타와 마찰이 일어나지 않을까요?"

"그럴 가능성이 많지."

한대영의 얼굴에 쓴웃음이 떠올랐다.

"북한은 그것을 이용해서 주도권을 잡으려고 들겠지만 그것이 오히려 체제 전복의 동기가 될 수도 있을 거야."

안윤수가 고개를 끄덕였다.

"그렇습니다. 북한도 그것을 알고 있을 테니까 전력을 다해서 작전하겠지요."

"체제에 관한 문제니까 목숨을 걸고 작전할 거야. 우리처럼 5년 단임 정부의 지도자들하고는 달라."

이제는 한대영의 얼굴도 굳어 있다.

"예, 장춘 출신인데 두 달 전에 귀화했습니다."

지선희가 고분고분 대답하자 장경아가 서류를 보았다.

26세, 장춘 교육대학 졸, 조선족. 2년 전 한국에 와서 중국어 교사로 일하다가 국적 취득. 중국 국적을 버림. 가족 관계는 장춘에 부모 거주.

장경아가 고개를 들었다.

아프리카 이민 최종 심사다.

장경아가 '승인' 도장을 찍으면 '이민 허가증'이 발급되는 것이다.

장경아가 마지막으로 물었다.

"인생의 목적은 뭡니까?"

그때 지선희가 기다리고 있었던 것처럼 대답했다.

"조국에 봉사하고 잘사는 것입니다."

장경아가 고개를 끄덕이더니 옆에 놓인 벨을 눌렀다.

최종 면접이 끝났다는 표시다.

지선희가 일어나 인사를 하고 방을 나갔을 때 장경아 옆에 앉아 있던 이동욱의 얼굴에 웃음이 떠올랐다.

이동욱은 오늘 처음 최종 면접에 참가한다.

면접관은 장경아를 중심으로 3인. 오늘은 이동욱이 끼어서 4인이 되었다.

이 중 2명의 승인이 있어야 합격이다.

그때 이동욱이 장경아에게 물었다.

"심사 결과는?"

그러자 장경아가 고개를 저었다.

"다른 건 거의 완벽한데 마지막 인생의 목적이 거슬렸어요. 북한 공작원 같습니다."

그때 옆자리의 부장이 말을 이었다.

"저도 그렇습니다."

그렇다면 불합격이다.

이동욱이 다른 부장에게 물었다.

"배 부장은?"

"전 합격입니다. 중국에서 교육 받은 사람들은 대개 저런 대답을 하거든요."

"그렇군."

"최악의 경우 북한 공작원이라고 해도 아프리카에 가면 우리들의 통제를 받습니다. 그쯤 감당 못 하겠습니까?"

이동욱의 얼굴에 웃음이 떠올랐다.

"그 말도 일리가 있어."

자리에서 일어선 이동욱이 말을 이었다.

"어쨌든 저 여자는 이민 못 가겠군."

2장
남북한의 아프리카 진출

"이런."

이맛살을 찌푸린 홍기천이 지선희를 보았다.

오후 3시, 영등포 시장 골목의 카페 안.

홍기천이 앞쪽에 앉은 지선희에게 물었다.

"불합격된 이유가 뭐야?"

"제 생각인데요, 마지막 면담에서 결정된 것 같습니다."

"왜?"

"그건 잘 모르겠습니다."

그때 옆에 앉아 있던 보좌관 전채규가 말했다.

"오늘 회원 중에서 여섯 명이 탈락했습니다. 리스타 측의 심사가 까다로워진 것 같습니다."

처음 있는 일이다.

전(前)에는 1, 2명 수준이었고 결격 사유가 있었기 때문이었는데 지금은 조건이 완벽한데도 그렇다.

그때 홍기천이 고개를 들었다.

"이것들이 눈치를 챘나?"

"북한 이민 3백만이 결정된 상황이니까, 한국 이민을 줄이려는지도 모릅니다."

"우리는 예정대로 숫자를 채워야 돼."

고개를 돌린 홍기천이 지선희를 보았다.

"너는 기다려, 우리가 기회를 잡을 테니까."

오후 6시 반.

리스타 상황실에서 이동욱과 박기준, 고영수가 둘러앉아 있다.

옆쪽 상황판에는 홍기천, 전채규, 지선희의 사진이 확대되어 펼쳐져 있고 탁자 위의 녹음기에서 홍기천의 목소리가 울렸다.

"너는 기다려, 우리가 기회를 잡을 테니까."

지선희를 미행한 요원이 녹음까지 해온 것이다.

이동욱이 쓴웃음을 짓고 말했다.

"예상대로야. 북한 공작원이었어."

"이놈 신분은 곧 파악될 겁니다."

박기준이 홍기천을 눈으로 가리키며 말했다.

"지금까지 이놈이 얼마나 이민을 보냈는지도 파악이 되겠지요."

"아프리카에서 남북한의 본격적인 전쟁이 일어날 수도 있어."

이동욱이 이맛살을 찌푸리며 말했다.

"한반도의 전쟁이 그쪽으로 옮겨가는 것이야."

"그때는 미국과의 동맹도 필요 없게 되지 않겠습니까?"

박기준이 묻자 이동욱은 고개를 끄덕였다.

"미국이 공식적으로 돕지는 못하겠지만, 리스타와 손발은 맞추겠지."

고개를 든 이동욱이 박기준을 보았다.

"끝까지 야욕을 버리지 않는구나. 어디 그럼, 그 불똥이 어디까지 튀는가 보자."

서민주가 이민자 최종 면접을 본 것은 사흘 후다.

서류를 접수한 지 하루 만에 서류 합격 통지가 왔고 이틀째에 2차 면접을 보고 합격했다.

그리고 오늘 최종 면접이다.

오후 4시, 서민주가 면접장의 의자에 앉아 있다.

앞쪽 면접관은 3인, 오늘도 중앙에 장경아 상무가 앉아 있다.

서류를 보던 장경아가 고개를 들었다.

"카이로의 리스타연방 이민국에 가서 신고를 하세요."

서민주가 숨만 쉬었고 장경아의 말이 이어졌다.

"그럼 그곳 책임자가 서민주 씨한테 사업장과 주택 등 모든 것을 처리해드릴 테니까요."

이제는 숨도 죽인 서민주를 향해 장경아가 웃어 보이기까지 했다.

"물론 현지 사정에 익숙해지려면 현지화 교육도 받아야겠죠. 그것도 담당자에게 맡기면 돼요."

"그럼 제가 어떻게 하면 되죠?"

서민주가 겨우 물었을 때 장경아가 친절하게 말을 이었다.

"그냥 맨몸으로 가시기만 하면 돼요. 출발 전에 리스타연방에 연락만 하구요. 그럼 공항에 담당자가 마중 나가 있을 테니까요."

더 할 말이 있는가?

이 모든 것이 다 이동욱이 손을 써준 덕분이다.

이것은 특별 케이스다. 예외 없는 법칙은 없다고 했다. 리스타 이민도 마찬가지다.

서민주가 방을 나갔을 때 심사위원 배 부장이 조심스러운 표정으로 장경아를 보았다

"영업장이 준비된 겁니까?"

"맞아. 특별한 경우지."

장경아가 어깨를 치켰다가 내렸다.

"사장님이 직접 현금을 이집트 사무실로 보내신 거야."

"……."

"이건 리스타 자금이 들어가지 않은 터라 우린 안내만 해주면 돼."

"그렇군요."

배 부장이 시선을 내렸다.

이동욱의 능력이라면 서민주에게 회사 자금을 지급시킬 수도 있을 것이었다. 그런데 자신이 직접 돈을 내어 서민주를 이민 보내는 꼴이 된다.

이런 일은 처음이다.

그때 장경아가 혼잣소리처럼 말했다.

"3백만 불 가깝게 나갔는데, 사장님이 모은 돈 다 썼겠다."

부장 둘은 서로 시선만 맞췄다.

서민주가 사장과 어떤 사이인지는 알 필요도 없기 때문에 생각도 안 했다.

그날 밤.

간부 회의여서 회의가 늦게 끝났다. 그래서 이동욱이 간부들과 함께 저녁을 먹는다.

회사 근처의 한식당 안, 오후 9시 반.

이동욱이 소주잔을 들고 말했다.

"지금까지 우리가 한국 국민으로 위장한 북한 간첩 1,427명을 아프리카로 이

민 보낸 거야."

모두 놀랐지만 가장 크게 충격을 받은 사람이 장경아다.

젓가락을 내려놓은 장경아가 이동욱을 보았다.

"확실합니까?"

"서울에 있는 대남공작회 경리 한 놈을 잡아 자백을 받았어."

모두 숨을 죽였고 이동욱의 말이 이어졌다.

"애국회라고 이름도 지었는데 회장은 선전선동부 소속 대남공작 담당 홍기천. 회원이 5천 가깝게 돼."

이동욱이 장경아를 보았다.

"지난번 불합격시킨 지선희를 미행해서 알아낸 거야. 지선희가 위장 간첩이었어."

"그렇군요."

한숨을 쉰 장경아가 고개를 저었다.

"1,400명이나 내가 위장 간첩을 내보내다니. 어쩌죠?"

"앞으로 북에서 3백만이 나가게 돼."

정색한 이동욱이 넷을 둘러보았다.

"3백만이 모두 호위총국 장병, 그리고 열성 당원이라구. 모두 아프리카에서 어떻게 해야 할지를 교육 받고 나가는 거야."

"그럼 죽 쒀서 개 주는 거 아닙니까?"

불쑥 한재구 선무가 말했고 박태기는 고개를 끄덕였다.

그때 이동욱이 호흡을 골랐다.

"본부에서도 알고 있어. 대책을 세우고 있으니까 그렇게 되지는 않겠지."

이동욱이 말을 이었다.

"앞으로 한국에서 위장 간첩을 철저히 추려내도록 해야 돼."

회식 겸 회의를 마쳤을 때는 밤 10시.

주차장에서 제각기 차를 타고 떠났을 때다.

이동욱이 차에 오르려고 할 때 옆에서 인기척이 났다. 장경아다.

시선을 받은 장경아가 말했다.

"드릴 말씀이 있어요."

주위는 어둡다. 주차장 좌우로 경호등이 서 있었지만 2백 평 면적의 주차장에는 차가 절반쯤 주차되어 있다.

고개를 끄덕인 이동욱이 물었다.

"차에서 이야기 할까? 아니면 다른 곳에서?"

"여기를 떠나요. 조용한 곳으로 가요."

이동욱이 차의 문을 열고 장경아를 먼저 태웠다.

이동욱은 경호대를 끌고 다닌다.

차에 오른 이동욱이 운전사인 강기찬에게 말했다.

"국제호텔로 가자."

영동 테헤란로에 위치한 호텔이다.

국제호텔 14층 라운지의 바에 들어가 앉았을 때는 밤 10시 반이다.

술을 시킨 이동욱이 장경아를 보았다.

"무슨 일이야?"

이제는 이동욱이 자연스럽게 말을 놓는다.

그때 장경아가 말했다.

"서민주가 사흘 후에 출발해요."

"그건 알아."

술병을 든 이동욱이 잔에 술을 따르면서 웃었다.

"내가 모은 돈을 다 투자해서 보내는 거야."

"3백만 불 가깝게 되던데……."

술잔을 든 장경아가 지그시 이동욱을 보았다.

"서민주가 정식으로 이민 신청을 해도 회사의 지원을 받을 수 있었을 건데요."

"나하고 인연이 있는 사람이야. 그래서 오해 받으면 안 돼."

"결벽증인가요?"

"남의 시선을 의식하지는 않아. 내가 거북하기 때문이지."

"어떤 사인데요?"

"여기 와서 만난 여자야. 착한 여자지."

"미인이구요, 깜짝 놀랄 만큼."

"행복하게 만들어주고 싶었어."

"그럴까요?"

술잔을 든 장경아가 한 모금에 위스키를 삼켰다.

장경아는 35세. 이동욱과 동갑이다. 미혼, 서운대 박사, 그리고 날씬한 몸매의 미인이다.

장경아가 말을 이었다.

"사람은 선입견의 지배를 받아요. 이건 누구도 마찬가지라고 믿습니다."

장경아가 고개를 들고 이동욱을 보았다.

"사장님이 처음 부임하셨을 때 저도 나름대로 알아보았죠."

"……."

"리스타자원 출신으로 리스타연합에 오신 후에 전장(戰場) 전문 암살자, 그렇게 해서 출세를 한 용병으로만 알고 있었지요. 그래서 무시한 것 같습니다."

"……."

"그런데 조금씩 생각이 바뀌었어요. 선입견이 바뀐 거죠. 그런데 가만 보니까 사장님도 저에 대한 선입견이 있는 것 같더군요."

장경아의 얼굴에 웃음이 떠올랐다.

"당연한 것이죠. 제 분위기를 느끼셨을 테니까요."

"……."

"그 말씀을 드리려고 했어요. 제가 사장님을 따르고 싶다는 것. 그러니까 저에 대한 선입견을 버리셔도 된다는 것."

이동욱이 다시 술잔을 들었다.

어둠 속에서 두 눈이 번들거리고 있다.

"저를 믿고 지시해 주셔도 돼요."

"……."

"그럼 서민주 씨 같은 일이 일어나지 않을 수도 있지 않겠어요?"

이동욱의 시선을 받은 장경아가 다시 웃었다.

"서민주는 사장님이 투자하지 않으셨더라도 리스타연합의 이민 자금을 받고 정식으로 이민을 갈 수 있었어요."

"……."

"그런데 사장님은 모은 돈만 날리셨단 말이죠. 저한테 약점 잡히기 싫으셔서요."

그때 이동욱이 한 모금에 술을 삼켰다.

맞는 말이기는 하다.

"이걸 봐."

깊은 밤, 오피스텔의 소파에 앉은 이동욱이 가방에서 꺼낸 사진을 서민주에게 내밀었다.

"카이로 신시가지에 있는 매장이야."

옆에 다가와 앉은 서민주에게 이동욱이 사진 한 장을 건네주었다.

서민주가 사진을 받아들고 보았다.

길가에 세워진 4층 건물이다. 푸른색 유리벽이 반짝였고 폭이 1백 미터 정도다. 크다.

“이게 네가 운영할 매장이야. 네가 소유자야.”

이동욱이 또 다른 사진을 보여주었다.

“이건 내부다. 지금 상품이 없지만 네가 진열을 해야 될 거다.”

사진은 여러 장이다.

서민주가 홀린 듯한 표정으로 사진을 한 장씩 넘겨보았다.

이윽고 고개를 든 서민주가 이동욱을 보았다.

“이게 내 소유란 말야?”

“그래.”

“샀어?”

“누가?”

“사장님이.”

그때 숨을 들이켠 이동욱이 팔을 뻗어 서민주의 어깨를 감싸 안았다.

“네 꿈을 이뤄봐.”

“…….”

“이제 가능성이 열린 거야.”

“…….”

이동욱이 다시 가방에서 서류를 꺼내 서민주에게 내밀었다.

“네 명의로 이전된 서류다. 네가 이 건물 주인이야.”

서민주가 잠자코 서류를 받더니 한참 동안이나 쳐다보았다.

이동욱이 말을 이었다.

"넌 가서 리스타 담당자의 도움을 받으면 돼, 다 준비 해놓았을 테니까."

이동욱의 눈이 흐려졌다.

서민주는 갑자기 쏟아진 이 과분한 선물이 당혹스러울 것이다.

그러나 이동욱에게는 자연스럽다.

우연히 서민주를 만났기 때문이지 다른 이유는 없다.

서민주가 운이 좋은 것이지.

사흘 후에 서민주는 희망에 부푼 얼굴로 이집트로 떠났다.

가족과 함께 떠났기 때문에 떠들썩한 분위기다.

서민주하고는 전날 밤 작별을 했기 때문에 이동욱은 공항에 나가지 않았다.

아프리카는 이제 희망의 땅이 되었다.

신개척지다.

이미 아프리카에는 3백만의 한국인이 이민 가 있는 것이다.

"장상호가 돈을 횡령한 건 없지?"

홍기천이 묻자 전채규가 고개를 들었다.

"예, 없습니다."

"사라진 지 며칠째야?"

"오늘까지 사흘째입니다."

전채규가 말을 이었다.

"오후에 점심을 먹은 후에 보이지 않았습니다."

"이 자식이 무슨 사고가 났나?"

홍기천이 투덜거렸다.

장상호는 애국회의 경리 담당이다.

그때 전채규가 말했다.

"어제 7명이 최종 면접을 보았는데 모두 불합격했습니다."

홍기천이 심호흡을 했다.

불길한 예감이 든 것이다.

이런 경우는 처음이다.

가장 나쁜 경우가 불합격률이 30퍼센트 정도였는데 이번은 100퍼센트다.

오후 6시, 둘은 대림동의 연립 주택 응접실로 들어와 있다.

이곳이 홍기천의 숙소다.

전화벨이 울렸을 때는 그로부터 10분쯤 후다.

서둘러 전화기를 집어든 전채규가 응답하더니 홍기천에게 넘겨주었다.

"부부장 동지이십니다."

홍기천의 직속상관 고동표다.

서둘러 전화기를 귀에 붙인 홍기천이 응답했다.

"예, 홍기천입니다."

"이번 달 실적은 얼마나 될 것 같나?"

"예, 대충 2백 명으로 예상합니다."

고동표가 대답하지 않았기 때문에 홍기천이 서둘러 말을 이었다.

"이번에 심사가 강해졌기 때문에."

"이번 달 실적이 지난달보다 떨어질 것 같지?"

"예. 그것은……."

"그래서 말인데, 동무는 평양으로 올라오고 서울은 대리인에게 맡겨야겠다."

"……."

"동무는 조금 더 큰일을 해야 돼. 그런 줄 알고 준비하도록."

통화가 끝났을 때 홍기천이 전화기를 내려놓고는 심호흡을 했다.
옆에 앉은 전채규와는 시선을 마주치지 않는다.

개성, 이민 훈련 단지.
임시 막사가 가설되고 있다. 공사장 근로자는 모두 인민군 장병이다.
공사를 감독하고 있던 박기성 중좌가 다가오는 리용국 중좌를 보았다.
리용국은 옆쪽 단지의 공사 감독이다.
"무신 일이야?"
박기성이 묻자 리용국은 주위부터 살펴보았다.
오후 5시 반, 주위는 병사들이 분주하게 일하고 있다. 모두 활기찬 모습.
자재는 모두 '남'에서 날라오는 터라 전혀 부족하지 않다. 오히려 넘친다.
거기에다 공사 현장의 병사들에게는 엄청난 주부식이 배급된다. 간식까지 있다. 이러니 기운이 날 수밖에.
"너 이민 신청했나?"
리용국이 묻자 박기성은 고개를 끄덕였다.
"그래. 건설 부분 기술직 이민은 자리가 많대. 곧 합격될 거다."
"합격되면 교육을 받아야 돼."
"그래야겠지."
"공작원 교육이야."
"알고 있어."
"이젠 남조선이 아니라 아프리카 대륙의 적화지."
"리스타 덕분에 우리가 세계를 지도하게 되는 것 같다."
"빨리 떠나고 싶다."
"가족도 데려갈 수 있겠지?"

"기반이 굳어진 후에는 보내준다고 들었어."

"좋아. 나도 결심했다."

"내가 줄을 소개시켜 줄까?"

"나도 있어."

"그러면 됐고."

웃음 띤 얼굴로 박기성이 리용국을 보았다.

둘은 공병병과 군관으로 김일성대 동창이다.

'줄'을 타는 방법을 잘 아는 것이다.

이동욱이 '개성 이민 훈련소' 현장에 도착했을 때는 오후 5시경이다.

공사는 철야로 진행되기 때문에 현장 소장인 최현 중장이 기다리고 있다가 이동욱을 맞았다.

최현은 52세, 인민군 제77 공병 사령관을 겸하고 있다.

"일주일 후면 1차 이민단 5천 명이 가막사에 입주할 수 있습니다."

최현이 사무실에서 보고했다.

"1주일 후부터는 이민자 교육을 시작해도 될 것 같습니다."

"그렇다면 우리도 서둘러야겠군요."

이동욱이 말을 이었다.

"강사진 숙소도 그때까지 준비되겠지요?"

"예, 2백 명 규모의 숙소가 완공될 겁니다, 사장님."

"바쁘군요."

"그쯤은 일도 아닙니다."

최현의 얼굴에 웃음이 떠올랐다.

"공사 장비, 자재, 주부식까지 풍족한 상황에 초과 달성을 못 한다면 인민군이 아니지요."

"과연."

"모두 사기충천한 상태입니다."

이동욱이 앞에 앉은 최현을 바라보았다.

단정한 용모의 중장이다. 이곳에서 북한 이민을 교육, 최종 심사를 한 후에 아프리카 각 지역에 보내는 것이다.

북한 당국이 이민자를 선발, 이곳으로 보내지만 최종 선택권은 리스타가 쥐고 있다.

곧 본부에서 선발위원회가 강사진과 함께 올 것이지만 총지휘자는 리스타연합 한국 법인 사장 이동욱인 것이다.

그때 최현이 말했다.

"저도 이 공사를 끝내고 이민을 갈 예정입니다."

"아니, 장군도 말씀입니까?"

놀란 이동욱이 눈을 크게 떴다.

"당에서 보내주시는 모양이네요."

"예, 겨우 승인을 받았습니다."

최현의 얼굴에 웃음이 떠올랐다.

"제가 공을 좀 세웠기 때문에 보상 차원에서 승인을 해준 것이지요."

"그렇군요. 보상을 받으셨군요."

"잘 부탁합니다."

"아니, 뭘 말씀입니까?"

"합격시켜 달라는 말씀입니다."

다시 쓴웃음을 지은 최현이 말을 이었다.

"리스타 심사에서 떨어지면 체면이 말이 아니지 않습니까?"

"그럴 리가 있습니까?"

방 안에는 둘뿐이다.

이동욱이 말을 이었다.

"이민을 가게 되시겠지요."

그러나 심사는 해야 한다.

더구나 최현은 고위층이다. 고위층에 대한 심사는 엄격하다.

왜냐하면 고위층을 중심으로 조직을 결성할 우려가 있기 때문이다. 특히 최현 같이 드러난 고위층은 더욱.

다음 날 오후.

서울, 조선호텔 라운지에서 해밀턴과 북한 선전선동부장 우명수의 회담이 열렸다. 비밀 회담. 각각 두 명씩의 보좌관을 대동했는데 이동욱은 참석하지 않았다.

오늘은 비자금 회의다.

북한 측에서 이민 송출 대가로 1인당 수당을 요구하는 회의인 것이다.

우명수가 입을 열었다.

"우리는 이민자 1인당 1만 불의 선금을 요청합니다. 이민으로 떠나기 직전에 지급해주시면 고맙겠는데요."

통역을 통해 들은 해밀턴이 잠자코 시선만 주었고 우명수가 말을 이었다.

"물론 현금 지급입니다. 이것을 미국 측과 협의해서 바로 통보해주시기 바랍니다."

그때 해밀턴이 고개를 들었다.

"오늘 자로 북한의 아프리카 이민은 중지하겠습니다."

통역의 말을 들은 우명수가 눈만 끔벅였고 해밀턴의 말이 이어졌다.

"리스타가 사람이 없어서 북한 이민을 받는 것도 아니고 남북관계 때문에 리스타가 한국 측 제의를 받아들인 것인데요."

우명수의 시선을 잡은 해밀턴이 빙그레 웃었다.

"우리가 1만 불씩 내고 북한인을 아프리카로 데려갈 이유가 없습니다. 아프리카에서 또 생활 지원 자금을 융자해 줘야 하는데, 미친놈이 아닌 이상 왜 그렇게 해야 됩니까?"

정색한 해밀턴이 고개를 저었다.

"내 선에서 거부합니다. 이것으로 북한인 이민은 없는 것으로 합시다."

그러고는 해밀턴이 자리에서 일어섰다.

30분 후에 이동욱은 해밀턴과 호텔 지하 1층의 클럽에서 술잔을 들고 있다.

동석자는 CIA 해외작전국장 크린트 메크럼과 청와대 안보보좌관 유철상.

해밀턴이 단독 회담 결과를 말해 주고 나서 웃었다.

"예상은 했지만 그 사람들 참 뻔뻔해."

모두 듣기만 했고 해밀턴이 말을 잇는다.

"아예 이민을 거래용 상품으로 취급하는 인상을 받아서 내가 감정이 격해졌어. 도저히 앉아 있을 기분이 안 되었어."

"합의는 하실 것 아닙니까?"

크린트가 묻자 해밀턴이 대답 대신 이동욱을 보았다.

"내일 아침에 개성의 훈련소 공사를 중지시켜."

"예, 사장님."

"북한 측 현장 소장에게 지시하면 돼?"

"예, 어제도 만나고 왔습니다."

"일단 그렇게 해놓고 다시 시작하지."

고개를 든 해밀턴이 주위를 둘러보았다.

얼굴에 쓴웃음이 번져 있다.

"우리 회장님은 적정한 선에서 끝내자고 하셨지만, 나는 1인당 교통비 조로 1백 불 정도만 줄 계획이야."

"북한 예상보다 1백분의 1로 줄었군요."

따라 웃은 크린트가 말을 이었다.

"북한 내부에서 진통이 있을 것입니다. 하지만 급한 건 우리가 아니죠."

"받아들이겠지."

어깨를 편 해밀턴이 말을 이었다.

"아프리카로 보낸 이민자들한테도 계속해서 돈을 뜯어낼 테니까."

클럽에서 나온 이동욱에게 유철상이 다가왔다.

유철상은 48세, 3선 국회의원 출신. 대통령 한대영의 복심이다.

국회에서 안보 분야만 맡고 있었기 때문에 안보 전문가가 다 되었다.

마른 체격, 이번 북한 이민 관계 총 지휘를 맡고 있다.

"이 사장님, 술 한잔하십시다."

은근한 목소리로 말한 유철상이 눈으로 아래쪽 계단을 가리켰다.

지하 2층으로 내려가는 계단이다.

그곳에는 카페가 있다.

"좋습니다."

고개를 끄덕인 이동욱이 유철상을 따라 계단을 내려갔다.

서민주가 이집트로 떠난 터라 요즘은 안가에서 혼자 산다.

카페의 방 안.

둘이 마주 앉았다. 앞에는 위스키가 한 병 놓여 있다.

오후 9시쯤 되었다.

이동욱의 잔에 술을 따른 유철상이 입을 열었다.

"이번 기회에 통일을 해야 됩니다."

이동욱의 시선을 받은 유철상이 말을 이었다.

"그것이 대통령님의 뜻입니다. 꿈이고요."

"……."

"대림동을 중심으로 북한계 조선족들이 모여 있는 것을 아시지요?"

"압니다."

"그 중심에 애국회가 있는 건 모르시겠군요."

"압니다."

"아십니까?"

유철상의 눈동자가 흔들렸다.

"그 애국회 회장이 누군지도 아십니까?"

"북한의 대남공작 비서 직책인 홍기천 아닙니까?"

그때 유철상이 술잔을 내려놓았다.

"잘 아시는군요."

"그자가 지금까지 1,400명가량의 간첩을 아프리카로 보냈지요."

"어떻게 아십니까?"

"애국회 재정 담당을 납치해서 자백을 받았습니다."

"아, 그렇군요. 과연."

고개를 끄덕인 유철상이 지그시 이동욱을 보았다.

"그 홍기천이 어제 우리 KCIA에 신변 보호를 요청해 왔습니다."

이동욱이 숨을 죽였고 유철상의 말이 이어졌다.

"현재도 대림동에 있지만, 곧 귀순해 올 겁니다. 나도 그 친구를 만나보고 온 겁니다."

이동욱이 숨을 골랐다.

내분이 일어났는가?

"뭐? 이민 사업을 중지시켰다고?"

버럭 소리친 김정은이 우명수를 노려보았다.

오전 10시 반.

이 시간은 김정은에게 새벽이나 같다.

대동강변의 제5초대소 안, 서울에서 정신없이 달려온 우명수가 김정은 앞에 섰다.

"예, 1인당 1만 불을 요구했더니 더 말할 것도 없다면서 이민 사업 중지를 선언했습니다."

외면한 채 우명수가 말했는데 벌써 얼굴에 땀방울이 솟아나 있다.

"그리고 개성의 '이민 훈련소' 공사도 중지시켰습니다, 지도자 동지."

"이런 개 같은 미국 놈이."

김정은이 잇새로 말했다.

해밀턴이 미국인인 것이다.

고개를 든 김정은이 우명수를 노려보았다.

"그래서 당하고만 왔단 말인가?"

우명수가 숨을 죽였고 김정은의 목소리가 높아졌다.

"그 자리에서 자폭이라도 해야 될 것 아닌가?"

"예, 지도자 동지. 제가 죽음으로 책임을 지겠습니다."

우명수가 필사적인 표정을 짓고 말했다.

"여러 가지로 검토한 결과, 리스타 단독으로 결정하지 못합니다. 남조선 정부를 통해 수습해보겠습니다."

"동무가 책임을 지라우!"

"예, 지도자 동지."

김정은이 몸을 돌렸기 때문에 우명수는 등에 대고 절을 했다.

머릿속이 텅 빈 상태여서 문이 어느 쪽에 있는지 구분이 되지 않는다.

초대소에서 당 사무실로 돌아온 우명수에게 선전부 부부장 고동표가 다가왔다.

"부장 동지, 서울로 보낼 강지윤 동무가 기다리고 있습니다."

앞에 선 고동표가 조심스러운 표정으로 보고를 했다.

고동표는 이민 작업이 중지되었다는 것을 아는 것이다.

"데려와."

우명수가 보지도 않고 말했더니 금방 고동표가 여자 하나를 데려왔다.

단정한 노동복 차림의 여자, 눈부신 미모다.

고개를 든 우명수가 여자를 보았다.

"준비 다 됐어?"

"예, 부장 동지."

여자가 맑은 목소리로 대답했다.

강지윤, 30세, 모란봉악단 가수 출신으로 김성일 기쁨조를 거쳐 러시아 대사관에서 근무하다가 선발된 것이다.

어깨를 부풀린 우명수가 충혈된 눈으로 강지윤을 보았다.

"이민 사업이 갑자기 중지되었어. 급박한 시기에 동무가 교체된 거야."

강지윤의 시선을 받은 우명수가 말을 이었다.

"동무한테 엄청난 임무가 맡겨질 거야. 그 대가는 받게 될 테니까, 목숨을 걸고 임무를 완수하도록."

"개성 현장 공사도 중지되었습니다."

비서실장 안윤수가 보고하자 한대영이 눈을 가늘게 떴다.

청와대 대통령 집무실 안, 오전 11시 반이 되어가고 있다.

"그럼 완전 거부한 건가?"

"예, 그렇다고 봐야 합니다."

그렇게 대답한 사내는 유철상, 어젯밤에 이어서 두 번째 보고다.

유철상이 한대영을 보았다.

"북한 측은 당황한 것 같습니다."

"나중에 다시 협상할 여지는 있겠지?"

"예, 대통령님."

"1인당 1만 불에서 조정할 것 같은가?"

"예, 북한 측이 양보를 해야겠지요."

유철상이 말을 이었다.

"제가 국정원 측에 말을 했습니다만, 대림동에 본거지를 둔 북한의 간첩 조직이 있습니다. 애국회라는 조직인데요."

유철상이 북한의 애국회 활동과 홍기천의 귀순 의사를 밝힌 상황을 보고하자 한대영이 고개를 절레절레 흔들었다.

"북한의 진면목이 다시 드러난 셈이군."

모두 입을 다물었고 한대영은 더 이상 입을 열지 않았다.

"전화 받으세요."

인터폰에서 장경아의 목소리가 울렸을 때 이동욱이 눈썹을 모았다.

낮 12시 15분, 사무실 안이다.

누구 전화를 받으란 말인가?

"무슨 말야?"

"저한테 전화가 왔는데요. 조평통의 간부라고 합니다. 윤기백이라는데요."

"난 모르는 사람이야. 안 받아."

"네, 사장님."

장경아의 목소리에 웃음기가 섞였다.

인터폰을 내려놓은 이동욱이 자리에서 일어나 외출 준비를 했다. 점심시간인 것이다.

그때 문에서 노크 소리가 들리더니 장경아가 들어섰다.

손에 휴대폰이 쥐어져 있다.

"또 전화가 왔어요. 조평통 위원장 윤기백입니다."

"글쎄, 난 모르는 사람이라니까."

"북한의 당 간부지요. 북한이 다른 통로를 통해서 사장님께 접촉하려는 것 같습니다."

장경아가 손에 쥔 휴대폰을 들어보였다.

"기다리고 있는데요."

"내가 엮이면 복잡해져. 직접 해밀턴 사장께 연락하라고 해."

"알겠습니다."

고개를 끄덕인 장경아가 휴대폰 버튼을 누르고는 귀에 붙였다.

잠시 후, 통화를 마친 장경아가 이동욱을 보았다.

"그럼 해밀턴 사장께 여쭤본 후에 연락을 한답니다."

"갓댐."

이동욱이 쓴웃음을 지었다.

"해밀턴 사장께 직접 말하라고 해."

점심은 장경아와 함께 먹었다.

마침 방에 들어온 장경아와 함께 회사 근처의 일식당에 간 것이다.

이제는 회사 업무에 익숙해져서 책상에 오래 앉아 있는 것도 견뎌 낸다.

장경아가 초밥을 씹고 나서 웃음 띤 얼굴로 이동욱을 보았다.

"어디서 자료를 구하셨어요?"

"귀순자."

짧게 대답한 이동욱이 정색했다.

"여기서 나가는 놈들은 간첩이야. 북한에서 나갈 이민자들은 북한 국적이지만 여기서는 조선족 출신의 간첩이 한국 국민으로 위장해서 나간다구."

"진짜 1,400명이나 나갔어요?"

"그래."

"내가 사표 내야겠네요."

"그럴 얼굴은 아니구만."

"귀순자는 어디 있어요?"

"내가 보호하고 있어."

그러고는 이동욱이 덧붙였다.

"한국에 파견된 북한 고위층 간첩도 우리한테 귀순 의사를 밝혔어. 그자한테서도 고급 정보가 쏟아질 거야."

장경아가 고개를 끄덕였다.

"조금 전, 조평통에서 온 전화도 북한이 조급했기 때문이겠지요?"

"그렇겠지. 그래서 내가 서둘러 받을 필요도 없는 거야."

고개를 끄덕인 장경아가 이동욱을 보았다.

"곧 연락이 오겠지요?"

"오겠지."

젓가락을 내려놓은 이동욱이 말을 이었다.

"급한 건 북한이니까 전방위 작전을 펴는 거야."

점심을 먹고 사무실로 돌아왔을 때 해밀턴의 전화가 왔다.

해밀턴이 직접 전화를 한 것이다.

"리, 조평통의 전화를 받아라."

해밀턴이 대뜸 말했다.

"윤기백이 조평통 위원장으로 당 서열이 우명수보다 높은 인간이다."

"그렇습니까? 그런데 왜 나를 만나자고 할까요?"

"네가 어리숙하게 보인 모양이다."

해밀턴의 목소리에 웃음기가 띠어졌다.

"나하고 우명수하고의 라인이 끊겼으니까 너를 통한 대화 창구를 이용하려는 것이지."

"만나면 뭐라고 합니까?"

"듣기만 해. 너를 전달자로 이용할 테니까, 답변을 요구하지는 않을 거야."

"알겠습니다."

"적으로부터도 배워야 돼. 그놈들의 행태를 잘 봐둬라."

통화가 끝났을 때 이동욱의 얼굴에 쓴웃음이 떠올랐다.

이쪽을 아이 취급은 하지만 바탕에 호의가 깔려 있어서 반감은 일어나지 않는다.

홍기천이 웃음 띤 얼굴로 강지윤을 보았다.

"잘 오셨습니다. 방 안이 환해지는 것 같네요."

"아, 그래요?"

강지윤의 얼굴에도 웃음이 떠올랐다.

"홍 동지께서 열심히 해주신 덕분에 제가 업무를 인계 받게 되었습니다."

"나야 문책성 귀국 조치를 당하는 입장 아닙니까? 면목이 없지요."

"아닙니다. 저는 처음 듣습니다."

정색한 강지윤이 홍기천을 보았다.

"애국회를 이 규모로 성장시킨 공이 홍 동지 아니십니까? 그건 누구도 부정할 수 없을 것입니다."

"과찬이시오."

이렇게 덕담을 주고받는 장소는 대림동의 안가.

응접실에는 둘뿐이다, 오후 9시 반.

강지윤은 중국을 거쳐 중국 여권으로 조금 전에 한국에 도착한 것이다.

홍기천의 후임이다.

그때 홍기천이 탁자 위에 서류 뭉치를 눈으로 가리켰다.

"여기, 회원 명부, 자금 현황이 있습니다. 다 검토하시고 나서 현안에 대한 브리핑을 해드리지요."

"감사합니다."

강지윤이 귀밑머리를 쓸어 올리면서 다가가 앉았다.

그때 홍기천이 자리에서 일어섰다.

"제가 밖에서 기다리겠습니다."

이동욱이 윤기백의 전화를 받았을 때는 오후 10시 반이다.

이동욱은 안가에서 전화를 받는다.

옆자리에 박기준과 고영수가 앉아 있었는데 막 회의가 끝난 참이었다.

"이 사장님, 늦은 시간에 전화드렸습니다."

굵은 목소리의 사내다.

"제가 조평통위원장 윤기백입니다."

"아, 그러십니까?"

이동욱이 휴대폰을 탁자 위에 놓고는 스피커 버튼을 눌렀다.

응접실 안이 조용해졌다.

그때 윤기백의 목소리가 울렸다.

"제가 이 사장님을 평양으로 초대합니다. 응해주시겠습니까?"

"아뇨."

대번에 대답한 이동욱이 소파에 등을 붙였다.

"제가 요즘 바쁩니다. 미안합니다."

"지도자 동지께서 초대하신 것입니다. 저는 대리인으로 말씀드린 것입니다."

"그래도 바빠서요. 못 갑니다."

"이런, 이거 대단히 유감입니다."

"다음 기회에 보십시다."

"제가 해밀턴 사장께 다시 연락을 드려야겠군요."

"아, 마음대로 하시지요."

"그럼 다시 연락을 드리지요."

그때 이동욱이 팔을 뻗어 휴대폰을 껐다.

이동욱이 어깨를 폈을 때 박기준이 입을 열었다.

"사장님, 김정은이 초대한 것 아닙니까?"

이동욱의 시선을 받은 박기준이 말을 이었다.

"이건 사장님이 가셔야 될 것 같은데요."

"아마도."

이동욱이 고개를 끄덕였다.

"곧 해밀턴 사장님의 연락이 오겠구나."

"왜 초대했을까요?"

고영수가 물었을 때 박기준이 대신 대답했다.

"이민 문제지 뭐야? 사장님을 통해 해밀턴 사장님을 설득시키려는 의도지. 우리 사장님은 한국인이라 말이 통한다고 생각하는 거지."

그때 이동욱이 빙그레 웃었다.

"그래. 내가 북에 초대되면 너희들 둘도 같이 가자. 평양 구경을 시켜주지."

둘의 얼굴도 환해졌다.

리스타랜드의 바닷가 별장, 이곳은 해밀턴의 별장이다.

밤 10시 반.

오늘은 안학태가 놀러와 있었는데 바닷가 쪽 테라스에서 술을 마시는 중이다. 외부에서 걸려온 전화를 받고 돌아온 해밀턴이 옆쪽 의자에 앉으면서 말했다.

"또 조평통 의장한테서 전화가 왔어. 이동욱을 평양으로 초대할 테니까 보내달라는군."

"평양으로?"

"그래. 그런데 이동욱이 거부했다는 거야."

그때 안학태가 짧게 웃었다.

"이동욱이 갑질을 하는군."

"그래서 내가 이동욱한테 평양에 가보라고 했어."

"이민 사업 때문이겠지?"

"이동욱을 통해 나를 설득시킨다는 작전이야. 그것을 나한테 부탁하는 거야."

"이동욱을 보내 달라고 말이지?"

"간접적인 부탁이지."

"그것, 참."

"김정은 위원장을 만나게 한다는 거야."

해밀턴의 얼굴에 쓴웃음이 번졌다.

"이동욱이 얼이 빠질 거야."

"그럴까?"

"접대 받을지도 몰라, 성 접대."

"맙소사."

신음을 뱉은 안학태가 해밀턴을 보았다.

"이동욱이 큰 경험을 하겠군."

이동욱은 그 시간에 유철상의 전화를 받는다.

안가의 응접실 안이다. 옆에는 여전히 박기준과 고영수가 앉아 있다.

유철상이 말을 이었다.

"홍기천의 후임 회장이 왔다고 연락이 왔습니다. 당에서 보낸 간부라는데요."

유철상의 목소리가 방 안을 울렸다.

"홍기천은 업무 인계를 한다는 핑계로 며칠 더 한국에 남아 있을 것입니다. 이때 애국회를 소탕하려는데 리스타 측 의향은 어떻습니까?"

"잠깐."

이맛살을 찌푸린 이동욱이 옆에 앉은 둘을 번갈아 보았다.

그때 둘이 동시에 고개를 저었다.

스피커폰으로 되어 있어서 다 들은 것이다.

그때 이동욱이 입을 열었다.

"보류하시지요. 지금은 시기가 아닌 것 같습니다."

이동욱이 말하기로 작정을 했다.

유철상은 청와대 안보보좌관이다.

"내가 평양에 갈 것 같아서요. 그동안에 체포하면 상황이 복잡해질 겁니다."

"그렇군요."

유철상이 금방 이해했다.

"보류시키지요."

상황이 급변하고 있다.

이동욱이 해밀턴의 전화를 받았을 때는 다음 날 오전 10시 무렵.

해밀턴이 바로 말했다.

"평양에 가서 네가 결정을 해."

"뭘 말입니까?"

"분담금이다. 1인당 1만 불을 요구했지만, 그건 못 준다. 사람 장사를 하는 것도 아니고."

"제 생각도 그렇습니다."

"내 생각인데 교통비 조로 1인당 3백 불 정도가 적당해. 그것도 본인에게 직접, 아프리카에서."

"예, 사장님."

"그렇게 못 하면 이민 취소하는 게 낫다. 이번 기회에 버릇을 고쳐야 돼, 그것이 회장님의 의지이기도 하니까."

"알겠습니다."

이동욱이 어깨를 폈다.

이제는 평양에 가야겠다는 생각이 일어났다.

차량으로 북상했다.

자유로를 달려 개성에 도착, 그곳에서 대기 중인 북한 측 차량으로 옮겨 타고 평양으로 갔다.

이동욱 일행은 박기준, 고영수와 팀원 다섯, 그리고 리스타연합 한국 법인에서 장경아 상무를 대동했다.

공식적으로는 조평통 위원장 윤기백의 초청이지만 김정은 면담이다.

청와대 안윤수 실장에게 보고를 했더니 잘 다녀오라면서 세 번이나 전화를 해주었다.

평양으로 달리는 고속 도로상에서 장경아가 이동욱을 보았다.

"우리를 뭐로 볼까요?"

"뭘?"

시선을 받은 이동욱이 되물었다.

차 안에는 앞쪽에 운전사와 안내역 둘이 타고 있다.

그때 장경아가 입을 다물었기 때문에 차 안에 정적이 덮였다.

이동욱은 말뜻을 알았지만 대답하지 않았다.

애인 관계로 볼 수도 있을 것이다. 그러나 상관없다.

이동욱은 그런 문제에 대해서는 감각이 둔한 편이다.

평양까지 3시간이 걸렸다.

시속 150까지 속력을 낼 때도 있었지만 고속 도로 상태가 좋지 않아서 제대로 달리지를 못했기 때문이다.

평양 옥류관 현관 앞에서는 조평통위원장 윤기백이 기다리고 있다가 이동욱을 맞았다.

"잘 오셨습니다."

윤기백은 60대로 백발의 거한이다.

이동욱의 손을 쥔 윤기백이 활짝 웃는다.

오후 4시 반이다.

일행은 옥류관으로 들어섰다.

"따라온 여자가 누구야?"

김정은이 묻자 우명수가 대답했다.

"리스타연합에서 이민 심사 책임자인 상무급 간부입니다."

"그렇군."

고개를 끄덕인 김정은이 우명수를 보았다.

"내일 만나자구."

내일 이동욱을 보자는 말이다.

그날 밤, 이동욱은 윤기백의 접대를 받는다.

장소는 옥류관 지상 1층의 대연회장.

박기준, 고영수까지 귀빈이 되어 있다.

귀빈석에 나란히 앉은 남녀는 이동욱과 장경아다.

윤기백과 우명수가 좌우에 앉아 무대에서 춤을 추는 무희들을 본다.

무희다. 늘씬한 키, 모두 '글래머'다. 한국과는 미인의 기준이 다르게 적용되는 것 같다.

20여 명이 일사불란하게 춤을 추는 것이 기계처럼 움직인다.

홀린 듯이 무희를 보던 장경아가 이동욱에게 몸을 기울이고 물었다.

“체격들이 크죠?”

“좋구만.”

“저런 체격이 좋은 모양이죠?”

“난 장 상무 같은 체격이 좋아.”

“성희롱은 아니니까 마음 놓고 말하셔도 돼요, 내가 먼저 말 꺼냈으니까.”

“더 할 말은 없어.”

“여기선 우리 사이를 그냥 넘기지는 않을 것 같네요.”

“무슨 말이야?”

“서로 싱글인 상태에다 가능성이 충분히 있거든요.”

“진부한 이야기다.”

이동욱이 이맛살을 찌푸렸다.

“장 상무, 자꾸 그런 식으로 이야기 끌고 가지 마라.”

“알겠습니다. 죄송해요.”

그때 윤기백이 이동욱에게 말했다.

“이 사장님, 내일 지도자 동지를 모시고 다시 파티가 있습니다. 내일 지도자 동지께서 이민 문제를 말씀하실 것 같습니다.”

이동욱이 고개만 끄덕였고 윤기백이 말을 이었다.

“이번에 해밀턴 사장이 이민 사업을 무산시켰는데 다시 추진시킬 방법이 없겠습니까?”

무대에서는 가수들이 합창을 하고 있었는데 가볍고 밝은 분위기의 가요다.

그 말을 옆에서 들은 장경아가 힐끗 이동욱을 보았다.

이동욱이 입을 열었다.

“이민 사업이 주민들을 잘살게 하려는 의도인데, 그것을 기준으로 판단할 겁니다.”

이제는 우명수도 숨을 죽였고 이동욱의 말이 이어졌다.

"개인당 1만 불씩 받아서 그것을 어떻게 한다는 겁니까? 그것만 분명하게 밝힌다면 내가 발 벗고 나설 수가 있지요."

그때 장경아가 먼저 고개를 끄덕였고 우명수와 윤기백은 서로의 시선을 받더니 입을 다물었다.

밤 10시 반.

파티를 마치고 방에 돌아온 이동욱이 선반에서 술병을 꺼내 탁자 위에 놓았다. 파티에서 별로 술을 마시지 않았기 때문에 얼굴만 상기되었다.

영국산 위스키를 잔에 따른 이동욱이 소파에 깊게 앉았을 때다.

문에서 벨 소리가 났다.

자리에서 일어난 이동욱이 문을 열었을 때 문 앞에 선 장경아가 웃었다.

장경아도 술기운으로 얼굴이 붉다.

"주무시지 않는 거죠?"

"웬일이야?"

그때 장경아가 방 안으로 들어서더니 제가 문을 닫았다.

"혹시 북한 당국이 미인계를 쓸까 봐서요. 내가 지켜드리려고."

"이 사람이 소설을 너무 많이 읽었어."

"술 마시고 계셨네."

소파로 다가간 장경아가 탁자 위의 술병을 집으면서 활짝 웃었다.

"저도 술 생각이 났거든요."

"10시 반이야."

"아직 초저녁이죠."

선반에서 잔을 가져온 장경아가 소파에 앉더니 제 잔에 술을 따랐다.

장경아는 연두색 셔츠에 바지 차림이다.

이동욱이 자리에 앉아 잔을 들었다.

"자, 그럼 마시자."

"이민 사업에 건배."

따라서 잔을 올린 장경아가 한 모금에 술을 삼켰다.

"난 허식을 싫어해요. 직설적이라기보다 실용적 성격이죠."

다시 잔을 술에 따른 장경아가 말을 이었다.

"살면서 여러 남자를 만났지만, 사장님 같은 남자는 처음 봐요."

"……."

"나처럼 실용적인 줄로 보았더니 그것도 아니고, 냉혹한 도살자로 생각했는데 그것도 아니고."

다시 술을 삼킨 장경아가 이를 드러내고 웃었다.

"여러 번 기회가 있었는데도 무시하더군요. 그것이 자존심이 상하기도 했고."

"……."

"내가 이렇게 온 건, 날 싫어하지는 않는 것 같다는 확신이 있기 때문이죠."

그때 이동욱이 술잔을 들고 장경아를 보았다.

장경아는 관리 담당 상무인 양선호와 깊은 관계라는 것이다. 지금도 만나는 사이인데 양선호는 기혼자에 자식이 둘이다.

이동욱은 부임 직후에 법인 사장 강성배를 처리하면서 간부급 뒷조사를 했던 것이다.

그렇다. 장경아는 허식을 싫어했고 실용적이다. 좋으면 거침없이 부딪친다. 그러다가 마음에 들지 않으면 떠난다.

그때 이동욱이 말했다.

"여기서 자고 가."

술을 삼킨 이동욱이 웃음 띤 얼굴로 장경아를 보았다.

"같이 있으면 미인계가 안 되겠지."

다음 날 아침.

눈을 뜬 장경아가 침대 옆자리가 비어 있는 것을 보았다.

창밖은 환했지만 벽시계는 오전 7시 반을 가리키고 있다.

시트를 끌어당겨 벗은 몸을 가린 장경아가 방 안을 둘러보았다. 비었다.

이동욱은 거실로 나간 것 같다.

거실과 베란다까지 있는 특실이었기 때문에 장경아는 다시 눈을 감았다.

술기운은 아직 남아 있지만 어젯밤 쾌락의 여운이 다시 쏟아지듯 밀려왔다.

말초신경 수만 개가 동시에 일어서는 것 같다.

호텔 정원이 넓었고 뒤에 조깅 코스도 있었기 때문에 이동욱이 조깅 코스를 달리고 있다.

좌우로 박기준, 고영수가 트레이닝복 차림으로 따라 달리고 있다.

옆을 달리던 박기준이 가쁜 숨을 뱉으면서 말했다.

"세 놈이 따라오다가 멈췄습니다. 우리가 돌아오기를 기다리기로 계획을 바꾼 것 같습니다."

"그래야지."

이동욱이 속력을 내면서 말했다.

"오늘 밤은 김정은 위원장 만찬이야. 너희들도 참석하는 거다."

"어이쿠."

놀란 고영수가 탄성을 뱉었다.

"어젯밤도 눈이 어질어질했는데 큰일 났습니다."

"뭐가 큰일 나?"

풀밭을 돌아 뛰면서 이동욱이 물었다.

"어젯밤 별일 없었던 거냐?"

"없었습니다."

대답은 박기준이 했다.

"우리한테까지 미인계를 쓸 리가 있겠습니까?"

"난 어젯밤에 장 상무가 내 방으로 왔어. 지금도 내 침대에서 자고 있을 거다."

순간 둘은 가쁜 숨소리만 내었고 이동욱이 말을 이었다.

"미인계에 넘어갈까 봐 먼저 왔다고 하더군."

"……."

"그런데 양선호하고는 완전히 끝났나?"

"요즘도 일주일에 한 번 정도는 만나서 외박을 합니다."

바로 고영수가 대답을 했기 때문에 이동욱이 뛰면서 풀썩 웃었다.

"그것 참, 곤란하네."

"장 상무가 문제가 있습니다."

박기준이 결론을 냈다.

"말씀만 하시면 처리하겠습니다."

"어떻게? 죽여서 묻을래?"

"아닙니다."

"업무는 빈틈없이 잘해. 놔둬."

"예, 사장님."

속력을 내면서 이동욱이 말을 맺었다.

"휘둘리는 남자가 문제다."

"운동했어요?"

말끔하게 씻고 옷을 입은 장경아가 방으로 들어서는 이동욱에게 물었다.

"그래. 오늘 11시 반에 우명수 씨가 오기로 했어. 그때까지 휴식이야."

욕실로 다가가면서 이동욱이 말을 이었다.

"오면서 보니까 아래층에 수영장이 있더군. 거기서 수영이나 해."

"우리가 같이 잔 거, 다 알겠죠?"

욕실 앞까지 따라온 장경아가 물었다.

"박 실장, 고 실장도요."

"알아."

몸을 돌린 이동욱이 웃음 띤 얼굴로 장경아를 보았다.

"같이 조깅하면서 내가 말했어."

"그럼 오늘부터 같이 방 써도 돼요?"

이동욱의 시선을 받은 장경아가 바짝 다가섰다.

"여기선 소문날 일도 없잖아요? 북한 사람들만 알 건데."

"안 돼."

쓴웃음을 지은 이동욱이 욕실로 들어서며 말했다.

"내가 불편해서 안 돼. 방으로 돌아가."

11시 반에 우명수하고 아래층 커피숍에서 만나 이민 문제를 상의했다.

참석자는 윤기백과 장경아까지 넷이다.

우명수가 입을 열었다.

"이번에 개인당 1만 불을 청구했더니 해밀턴 사장께서 이민 사업을 중지시켰는데 이 사장님이 중재 역할을 해주셔야겠습니다."

이동욱은 듣기만 했고 우명수가 말을 이었다.

"그것이 힘들면 조정을 해야지 바로 사업을 중단시킨 것은 감정적이고 의도적으로까지 보입니다."

"……."

"이번에 이 사장님이 그 역할을 해주시기 바랍니다."

고개를 든 우명수가 이동욱을 보았다.

"어느 정도까지면 리스타에서 납득하시겠습니까?"

"도대체 1인당 이민 비용을 국가에서 받아가다니요. 전 이해를 못 하겠습니다."

이동욱이 똑바로 우명수를 보았다.

옆에 앉아 있던 장경아는 숨을 죽이고 있다.

이동욱이 한마디씩 또박또박 말을 잇는다.

"만일 한국 정부에서 그렇게 비용 청구를 했다면 역시 이민 사업은 중지되었겠지요. 그런데 북한은 뭐가 다릅니까?"

"……."

"북한은 사람이 안 옵니까?"

"무슨 말씀이십니까?"

옆에 앉아 있던 윤기백이 물었기 때문에 이동욱이 그쪽으로 돌아앉았다.

"그렇게 물으시니까 다시 묻지요. 북한은 짐승을 이민 보냅니까? 그래서 짐승값을 받는 겁니까?"

"아니, 이런 개 같은……."

윤기백이 눈을 부릅떴을 때 이동욱이 빙그레 웃었다.

"지금 뭐라고 하려고 했지?"

이동욱이 시선을 준 채 다시 물었다.

"너, 날 똑바로 봐, 이 개자식아."

"뭐, 뭐야……."

윤기백의 얼굴이 하얗게 질렸지만 말이 쏟아지지는 않는다.

그때 이동욱이 말했다.

"내가 포로로 잡혀 온 것 같으냐, 이 개 같은 새끼야?"

어깨를 편 이동욱이 윤기백을 그리고 우명수를 차례로 보았다.

"우물 안의 쥐새끼 같은 종자들이 설치는 꼴이라니. 나 오늘 밤 너희들 대장 만나지 않을 거다. 그렇게 알고 있어."

그러고는 덧붙였다.

"오늘 오후에 돌아갈 거다. 차 준비해놔. 그렇지 않으면 좋지 못한 일이 일어날 거야."

"뭐라구?"

버럭 소리친 김정은이 앞에 선 우명수를 쳐다보았다.

옆쪽에 선 간부들은 숨을 죽이고 있다.

오후 1시 반.

옥류관에서 달려온 우명수가 김정은에게 보고를 하고 있는 것이다.

"남조선으로 돌아가겠다고?"

김정은이 들고 있던 물 잔을 방바닥에 내동댕이쳤다.

주석궁의 접견실 안.

사색이 된 우명수가 흐려진 눈으로 김정은을 보았다.

"예, 지도자 동지. 몸이 아픈 것 같습니다."

우명수의 목소리가 떨렸다.

"갑자기 몸에서 열이 난다고 해서 의사를 왕진시켰더니 몸살이라고 합니다. 더 머물 수 없을 것 같습니다."

"그 종간나 새끼가."

어깨를 늘어뜨린 김정은이 헛웃음을 지었다.

"여기까지 와서 몸살이 나다니. 그럼 이민 문제는 말도 꺼내지 못한 건가?"

"예, 지도자 동지."

시선을 내린 우명수가 말을 이었다.

"서울에서 다시 접촉해야 될 것 같습니다."

겨우 기운을 차린 우명수가 말했을 때 김정은이 돌아앉았다.

더 이상 듣기 싫다는 표시다.

우명수가 접견실을 나갔을 때 김여정이 김정은 옆으로 다가와 섰다.

"지도자 동지, 드릴 말씀이 있습니다."

"뭔데?"

"잠깐 은밀히 드릴 말씀이 있습니다."

그때 힐끗 시선을 들었던 김정은이 주위를 둘러보며 말했다.

"모두 잠깐 나가 있으라우."

둘러앉았던 10여 명의 당 간부들이 서둘러 접견실을 나갔을 때 김여정이 말했다.

"오빠, 옥류관 지배인의 보고를 받았는데 이동욱이 우명수와 윤기백하고 싸웠다고 합니다."

눈만 크게 뜬 김정은을 향해 김여정이 말을 이었다.

"이동욱이 아픈 게 아닙니다. 이동욱이 윤기백, 우명수를 향해 우물 안 쥐새끼 같은 놈이라고 욕을 했다는 겁니다."

"왜 싸운 건데?"

"그 내막은 모른다고 합니다."

"그럼 싸워서 내 만찬에 나오지 않는다는 것이냐?"

"그런 것 같습니다."

"우명수가 거짓말을 한 것이란 말이냐?"

"그것이 분명합니다."

그 순간, 김정은이 풀썩 웃었다.

"이놈이 간덩이가 부었군."

오후 5시 반.

수영장에 들렀던 이동욱이 방에서 옷을 갈아입고 나왔을 때 박기준이 서둘러 다가왔다.

복도이다.

"사장님, 김정은 위원장이 오셨습니다."

놀란 박기준의 얼굴이 굳어 있다.

"지금 로비에 난리가 났습니다."

"왜?"

"1층에 있던 윤기백, 우명수를 경호원들이 끌고 갔습니다."

그때 복도에 사내들이 들어섰다.

양복 차림의 건장한 체격, 경호원들이다.

앞장선 사내가 이동욱에게 말했다.

"지도자 동지께서 응접실에 계십니다."

사내가 허리를 45도쯤 꺾었다.

"가시지요."

이동욱이 고개를 끄덕였다.

응접실로 들어선 이동욱이 안쪽 소파에 앉아 있는 김정은을 보았다.

김정은 옆에는 김여정이 서 있다.

이동욱을 본 김정은이 자리에서 일어섰다.

아버지 김정일이 죽은 지 1년밖에 지나지 않았다.

앳된 얼굴, 그러나 조금 굳은 표정, 아직 20대 후반.

그때 김정은이 이동욱에게 손을 내밀었다.

"반갑소, 동무."

"이동욱입니다."

이동욱이 김정은의 손을 잡고 허리를 굽혔다.

인사를 마친 이동욱이 옆에 선 김여정을 향해 목례를 했다.

김여정은 살짝 웃음만 띠고 있다.

응접실 안에는 두 사람이 더 있다.

호위총국장 장성달과 무력부장 조경만이다. 둘 다 60대 중반으로 굳은 얼굴.

그들과도 인사를 마친 이동욱이 소파에 앉았다. 모두 다섯 명.

분위기는 무거워져 있다. 김정은이 입을 꾹 다물고 있었기 때문이다.

이윽고 김정은이 입을 열었을 때는 10초쯤이 지난 후다.

"동무, 이민 분담금 문제로 다툼이 있었다고 들었소."

김정은이 갈라진 목소리로 말했다.

이동욱은 똑바로 쳐다보고 있다.

직설적이다. 마치 눈앞에서 권총을 겨누는 것 같다.

김정은이 말을 이었다.

"그런데 나는 동무가 몸살이 나서 오늘 밤 파티에 참석하지 못하는 것으로 보고를 들었단 말이오."

김정은의 얼굴에 쓴웃음이 떠올랐다.

"나한테 거짓말을 한 것이지. 지금 동무의 멀쩡한 모습을 보니까 기가 막히는구먼."

"……."

"분담금이 이민 사업에 문제가 된다면 조정할 수도 있지."

"……."

"그렇게 하려고 동무를 이곳으로 초청한 것이니까. 동무도 예상하고 있었을 것 아니오?"

김정은의 시선을 받은 이동욱이 고개를 끄덕였다.

"그렇습니다."

"그런데 여기까지 와서 상담을 결렬시킨 이유는 뭐요?"

"당연히 받아야 한다는 자세에 거부감을 느꼈기 때문입니다."

이동욱이 똑바로 김정은을 보았다.

"저는 상부로부터 전권을 위임 받았습니다. 회담을 끝낼 권한이 있습니다."

"동무는 리스타연합의 행동대장 출신이라고 들었는데 과연 어울리는군."

"예, 지도자 동지. 제가 천안문 광장에 폭탄을 터트린 장본인입니다."

"그런가?"

김정은이 눈을 크게 떴다.

놀란 표정을 감추지 않은 김정은이 다시 물었다.

"동무가 직접 했단 말인가?"

"예, 폭탄 전문가하고 둘이 했습니다."

"그렇군. 내가 영웅을 만났구먼."

"아닙니다. 저는 아무래도 현장 체질이라는 것을 말씀드리려고 했습니다."

"또 있는가? 작전 말이네."

"아프리카의 지도자 몇 명을 사살했습니다. 저격을 한 것이지요."

"오오!"

이제 김정은이 완전히 끌려들었다.

아직 젊어서 그런지 호기심을 감추지 않는다.

"저격이라니? 몇 미터 거리였나?"

"각각 달랐지만 1천 미터 안팎이었습니다."

"그럼 가장 긴 거리는 얼마였지?"

"2,200미터쯤 되었습니다, 지도자 동지."

"그럼 2킬로가 넘는 거리 아닌가? 어떤 총으로 쏜 건가?"

"헤클러 앤 코흐제 PSG-1 개량형이었습니다."

"음. 처음 듣는데."

"그 총으로 2,600미터 거리의 표적을 맞춘 저격수도 있습니다."

그때 김정은이 고개를 돌려 호위총국장 장성달을 보았다.

"우리도 그거 있나?"

"없는 것 같습니다."

"당장 구입하라우."

"예, 지도자 동지."

다시 김정은이 이동욱을 보았다.

"저격수 노릇을 했군."

"예, 저는 저격수가 체질에 맞습니다."

"왜 그런가?"

"기다렸다가 표적을 맞히는 보람이 큽니다. 오래 기다릴수록 그 만족감이 더 강해집니다."

"오, 이해가 가네. 가장 오래 기다린 건 얼마 동안인가?"

"74시간이었습니다, 위원장님."

"그럼 사흘이 넘지 않아?"

"예, 위원장님."

"같은 자리에서 말인가?"

"예, 그렇습니다."

"거기가 어디였는데?"

"아프간이었습니다."

"으음. 그동안 밥은 먹고?"

"이틀분은 레이션으로 가져갔습니다."

"그럼 나머지 하루는 굶었겠군."

"예, 위원장님."

"맞혔어?"

"예."

"으음."

커다랗게 고개를 끄덕인 김정은이 정신을 차린 듯 눈동자의 초점을 잡았다.

"내가 저쪽 초대소에 저녁 준비를 해놓았어. 거기로 가지."

대동강변의 제8초대소, 이곳은 김정은의 별장으로 타인에게 빌려주지 않는다.

이동욱은 홀에 마련된 연회장으로 안내되었다.

이미 탁자 위에는 산해진미가 쌓여 있다.

연회장 손님은 김정은과 이동욱을 중심으로 좌우에 장경아, 김여정, 장성달과 조경만 여섯 명뿐이다.

그러나 앞쪽 무대에는 수십 명의 악사가 이미 잔잔한 음악을 연주하는 중이었고, 무대에는 서커스가 시작되고 있다.

접시 돌리기다. 사내 하나가 4개의 지팡이 끝에 접시를 놓고 돌리는 중이다.

"난 서커스가 좋아."

김정은이 웃음 띤 얼굴로 이동욱에게 말했다.

"인간의 능력을 최대치로 끌어올리는 걸 볼 수 있거든."

"그렇습니까?"

"저건 가장 쉬운 거야. 점점 재미있는 게 나올 거네, 저격수 동무."

술잔을 든 김정은이 건배하자는 듯이 치켜들면서 말했다.

"자, 북남의 평화를 위해서 건배하자고."

"건배."

옆쪽의 장성달과 조경만이 소리쳤기 때문에 이동욱도 술잔을 들었다. 옆에 앉은 장경아는 얼어서 입을 열지 못한다.

한 모금의 위스키를 삼킨 김정은이 지그시 이동욱을 보았다.

"동무, 지금까지 몇 명을 죽였나?"

"세어보지는 않았지만 3백 명쯤 될 것 같습니다."

순간 숨을 들이켠 김정은이 들고 있던 술잔을 내려놓았다.

"정말이야?"

"예, 위원장님."

"이런! 동무들도 들었어?"

김정은이 소리쳐 장성달과 조경만에게 묻더니 한숨을 쉬었다.

"우리 인민군에는 동무 같은 영웅이 없어. 그게 문제야."

"자랑할 일은 아닙니다, 위원장님."

"그게 무슨 소리야?"

눈을 크게 뜬 김정은이 아예 이동욱 쪽으로 돌아앉았다.

"동무, 우리 인민군도 정예 부대가 많아. 동무가 손을 써서 우리 인민군을 수출해 볼 수 없을까?"

"인민군을 말씀입니까?"

그 소리를 들은 장경아가 바짝 긴장했다. 정신을 차린 것이다.

김정은이 말을 이었다.

"아프리카에 말이네. 지금도 이쪽저쪽에서 반란군, 테러 조직이 리스타연합을 괴롭히고 있지 않은가? 그렇지?"

"그렇긴 합니다."

"리스타자원의 용병들만으로는 모자라지 않겠나? 그렇다고 한국군을 보낼 수도 없는 노릇이고. CIA는 말할 것도 없고."

김정은의 목소리가 열기를 띠었다.

"이번 북조선 이민단에 우리 인민군 특수부대를 끼워 넣을 수 있지 않겠나? 인민군 용병단이지. 자원은 얼마든지 있네."

이동욱이 숨을 들이켰다. 말려들었다.

이야기를 이쪽으로 길게 끌어온 이유가 바로 이것이라니, 아직 20대 후반의 지도자라고 얕보았다.

주연을 마치고 옥류관으로 돌아왔을 때는 밤 11시 반이 되어 갈 무렵이다.

돌아오는 차 안에서는 아무 말도 안 하던 장경아가 옥류관 로비로 들어섰을 때 낮게 물었다.

"어떻게 하실 거죠?"

"뭘?"

멈춰 선 둘 주위로 종업원들이 지나갔다.

박기준, 고영수 등은 멀찌감치 떨어져서 서 있다.

그때 장경아가 다시 물었다.

"인민군 문제."

"그건 해밀턴 사장한테 이야기해야 돼. 내가 결정할 일이 아냐."

"일이 한 가지 더 늘어났어요."

"나도 의외야."

이동욱이 쓴웃음을 지었다.

"인민군 용병 송출이라니."

"천하무적은 과장이지만 리스타연합에 도움이 될 것 같긴 해요."

"글쎄, 그건 지도부에서 결정하겠지."

"북한 주민 이민은 어떻게 하죠?"

"그건 답보 상태고."

이동욱의 얼굴에 쓴웃음이 떠올랐다.

"지도자의 협상술은 나보다 낫군."

"오늘 밤에도 방으로 갈게요."

장경아가 이어서 말했기 때문에 이동욱이 고개를 들었다.

그러나 장경아는 먼저 몸을 돌렸다.

오전 1시쯤 되었다.

침대에 엉켜 있던 장경아가 이동욱의 가슴에 얼굴을 붙인 채 말했다.

"우명수와 윤기백이 문책을 당하는 것으로 협상은 다시 원점으로 돌아왔군요."

"그런 것 같아."

"내일쯤 다른 사람이 나타나 협상을 다시 시작할 것 같아요."

장경아가 말을 이었다.

"인민군 용병 송출과 함께요."

이동욱이 잠자코 고개만 끄덕였다.

몸에 딱 붙은 장경아의 몸은 뜨겁다. 아직 열기가 식지 않았고 피부에서 배어난 땀이 끈적이고 있다.

그때 장경아가 입술로 이동욱의 가슴을 가볍게 물었다.

"낮에 문득 떠올랐어요."

"뭐가?"

"당신이 나에 대해서 다 알고 있다는 생각."

장경아가 두 팔로 이동욱의 허리를 감아 안았다.

"나하고 양선호와의 관계."

"……."

"그것을 다 알고 있었기 때문에 나에 대해서 무관심했다는 확신."

"……."

"그래서 지금은 부담 없이 일회용 가스라이터처럼 운용하고 있다는 생각."

"……."

"상관없어요, 나는."

그때 이동욱이 천장에 대고 말했다.

"하지만 책임은 질 거야."

이동욱이 말을 이었다.

"난 네 몸을 같이 사용하는 상대는 용납 못 해. 귀국하면 양선호를 죽일 거다."

이동욱의 보고를 들은 해밀턴이 짧게 웃었다.

오전 8시, 이동욱은 옥류관의 방에서 해밀턴과 통화 중이다.

"좋아. 제의는 검토해 보기로 하지. 그건 쉽게 결정되는 문제가 아냐."

해밀턴이 말을 이었다.

"아프리카 리스타연방에서 결정할 문제니까. 연방의 각 국가 간 합의도 필요한 사항이야. 그리고 최종 결정은 회장님이 하셔."

이 말은 도청을 하고 있을 북한 측에 대한 발언일 것이었다.

"알겠습니다. 그럼 오늘 오전에 다시 한번 만나고 오후에 귀국하겠습니다."

이동욱이 그렇게 마무리를 했다.

오전 11시 반.

김정은이 다시 옥류관으로 찾아왔다.

옥류관에 외부 손님이 보이지 않은 것은 다 내보냈기 때문이다.

오늘도 수행원은 김여정, 장성달과 조경만.

김정은은 오늘도 일찍 일어난 셈이다.

미리 연락을 받고 현관 앞에서 기다리던 이동욱이 김정은을 맞는다.

"어서 오십시오."

"어. 잘 잤어, 동무?"

불쑥 물은 김정은이 손을 내밀더니 뒤쪽에 선 장경아를 슬쩍 보았다.

그 시선을 받은 장경아의 얼굴이 '확' 붉어졌다.

인사를 마친 이동욱과 김정은은 귀빈실의 소파에 둘러앉았다.

어젯밤의 멤버가 다시 모인 것이다.

오늘은 이동욱이 먼저 입을 열었다.

"인민군 수출에 대해서 보고했습니다. 해밀턴 사장이 검토하시겠다는데요."

김정은이 고개를 끄덕였다.

"기다리고 있겠어. 그런데."

숨을 고른 김정은이 이동욱을 보았다.

"이민 문제는 어떻게 해결되겠어? 동무가 여기 있을 때 결정을 하고 갔으면 좋겠는데."

"예, 위원장님. 이건 제 제안입니다만, 부담금을 없는 것으로 하는 것이 낫겠습니다."

이동욱이 바로 대답했다.

김정은은 물론 둘러앉은 북한 측 인사들의 얼굴도 굳어졌다.

이동욱이 말을 이었다.

"한국인도 그냥 나가는데 북한인만 특별대우를 해줄 이유가 없지 않습니까? 북한인 이민자 2백만도 계획에도 없던 특별 경우였습니다."

김정은은 입을 다물었고 아무도 나서지 않았다. 장경아는 입 안에 고인 침을 몰래 삼켰다.

방 안이 조용해졌고 숨소리도 들리지 않았다.

이윽고 김정은이 입을 열었다.

"좋아. 분담금은 안 받기로 하고 인민군 송출 문제를 구체적으로 이야기해 보지."

이번에도 차로 개성을 지나 서울로 돌아왔다.

서울에 도착했을 때는 오후 7시 반.

이동욱이 소공동의 일식당 '도쿄'에 도착했을 때는 오후 8시 반이다.

방에서 기다리던 유철상이 이동욱을 맞는다.

"아이구, 고생하셨습니다."

인사를 마친 둘은 마주 보고 앉는다.

"어떻게 됐습니까?"

"분담금은 없는 것으로 했습니다."

"이런. 잘되었군요."

유철상이 활짝 웃었다.

그때 이동욱이 말을 이었다.

"하지만 북한군 송출을 부탁하더군요. 이민단에 섞어서 보내자고 하는군요."

김정은의 용병 수출 계획을 말해 준 것이다.

구체적인 계획이다.

그때 유철상이 쓴웃음을 지었다.

"북한 이민자도 모두 호위총국과 인민군을 중심으로 선발되고 있던데, 이제는 용병만 따로 수출한다는 겁니까?"

"예, 병력은 얼마든지 가능하답니다."

"김정은 씨가 직접 안을 냈다고요?"

"그렇습니다."

"이 사람들 정말 어디로 튈지 모르는 럭비공 스타일이군."

쓴웃음을 지은 유철상이 고개를 저었다.

"김정은의 즉흥적인 제안은 아닐 겁니다."

"그런 것 같습니다."

"북한군 수출은 리스타에서 받아들일 수 있을까요?"

"한국군을 받지, 왜 북한군을 받습니까?"

이동욱의 얼굴에도 웃음이 떠올랐다.

"북한군이 무기를 쥐고 아프리카의 리스타연방에서 뭘 하겠습니까?"

그때 유철상이 고개를 들고 이동욱을 보았다.

"북한 측도 계획이 있겠지요. 이 문제는 함께 다시 연구해 보도록 해야 되겠습니다."

함께라는 것은 리스타와 한국 정부를 말한다.

이곳은 리스타랜드.

이광의 바닷가 별장에 이광과 정남희, 안학태와 해밀턴, 리스타자원의 조백진까지 다섯이 둘러앉아 있다. 리비아에 있던 조백진까지 불러들인 것이다.

김정은의 북한군 송출에 관한 제안을 검토하려는 의도다.

먼저 입을 연 것은 해밀턴이다.

"김정은의 의도는 뻔합니다. 북한군을 아프리카 각국의 용병으로 보내 기반을 굳히고 나아가 리스타연방까지 장악한다는 것이죠."

해밀턴이 웃음 띤 얼굴로 이광을 보았다.

"원대한 꿈입니다. 남이 이룩해 놓은 것을 강탈하겠다는 의도지요. 속이 뻔히 드러나는 제의를 하는 배짱은 인정해 줘야 됩니다."

그때 조백진이 말을 받는다.

"북한은 1백만 가까운 현역, 3백만의 예비군을 당장 동원할 수 있습니다. 현재 이민자도 군인 위주로 선발하는 데다 현역까지 용병으로 보내면 아프리카를 북한군으로 뒤덮는 상황이 됩니다."

이광은 고개만 끄덕였고 이번에는 안학태가 말했다.

"북한이 이민으로 남북한의 평화 공존, 경제 발전의 계기가 된 것은 분명합니다. 리스타를 이용한 남북공동 아프리카 수출이죠. 적어도 한반도에서는 대립관계가 사라지게 될 것입니다. 그러나 아프리카에서는 리스타의 주도하에 이룩한 리스타연방이 북한군의 대거 진출로 위험하게 될 가능성이 있습니다."

안학태가 그룹 비서실장으로 상황을 진단한 것이다.

해밀턴, 조백진도 모두 기조실을 이용하고 있는 데다 정보력도 막강하다. 이렇게 모이기 전에 자료도 준비해 왔다.

그때 그룹 부회장 정남희가 말했다.

"북한군을 고용한다고 해도 그 지휘는 리스타가 하는 것 아닙니까? 그들은 용병일 뿐이죠. 규칙을 어기거나 명령에 따르지 않으면 가차 없이 제재하면 되지 않아요?"

"그건 그렇습니다."

조백진이 고개를 끄덕였다.

"용병이 되면 우리가 계급을 정해주고 지휘관도 우리가 임명합니다. 북한군 체제는 무너지는 것이죠, 완전히 조직을 우리가 만들 테니까요. 하지만 그들이 비밀리에 조직을 결성, 반란이나 테러를 일으킬 가능성이 있다는 거죠."

"저는 북한군 수입에 반대합니다."

리스타연방의 관리 책임은 리스타연합이다.

연합의 사장 해밀턴이 연합을 대표해서 의견을 말했다.

최종 결정권은 회장 이광에게 있다. 이것은 다수결 등 투표를 할 사항이 아니다.

그때 정남희가 말했다.

"저는 찬성입니다. 북한군 관리를 철저히 해서 오히려 우리가 이용하는 거죠. 외국으로 파병된 북한군이 끝까지 김정은 씨한테 충성할 것 같지도 않아요. 마음을 바꿀 겁니다."

그때 조백진이 말했다.

"북한군 가족을 인질로 잡고 조종할 겁니다. 용병 내부에서 분란을 일으키면 일사불란해야 할 기존 조직까지 흔들립니다. 괜히 들여올 필요 없습니다. 저는 반대입니다."

이제 모두의 시선이 안학태에게 옮겨졌다.

이광은 묵묵히 바다 쪽만 쳐다보고 있다.

오후 5시쯤 되었다.

바다 빛깔이 짙은 남색이 되었고 햇살은 비스듬히 받은 표면이 반짝이기 시작했다.

그때 안학태가 말했다.

"이번 북한군 송출이 역으로 북한 정권에 대변혁을 불러올 가능성이 있습니다."

안학태가 이광을 보았다.

"2백만 주민 이민도 대부분이 군인인 데다 군 용병까지 내보낸다는 것은 북한이 '리스타 아프리카'를 기반으로 세계를 정복하겠다는 원대한 야망을 품었을 가능성이 있습니다."

그때 해밀턴과 조백진이 소리 내어 웃었다.

둘은 북한군 송출 반대파다.

안학태가 말을 이었다.

"그러나 세계로 나간 북한군은 세상이 얼마나 넓고 물질이 풍부하며 일한 만큼 대가를 받는 자유민주주의 체제가 되어 있는지를 알게 되겠지요. 이것은 전염병처럼 순식간에 전파될 겁니다."

"……."

"그때 우리가 그것을 흡수하면 됩니다. 물론 철저히 조정해야겠지요."

"……."

"리스타연방 내부에 '대북 지원반'을 설치, 특별 관리하도록 만들고 받아들입시다. 그렇게 되면 그것이 북한으로 역수출 되어서 북한 정권이 바뀔 것입니다."

그때 이광이 입을 열었다.

"2 대 2로 나뉘었군."

넷의 시선이 이광에게 몰렸다.

그렇다. 해밀턴과 조백진은 반대, 정남희와 안학태는 찬성이다.

해밀턴이 이광을 보았다.

"회장님이 결정하시면 따르겠습니다."

고개를 끄덕인 이광이 입을 열었다.

"난 찬성이야. 안 실장의 의견에 동감해."

정색한 이광이 말을 이었다.

"밖으로 퍼져나간 북한군이 새바람을 몰고 북한 정권을 덮어씌울 거야."

이렇게 결정이 되었다.

"됐군."

서울의 이동욱이 직통 전화로 호위총국장 장성달을 통해 리스타 회장 이광의 결정을 전달한 것이다.

그것을 보고 받은 김정은이 만족한 표정으로 말했다.

"동무가 준비를 해라."

"예, 지도자 동지."

부동자세로 선 장성달이 번들거리는 눈으로 김정은을 보았다.

"준비를 철저히 하겠습니다."

"특별 교육을 시키도록."

"예, 지도자 동지."

"그자들도 우리 파병군을 세뇌시키려고 할 거다. 조직을 철저히 갖추고 열성 당원만 보내야 돼."

"명심하겠습니다."

"가족은 꼭 인질로 잡고 보내야 돼."

"물론입니다."

그때 김정은이 소파에 등을 붙이고는 길게 숨을 뱉었다.

얼굴에 웃음이 떠올라 있다.

"됐다. 이동욱이가 공을 세웠군."

"우리 그만 만나."

장경아가 말하자 양선호가 젓가락을 내려놓았다.

이곳은 인사동의 한정식당 안, 오후 7시 반이다.

"무슨 말이야?"

양선호의 잘생긴 얼굴이 어두워졌다.

"평양 가서 무슨 일 있었구나?"

"무슨 말이야?"

"사장하고."

"사장하고 어쨌다는 거야?"

"네가 사장에 대한 분위기를 보면 그럴 가능성이 있지."

"그 생각밖에 안 했군."

정색한 장경아가 똑바로 양선호를 보았다.

"개 눈에는 똥만 보인다더니."

"뭐야?"

"조심하라구."

"뭐라구?"

그때 장경아가 옆에 놓인 핸드백을 쥐면서 말했다.

"오늘 이후로 내 앞에서 사라져. 물론 회사에서는 어쩔 수 없이 만나야겠지만."

"네 맘대로 될까?"

"네 신상을 위해서라도 그래야 될 거야."

장경아가 자리에서 일어섰을 때 양선호가 얼굴을 일그러뜨렸다.

"어디 두고 보자, 쉽게 끝나나. 난 이까짓 회사 미련 없어. 내 스펙으로 얼마든지 다른 곳도 가능하다구."

장경아가 주춤, 양선호를 내려다보았다.

그때 양선호가 씹어 뱉듯 말했다.

"넌 내 손아귀에서 못 벗어나, 장경아."

장경아가 몸을 돌렸다.

입 안에서 '말'이 빙빙 돌고 있었지만 뱉지는 않았다.

그것은 이동욱한테서 들은 말이다.

'난 네 몸을 같이 사용하는 상대는 용납 못 해. 귀국하면 양선호를 죽일 거다.'

이동욱이 평양에 다녀온 다음 날부터 개성의 '이민 훈련소' 공사가 재개되었다. 그래서 박기성과 리용국 중좌도 일을 다시 시작했다.

공사에 활기가 넘쳤다. 거기에다 '북한군 송출'이 발표되면서 북한군의 사기는 더 진작되었다.

"특수군이 선출된다는군."

현장에서 리용국이 박기성에게 말했다.

"2사단이 간다는 거야."

"그럼 3개 사단 중에서 2개가 빠지는데."

"상관없지. 여기서 전쟁이 일어날 리도 없고 말야."

북한의 특수군은 최정예다. 한국군의 '공수특전단'과 비슷한 부대다.

리용국이 말을 이었다.

"아프리카를 우리 북한군이 뒤덮겠어."

이동욱은 개성으로 집무실을 옮겼다.

교육 요원 200여 명과 함께 먼저 가서 준비를 하려는 것이다.

교육 요원 숙소는 가장 먼저 완공되었는데 이동욱도 숙소를 배당받았다.

오전 11시.

리스타 개성 사무실은 한국 건설 업체가 맡아 지었는데 3층 건물이다.

3층 상황실에서 이동욱이 개성 이민단 공사 현장소장 최현을 맞는다.

배석자는 상무 장경아다.

"다음 주에는 이민 교육장 공사가 끝납니다."

최현이 보고했다.

"현재 가건물에 수용된 이민 교육자는 1만5천 명이고, 다음 주에는 2만 명이 될 예정입니다."

숙소는 2만 명이 정원이다.

이곳에서 한 달간 교육을 마친 이민자는 심사를 받은 후에 떠나는 것이다.

심사는 3번 한다. 입소 후, 중간 검사, 그리고 마지막 심사를 거쳐야 한다.

그 결정권은 이동욱이 쥐고 있다.

그때 최현이 말했다.

"이번에 우리 지도자 동지를 만나셨지요? 사장님께서 우리 인민군 송출을 지원해 주셨다고 전군(全軍)에 소문이 났습니다. 사장님은 영웅이십니다."

그렇지 않아도 김정은에게 '영웅' 칭찬을 들은 이동욱이다.

이동욱이 쓴웃음만 지었을 때 최현이 말을 이었다.

"저도 이민 신청을 했습니다. 현장소장 경험이 있어서 기술 이민입니다."

다 가는구나. 이민 열풍이다.

"사고가 났습니다."

보좌관 전채규가 보고했을 때 강지윤이 걸음을 멈췄다.

오전 9시, 막 대림동의 사무실 현관으로 들어서던 중이었다.

전채규가 바짝 다가섰다.

두 눈이 번들거리고 있다.

"교통사고로 홍 회장이 죽었습니다."

"무슨 말야?"

놀란 강지윤이 물었고 주위 사람들이 숨을 죽였다.

출근 시간이라 현관으로 들어서던 애국회 직원들이 비켜갔다.

그때 전채규가 말을 이었다.

"충돌 사고입니다. 집 근처의 중앙 분리대에 충돌해서 차가 전소되었고 홍 회장은 빠져나오지 못하고……."

"이런."

"시신은 지금 구로 병원 영안실에 옮겨 놓았습니다. 어젯밤 사고가 났는데 이제야 신원 확인이 된 것입니다."

이렇게 홍기천이 애국회 역사에서 지워졌다.

"이제 좀 여유를 갖게 되겠군."

박기준이 홍기천에게 말했다.

"앞으로는 서둘지 말고 차분하게 살아가도 돼."

"알겠습니다."

쓴웃음을 지은 홍기천이 커피 잔을 들었다. 이곳은 역삼동 안가, 홍기천과 박기준은 응접실에서 커피를 마시는 중이다.

"지금쯤 애국회의 연락처로 기별이 갔을 거야."

박기준이 말을 이었다.

"시신 구하느라고 애를 먹었어. 한국은 경찰이 협조 안 해주면 그런 일이 불가능해."

"알고 있습니다."

고개를 끄덕인 홍기천이 길게 숨을 뱉었다.

이제 이곳에서 사망한 것으로 되었으니 북쪽의 가족은 유공자 가족으로 대우를 받고 살게 될 것이다. 반대로 자신은 그렇게 만들어준 리스타에 그 대가를 줘야한다.

어차피 북으로 송환되어서 문책을 받아야 했던 입장이다. 다 잘 된 셈이다.

리스타연합 사장실 안, 회의를 마친 임원들이 방을 나가더니 장경아가 혼자 다시 들어왔다.

오전 10시 반.

이동욱의 시선을 받은 장경아가 입술 끝만 슬쩍 올리고 웃었다.

장경아가 이동욱 앞에 다가와 섰다.

"드릴 말씀이 있습니다."

"……."

"양선호를 정리해 주시면 고맙겠어요."

"……."

"헤어지자고 했더니 협박을 합니다."

"……."

"제 실수지만 저 혼자서 해결 못 하겠어요. 집요하게 만나자고 근무 시간에도 괴롭힙니다. 견디기 힘들어요."

그러더니 장경아가 테이블 위에 소형 녹음기를 내려놓았다.

"여기, 양선호가 저한테 전화로 한 말, 만나서 한 말들을 녹음해 왔습니다. 들으시고 참조하세요."

장경아가 붉어진 눈으로 이동욱을 보았다.

"죄송해요. 이렇게 될 줄은 몰랐어요."

녹음기의 버튼을 누른 이동욱이 앞에 앉은 박기준을 보았다.

"몇 구절만 들어."

그때 녹음기에서 양선호의 목소리가 울렸다.

"내가 리스타연합의 비리를 속속들이 알아. 자금 운용도 불법이 많고 이번 북한 주민 이민을 어떻게 활용할 예정이라는 것도 안단 말야. 내가 언젠가 터뜨려버릴 거다."

버튼을 눌러 녹음을 끈 이동욱이 입을 열었다.

"이게 문제야. 우리가 무슨 음모를 꾸미고 있는 것처럼 떠들고 있어."

고개를 든 이동욱이 박기준을 보았다.

웃음 띤 얼굴이다.

3장
리스타연방

“어차피 홍기천은 귀국해서 문책당할 처지였어.”

강지윤이 점심을 먹으면서 말했다.

“가족들한테는 잘된 셈이야, 홍기천이 전사자 대우를 받을 테니까. 공훈 가족이 되겠지.”

“그렇습니까?”

일식당의 방 안이다.

회를 집으면서 전채규가 쓴웃음을 지었다.

“어쨌든 이번에 인민군 송출까지 해결되었으니 다행입니다. 주민에다 인민군까지 포함된 것 아닙니까?”

“거기에다 우리까지 가는 거야.”

강지윤이 정색하고 전채규를 보았다.

“리스타는 북조선 쪽 이민자들은 감시를 철저히 할 거야. 하지만 남조선에서 섞여가는 우리들한테까지는 신경을 못 쓰겠지. 그래서 우리 임무가 중요한 거야.”

“그렇습니다.”

“이번 달 실적은 1백 명을 맞춰야 돼.”

"노력해보지요."

밥맛이 달아난 듯이 전채규가 젓가락질을 멈췄다.

이번 달에 180명을 이민 신청해놓은 것이다.

서류는 완벽한데 항상 면접 심사가 문제다.

민족 대이동이다.

대륙에서 한반도로 이주해 온 한민족의 역사는 5천 년 남짓.

그 이전에 한반도의 거주민이 있었지만 5천 년 전부터 역사가 기록된 것이다. 그 후에 수많은 왕조, 정권이 이어지면서 만주로, 거기서 동유럽, 일본이나 미주 등으로 소수 이민자가 흩어졌긴 했다.

그러나 지금, 한반도에서부터 아프리카로 민족 대이동이 일어나는 중이다.

남북한이 분단된 상태에서 한민족이 세계로 이동하는 것이다. 그것도 아프리카로.

이곳은 민족 대이동의 한쪽 축인 한국 정부의 대통령 집무실 안.

대통령 한대영이 비서실장 안윤수에게 지시하는 중이다.

"리스타는 어차피 우리 측이야. 리스타와 호흡을 맞추는 것이 중요해."

한대영이 말을 이었다.

"이것이 남북통일의 계기가 될 수도 있으니까. 내 임기 안에 안 되면 다음 정권에서라도."

"예, 대통령님."

"그것을 이어가려면 대리인이 필요해, 매니저지. 통일 대리인으로 부르는 게 낫겠다."

"……."

"한국 정부와 리스타를 계속해서 이어주는 역할, 정권이 바뀌더라도 말이지."

"그렇습니다."

안윤수가 고개를 끄덕였다.

그것이 국가와 민족을 위한 일이다.

한대영이 말을 이었다.

"리스타 측 대표는 이동욱이를 잡는 것이 낫겠지? 그자가 리스타의 실세이자 후계자로 알려져 있더군."

"그렇습니다."

"한국 정부 측 대리인으로 누가 적당할까? 계속해서 이 일을 맡을 사람 말이네."

"첫째로 애국심이 강하고 전문성, 친화력이 뛰어난 사람이어야겠지요."

"당연히."

"북한을 견제, 포용할 수도 있어야 합니다. 그리고 대통령님의 의지를 이해하고 있는 사람이어야겠지요."

"그것이 중요해."

한대영이 안윤수를 보았다.

"우리가 북한의 아프리카 이민을 추진한 근본적 이유가 무엇인지를 아는 사람 말이야."

"그렇습니다."

그때 한대영이 길게 숨을 뱉었다.

"어렵군, 다 갖춘 사람을 찾기가."

개성 이민 훈련장 안.

이제 이민 교육을 시작한 훈련장은 활기에 덮여 있다.

리스타의 임원들이 훈련장에서 일을 마쳤을 때는 오후 5시 무렵이다.

훈련이 시작된 후에 임원들이 거의 매일 개성으로 출퇴근을 하는 중이다.

"양 상무님이시죠?"

사무실에서 서류를 정리하던 양선호에게 경비대 제복 차림의 장교가 다가와 물었다. 리스타 소속 경비대다.

개성이 북한 영토지만 협정에 의해서 훈련장 경비는 '리스타군(軍)'이 맡는다.

리스타자원에서 파견된 용병대다.

"예, 그런데요."

"잠깐 가시죠. 사장님이 제3훈련소에서 부르십니다."

"그러죠."

순순히 일어선 양선호가 장교를 따라 사무실을 나왔다.

제3훈련소 사무실에 앉아 있던 이동욱이 들어서는 양선호를 보더니 고개를 끄덕이며 맞는다.

"어, 거기 앉아."

양선호가 자리에 앉았을 때 이동욱의 얼굴에 웃음이 떠올랐다.

"퇴근하려는 거야?"

"예, 서울로 돌아가려고……."

대답한 양선호가 사무실을 둘러보았다.

이동욱 뒤쪽에 박기준이 서 있다.

직책은 법인 기조실 소속 부장, 그 옆에 북한 인민군 장교가 서 있다. 어깨의 계급장은 중좌다. 문 옆쪽에 북한군 중위 두 명이 서 있었는데 긴장한 표정이다.

그때 이동욱이 말했다.

"양 상무, 오늘 북한으로 가야겠어."

"예? 북한 말입니까?"

영문을 모르는 양선호가 되물었을 때 이동욱이 고개를 끄덕였다.

"내가 오래 생각했지만, 그 방법이 가장 효율적인 것 같아."

"북한에서 무슨 일 있습니까?"

"양 상무 당신한테 문제가 있는 거야."

숨을 들이켠 양선호에게 이동욱이 말을 이었다.

"회사에서 북한 출장을 간 것으로 처리를 하지."

그러고는 이동욱이 중좌에게 눈짓을 했다.

그 순간, 중위 둘이 다가와 양선호의 양쪽 팔을 쥐었다.

"사장님, 왜 이러십니까?"

그제야 상황을 안 양선호가 소리쳤다.

"내가 왜 북한에 갑니까?"

"가면서 잘 생각해 봐."

이동욱이 몸을 돌렸을 때다.

다시 입을 열려던 양선호의 배를 중좌가 주먹으로 내질렀다.

입을 딱 벌린 양선호가 몸을 꺾었을 때 중좌가 말했다.

"닥치라우."

양선호가 사무실 밖으로 끌려 나갔을 때 박기준이 말했다.

"수용소로 가면 오래 살지 못할 텐데요."

이동욱은 입을 열지 않았고 박기준이 말을 이었다.

"차라리 죽는 것이 낫겠다고 생각할 겁니다. 그제야 한국이 천국이었다는 걸 깨닫게 되겠지요."

그때 이동욱이 고개를 들었다.

"장 상무한테 가서 양선호가 북한군에 끌려갔다고 전해."

"그대로 전합니까?"

고개를 끄덕인 이동욱이 말을 이었다.

"앞으로 한국에서는 못 보게 될 것이라고."

"알겠습니다."

박기준까지 방을 나갔을 때 이동욱의 얼굴에 쓴웃음이 번졌다.

이것으로 장경아와의 관계도 끝이다.

정상적인 사람이라면 이런 상황에서 다시 맺어지기는 힘들다.

양선호를 없애 달라고 했지만 막상 없어지면 무서워지는 것이 정상이다.

그래서 박기준을 시켜 실상을 전하라고 한 것이지만, 박기준까지 알고 있다는 분위기도 풍기는 것이다.

'아프리카연방'의 수도인 리비아 트리폴리의 연방 대표 카다피의 집무실 안.

벽에는 연방인 22개국 지도가 붙어 있다.

"이봐요, 해밀턴, 리비아에 배당된 한국 이민자의 숫자가 적어."

카다피가 앞에 앉은 해밀턴에게 불평을 털어놓았다.

"17만이라니. 이건 리스타연방 종주국 체면이 땅에 떨어졌잖아? 우리가 우간다보다 적다니."

"리비아는 관광지가 적고 인구도 적은 것이 원인이라고 합니다."

해밀턴이 웃음 띤 얼굴로 말했다.

"이번에 북한 쪽 이민자가 많이 올 겁니다."

"난 한국 쪽이 좋은데, 해밀턴."

"왜 그렇습니까?"

집무실 안에는 둘이 각각 비서실장과 보좌관만 대동하고 넷이 앉아 있다.

그때 카다피가 대답했다.

"내가 들었어. 북한 쪽 노동자들을 고용해 본 이집트 쪽에서 들었는데, 일에 능률이 오르지가 않는다더군. 더구나 자영업을 해보지 않아서 단순 노동자에나 어울린다는 거야."

카다피가 고개를 저었다.

"우리는 투자 이민을 원해. 우리 정부에서 투자금을 지원하더라도 사업을 일으켜서 외국 관광객, 외국 자본을 끌어올 사업가들 말야. 그러려면 한국인들이 와야 돼."

"……."

"북한인이 사업을 하겠어? 그런 경험이 있나? 더구나 모두 군인을 선발해서 온다면서? 그럼 어느 나라가 좋아하겠나?"

물론 싫어하더라도 받아들이기는 할 것이다.

그때 해밀턴이 말을 이었다.

"각하, 북한군 용병대를 각하께서 지휘해 주시지요."

"무슨 말야?"

긴장한 카다피가 해밀턴을 보았다.

카다피도 북한에서 군대도 따로 '수출'한다는 것을 아는 것이다.

해밀턴이 입을 열었다.

"북한군 2개 사단이 용병 이민으로 파병될 겁니다. 그중 1개 사단을 각하께서 직접 관리하는 연방 직할군으로 운용하시죠. 1개 사단은 리스타자원의 용병단에 편입, 리스타에서 관리하려는 겁니다."

"그거야 내가 오히려 고맙지."

카다피의 얼굴에 웃음이 떠올랐다.

"북한 용병군을 분리해서 관리하려는 의도군."

"북한 측에서 예상하고 있었을 겁니다. 인력 관리는 리스타에서 하도록 되어 있으니까요."

"내가 북한 특수군 1개 사단을 운용하게 된다면 부시가 좋아하지 않을 텐데."

"미국에서도 이해를 했습니다."

"오, 벌써? 미국도 그것이 해롭지 않다고 생각한 건가?"

"미국은 이제 각하에게 우호적입니다. 우군으로 생각하는 거죠."

"모두 리스타 덕분이야."

심호흡을 한 카다피가 해밀턴을 보았다.

"이제 리스타연방이 더 굳어졌어."

카다피의 권좌도 마찬가지다.

"한국과 중국이 전쟁을 한다고 가정했을 때 누구 편을 들 거죠?"

불쑥 장경아가 묻자 면접 번호 527번, 29세, 여자가 바로 대답했다.

"당연히 한국이죠."

"한국 국적은 3년 전에 취득했군요."

"네."

또렷한 대답. 갸름한 얼굴의 미인이다.

신상 서류에는 21세 때 한국에 와서 우성대학을 졸업한 것으로 되어 있다.

중국 천진 출생의 조선족, 부모는 지금도 천진에 살고 있다.

"한국 국적을 취득했으면 한국에서 살지, 왜 이민을 가요?"

이번에는 홍수만 과장이 물었다.

오후 3시 반, 리스타 건물의 면접 시험장 안.

그때 527번의 대답.

"한국인으로서 더 큰 세상에서 능력을 발휘해보고 싶어서요. 전 자동차학과를 나와서 자동차 수리업을 하고 싶어요."

527번은 자동차 1급 정비사 자격증도 소지하고 있다.
이민 심사 기준으로는 최적격 그룹에 든다.
그때 장경아가 고개를 끄덕였다.
"내일 통보해드리죠."
마지막 심사다.
여기서 합격 도장을 받으면 1주일 후에 아프리카 케냐 훈련장으로 떠나게 되는 것이다.
527번이 방을 나갔을 때 장경아가 말했다.
"불합격이야."
심사위원 셋의 시선을 받은 장경아가 쓴웃음을 지었다.
"눈동자가 흔들렸어."
셋이 제각기 시선을 맞췄지만 '토'를 달지는 않았다.
장경아가 결정권자인 것이다.
그러나 이유는 따로 있다.
장경아가 홍기천한테서 받은 명단이 있기 때문이다. 애국회 명단이다.
그러니 온갖 수단을 쓴다고 해도 명단을 꽉 쥐고 있는 한 안 된다.
527번, 유금옥도 그 명단에 포함되어 있는 것이다.

이동욱이 청와대에 들어갔을 때는 오후 6시다.
이번에는 부장 박기준만 동행했는데 청와대 측에서 요청했기 때문이다.
대기실에서 10분쯤 기다렸을 때 비서관이 들어와 집무실로 안내했다.
"어서 오시오."
대통령 한대영이 손을 내밀고 다가왔다.
한대영 옆에는 비서실장 안윤수가 수행하고 있다.

인사를 마친 이동욱이 자리에 앉았을 때 한대영이 웃음 띤 얼굴로 말했다.

"요즘 바쁘신데 만나자고 해서 미안합니다, 이 사장."

"아닙니다, 대통령님."

긴장한 이동욱이 상반신을 세웠다.

대통령이 만나자는데 핑계를 댈 미친놈은 없다. 이동욱도 마찬가지.

그때 한대영이 말을 이었다.

"북한 주민과 북한군의 대량 이민으로 한반도가 요동을 치고 있어요."

한대영이 이동욱을 보았다.

"남북한에서 1천만 가까운 인구가 아프리카로 떠나는 겁니다."

"……."

"그런데 북한은 모두 군인이나 군 출신의 이민자가 떠납니다. 이건 마치 전장(戰場)으로 병사가 떠나는 것이나 같습니다."

"……."

"나는 임기제 대통령이라 앞으로의 한반도, 아프리카의 미래에도 책임이 있어요. 그래서 내 임기 후에도 리스타와 한국 정부를 연결시켜 줄 대리인이 필요합니다."

그때 한대영의 시선을 받은 안윤수가 말을 이었다.

"북한의 음모를 적절하게 판단, 이용할 만한 사람입니다. 그 사람이 이 사장님의 측근에서 도와줘야 할 겁니다."

고개를 든 안윤수가 이동욱을 보았다.

"이해하십니까?"

"예, 이해합니다."

"받아드릴 수 있습니까?"

그때 이동욱이 쓴웃음을 지었다.

"제가 한국인입니다. 받아들여야죠."

안윤수가 커다랗게 고개를 끄덕였다.

"이 사장님이 받아들이면 그것으로 우리는 만족합니다."

"해밀턴 사장도 이의를 제기하지 않을 것 같은데요."

"우리가 해밀턴 사장한테까지는 신경을 쓰지 않았습니다."

안윤수가 얼굴을 펴고 웃었다.

"이 사장님이 주역이시니까요."

이동욱이 심호흡을 했다.

이것 때문에 불렀구나.

돌아오는 차 안에서 박기준이 말했다.

"누가 대리인으로 올까요?"

"글쎄, 모르겠다. 아마 국정원 출신으로 정보에 밝고 조정 능력이 뛰어난 사람이겠지."

잠깐 생각하던 이동욱이 말을 이었다.

"한국 정부에 영향력을 미칠 수도 있어야 될 테니까, 중량급 인사가 되어야 할 거야."

"그리고 사장님하고 호흡이 맞아야 될 것 아니겠습니까?"

박기준이 정색하고 이동욱을 보았다.

"우리가 그분 지시를 받는 입장도 아니니까 말입니다. 사장님이 싫다면 받아들이지 못합니다."

이동욱은 쓴웃음만 지었다. 맞는 말이기 때문이다.

리스타는 한국 정부 통제를 받지 않는다.

이광 회장의 위상은 한국 대통령급 이상인 것이다. 한국 대통령이 강요할 수는 없는 조직이다.

장경아는 양선호가 개성 현장에서 불려 나간 후에 이틀 동안 나타나지 않았을 때 사장 지시로 출장을 간 것쯤으로 생각했다.

그러고 나서 사흘째 되는 날, 마침 관리부 전무한테서 양선호가 당분간 북한 출장으로 사무실 근무를 못 한다는 통보를 받았다.

그리고 오전 10시 반, 기조실 부장 박기준이 장경아에게 찾아와서 말했다.

상무실에는 둘뿐이다.

"상무님, 한 전무님한테 양 상무 귀국 일을 물으셨다고 해서요."

"네, 그랬어요."

장경아가 이동욱의 심복인 박기준을 조심스러운 시선으로 보았다.

박기준이 표정 없는 얼굴로 말을 이었다.

"이건 극비사항입니다만, 양 상무는 북한 군부에 의해 체포되었습니다. 아마 지금쯤 수용소에 갇혀 있을 것 같습니다."

숨을 들이켠 장경아를 응시한 채 박기준이 말을 이었다.

"들으셨겠지만, 배가 고파서 쥐를 잡아먹고 하루에 감자 두어 개로 식사를 해결하는 곳이지요."

"……."

"죄명은 간첩죄인데 아마도 죽을 때까지 그곳에 있어야 될 겁니다. 대개 한 달쯤 지나면 차라리 죽는 것이 낫겠다는 생각을 하다가 6개월쯤 후에는 적응을 해서 꽤 오래 산다고 들었습니다."

"……."

"한 10년쯤. 그것이 기록이라고 하더군요. 영양실조 때문에 그 이상은 못 산답니다."

"그만해요."

마침내 장경아가 말했지만 박기준은 계속했다.

"저도 양선호의 녹음테이프를 들었습니다. 북한군 수용소에 넘긴 것만 해도 많이 봐준 겁니다, 상무님."

그러고는 박기준이 목례를 했다.

"이제는 안심하셔도 됩니다."

박기준이 방을 나갔을 때 장경아는 한동안 앞에 놓인 전화기를 바라보았다.

이동욱이 이렇게 처리한 것이다.

직접 손을 안 대고 양선호를 '날려'버렸다.

"모조리 떨어졌어?"

강지윤의 목소리는 비명 같았다.

"어떻게 된 거야?"

앞에 선 전채규는 숨만 쉬었다.

오후 6시 반, 대림동의 사무실 안.

전채규는 조금 전에 통보된 지난주의 이민 심사 결과를 보고한 것이다.

이번에 애국회는 지난주에 27명이 면접을 보았는데 전원 탈락이다.

이런 일은 이민 심사 후 처음 있는 일이다. 홍기천 시절에도 일어나지 않았다.

"아무래도 이상합니다."

전채규가 겨우 말했을 때 강지윤이 눈을 치켜떴다.

"정보가 샌 거야."

"그런 것 같습니다."

"애국회 명단을 누가 유출시켰어."

"정보에 접근할 수 있는 명단이 6명뿐입니다. 색출해보겠습니다."

강지윤이 어깨를 부풀렸다가 내렸다.

그러나 평양에는 어떻게 해명한단 말인가?

강지윤의 얼굴이 하얗게 굳어졌다.

홍기천은 이보다 훨씬 나았는데도 소환 통보를 받았지 않은가?

보고는 해야지.

이동욱의 보고를 들은 해밀턴이 밝은 목소리로 말했다.

"그래야지. 대통령께서 멀리 내다보는군. 그래야 우리한테도 도움이 돼."

해밀턴은 전적으로 찬성하고 있다.

"정권이 바뀌어도 정책은 계속되어야 하니까. 그리고 네가 우리 리스타연합 한반도 이민 작업의 실무 책임자니까 말이다."

"어렵습니다."

"넌, 중국에서 아프리카연방 작업까지 현장에서 뛴 인재다. 그렇게 기반을 다져 놓았고 이제는 네 조국을 위해서 일해야 할 때가 된 것 같다."

그러더니 해밀턴이 짧게 웃었다.

"운(運)은 기다리면 오는 게 아냐. 잡아야 한다."

"저 여자야?"

이동욱이 묻자 옆에 붙어 선 고영수가 대답했다.

오늘은 고영수가 팀을 이끌고 이동욱을 수행하고 있다.

"예, 맞습니다."

오후 9시 반.

대림동의 주택가, 편의점 안에 나란히 선 이동욱과 고영수가 창밖을 내다보고 있다.

길 건너편의 골목으로 여자가 들어가는 중이다.

여자 뒤로 사내 셋이 따라가고 있다. 경호원이다.

차에서 내린 일행이 골목으로 들어설 때까지는 10초 정도였지만 미모의 얼굴. 바지에 코트 차림이었지만 날씬한 몸매가 드러났다.

주택가였지만 도로와 인도는 번잡하다. 오가는 행인의 절반은 조선족, 방글라데시, 흑인들도 섞여 있다.

이곳은 외국인들이 많이 거주하는 곳이어서 편의점 안에도 외국인 손님이 많다.

그때 고영수가 말을 이었다.

"강지윤은 계속 이곳을 숙소로 삼고 있습니다."

이동욱이 고개만 끄덕였다.

"경호원은 항상 3명에서 5명을 대동하고 숙소에는 4명이 상주합니다."

그때 이동욱이 말했다.

"좋아. 오늘은 그냥 돌아가기로 하지."

발을 뗀 이동욱이 말을 이었다.

"어차피 저놈은 그물 안에 든 고기다."

그리고 아직 해를 끼치지는 않았다, 이민 신청자들도 다 불합격시켰고.

"한잔합시다."

비서실장 안윤수가 말했다.

오후 2시, 이동욱이 안윤수의 전화를 받는다.

"무슨 일이십니까?"

갑자기 술을 마시자니, 그렇게 물을 수밖에.

그때 안윤수가 대답했다.

“업무 이야기도 할 겸 해서요.”

“좋습니다.”

“그럼 7시에 인사동의 ‘풍원’에 제 이름으로 예약해놓겠습니다.”

그러고는 안윤수가 통화를 끝냈다.

오후 7시, 이동욱이 ‘풍원’으로 들어섰다. 풍원은 예약제로 운영되는 한정식집이다. 지배인의 안내를 받은 이동욱이 방으로 들어서자 기다리고 있던 안윤수가 맞았다. 그런데 안윤수는 여자 하나와 동석하고 있다.

안윤수가 여자를 소개했다.

“여긴 국정원 전략팀장 김여진 부장. 우리가 심사숙고 끝에 소개해드리는 매니저입니다.”

‘아’ 하는 표정을 짓고 이동욱이 여자를 보았다.

여자가 웃음 띤 얼굴로 목례를 했다.

30대 중반쯤으로 단발머리에 화장기가 없는 얼굴이며, 바지에 재킷 차림으로 수수한 복장이다.

“잘 부탁합니다.”

여자가 맑은 목소리로 인사를 했다.

“예, 앞으로 잘해봅시다.”

이동욱은 그렇게 답례를 했다.

상을 사이에 두고 안윤수는 김여진과 나란히 앉았고 이동욱은 둘을 마주 보는 위치다.

그때 안윤수가 입을 열었다.

“김 부장은 국정원에서 추천한 인재입니다. 지금까지 남북관계 업무만 해 온 전무가여서 계속해서 이 사장 업무를 도와드릴 수 있을 겁니다."

"알겠습니다."

"이 사장께서 고용하시는 입장이니까 앞으로 리스타의 직원이 되어야겠지요."

"그렇군요."

고개를 끄덕인 이동욱이 김여진을 보았다.

"신상 명세는 본부로 보내야 할 테니까, 준비해 오세요."

"알겠습니다."

그때 안윤수가 웃음 띤 얼굴로 말했다.

"아무래도 측근에 여자가 있는 것이 자연스러운 것 같더군요. 국정원장도 같은 의견이었습니다."

이동욱은 대답하지 않았다.

어떤 속셈이건 결정권은 리스타이고 이동욱이다, 그리고 휘둘리지는 않을 테니까.

식사는 일찍 끝났다. 안윤수가 식사만 마치고 바로 일어났기 때문이다.

따라 일어난 둘을 향해 안윤수가 말했다.

"두 분은 남아서 이야기를 더 하시고, 난 대통령님을 모셔야 하기 때문에."

밤에 모실 리는 없지만, 대통령 핑계는 언제 어느 때나 무게가 있다.

방에 둘이 남았을 때 이동욱이 말했다.

"정부 대리인 이야기는 들었지만 여자분이 선정될 줄은 예상 못 했는데."

"저도 며칠 전에야 원장님한테 말씀을 들었습니다."

김여진이 웃음 띤 얼굴로 말을 이었다.

"하지만 제의를 받고 바로 해보겠다고 말씀드렸지요. 벅찬 업무지만, 힘껏 해보고 싶었습니다."

"내 측근에 여자가 있어야 자연스럽다는 말이 오히려 더 부자연스러운데."

그러자 김여진이 싱긋 웃었다.

"저를 비서로 염두에 두고 말씀하신 것 같아요. 비서는 대개 여자거든요."

"아니, 난 여비서를 쓰지 않아요."

고개를 저은 이동욱이 정색했다.

"신상 서류를 보고, 본부와 상의해서 결정합시다."

한국 정부 대리인이니까.

"자네가 여복(女福)이 있는 모양이다."

김여진 이야기를 들은 해밀턴이 말했다. 웃음 띤 목소리다.

"여자 대리인이 자연스럽긴 하지. 자네 주위에는 여자가 많구나."

장경아까지 염두에 두고 말하는 것 같다.

"국정원 출신이라면 도움이 될 거야. 리스타로 발령을 내지."

지금 해밀턴은 리스타랜드로 돌아가 있다.

해밀턴이 말을 이었다.

"중요한 임무를 맡은 사람이니까 이곳으로 보내라, 나도 면접을 보고 비서실장, 회장님한테도 인사를 드리도록 할 테니까."

일단 이렇게 결론이 났다.

직책은 본부에서 발령을 내겠지.

다음 날 오후 3시.

김여진은 집에서 이동욱의 전화를 받는다.

국정원을 퇴직하고 사흘째 집에서 쉬고 있던 중이다.

어젯밤 이동욱을 만나 인사를 했기 때문에 대기 중인 상태다.

"김여진 씨, 지금 어디십니까?"

이동욱이 대뜸 물었기 때문에 김여진이 얼떨결에 대답했다.

"집인데요."

"집이 어디?"

"방배동입니다."

"그럼 김포 공항까지 두 시간이면 충분히 가겠네."

"그렇죠."

"넉넉하게 6시에 출발하기로 하지."

"어디로 가는데요?"

"리스타랜드."

"리스타랜드라면 그 섬인가요?"

놀란 김여진이 숨을 들이켰다.

"제가요?"

"면담요. 해밀턴 사장님이 부르십니다."

"알겠습니다."

"김포공항 전용기 출국장에 가면 리스타연합 직원이 있어요. 그 친구가 김여진 씨를 안내해 줄 겁니다."

"저 혼자 가는 건가요?"

"리스타랜드에 내리면 사람이 나와 있을 겁니다."

통화가 끝났을 때 김여진은 숨을 들이켰다.

전용기를 타고 가다니, 갑자기 신분이 상승한 느낌이다.

일식당 '오사카' 안, 오후 8시 15분.

이동욱이 한재구, 박태기 전무와 셋이서 식사를 한다.

회사에서도 수시로 만나는 편이지만 밖에 나와서도 업무 이야기다.

하지만 이동욱도 슬슬 행정 업무에 익숙해지고 있다. 전문 지식은 모자라지만, 적응력이 뛰어난 데다 집중력, 끈기, 결단력을 갖췄기 때문이다.

"양 상무가 연락이 안 되는 바람에 부인이 자주 찾습니다."

불쑥 한재구가 말했기 때문에 이동욱이 고개를 들었다.

양선호는 한재구의 부하다.

한재구의 시선을 받은 이동욱이 쓴웃음을 지었다.

"양 상무는 북한에서 돌아오기 힘들 거요."

놀란 한재구가 숨을 들이켰고 박태기도 긴장했다.

둘은 양선호가 북한 출장을 간 것으로만 알고 있다.

그때 이동욱이 말을 이었다.

"회사 기밀이 있는지 알 수 없지만, 기밀을 폭로한다는 등 장 상무에게 협박을 했습니다."

이동욱이 양선호와 장경아의 관계, 그리고 협박한 내용을 녹음으로 들었다는 것까지 말해주었다.

"저런, 개 같은 놈."

분개한 한재구가 이동욱을 보았다.

"우리가 무슨 불법 행위를 했다고 그래? 그런 놈은 없애야 됩니다."

"그래서 북한군 수용소에 들어가 있는 거요."

"잘되었습니다."

박태기가 고개를 끄덕였다.

"저는 그놈이 장 상무하고 그런 관계인 줄도 몰랐습니다."

"저는 대강 눈치는 채고 있었습니다."

한재구가 입맛을 다시면서 말했다.

"그런데 그런 결말이 났군요."

"어쨌든 양선호는 퇴직 처리를 하는 것이 낫겠습니다."

박태기가 말을 이었다.

"양선호 부인이 퇴직금을 받아서 살라고 하지요. 오히려 잘된 것 아닙니까?"

이동욱이 고개를 끄덕였다.

양선호의 처자식은 죄가 없는 것이다.

오후 10시 10분.

주차장으로 다가간 이동욱이 안쪽에 주차된 차를 보았다.

이곳은 일식당 '오사카'의 야외 주차장이다.

이동욱이 차를 향해 발을 뗀 순간이다.

"퍽!"

발사음이 울린 순간 이동욱이 숨을 들이켰고 동시에 가슴에 격렬한 충격이 왔다. 맞았다.

저절로 다리가 휘청거렸기 때문에 반사적으로 땅바닥에 몸을 굴렸다.

그때 다시 발사음.

"퍽!"

동시에 금속판 부딪치는 소리가 났다.

이번에는 옆쪽 차에 맞은 것이다.

"퍽!"

또다시 한 발.

이동욱이 몸을 굴리면서 가슴에 손을 넣어 호신용 리볼버를 꺼내었다.

그러고는 방아쇠를 당겼다.

"탕!"

요란한 총성이 밤하늘에 울렸고 그때 고함 소리가 들렸다.

"저격이다!"

경호원 강기찬의 목소리다.

그 순간, 이동욱은 눈을 부릅떴다.

의식이 흐려지려고 했기 때문이다.

1시간 후, 리스타랜드. 해밀턴이 전화를 받는다.

박기준이 직통 전화로 보고를 한 것이다.

"이동욱 사장이 저격을 받았습니다."

박기준이 침착하게 말했지만 말끝이 떨렸다.

"가슴을 맞아서 지금 서울 병원에서 수술 중입니다."

"상태는?"

해밀턴이 소리쳐 묻자 박기준이 말을 이었다.

"의식 불명 상태, 중상입니다. 다행히 오른쪽 가슴을 관통해서 심장은 건드리지 않았습니다."

"……."

"저격자는 가까운 곳에서 쏘았는데 경호원들이 있었지만 잡지 못했습니다."

"알았어. 내가 지금 가겠다."

전화기를 귀에서 뗀 해밀턴이 서둘러 방을 나왔다.

30분 후, 이광의 저택 안.

밤 11시가 넘었지만 이광과 정남희, 안학태까지 모여 있다.

해밀턴이 연락을 한 것이다.

"제가 지금 서울로 가겠습니다."

보고를 마친 해밀턴이 말했다.

"북한의 공작 조직인 애국회 소행 같습니다. 이번에 명단을 입수해서 이민 신청을 모조리 불합격시켰거든요."

그때 이광이 말했다.

"어제 인사를 온 김여진도 데려가지."

"그렇게 하겠습니다."

자리에서 일어선 해밀턴이 어깨를 늘어뜨렸다.

이제는 모두 입을 다물고 있다.

1시간 후, 밤하늘에 떠 있는 전용기 안.

해밀턴이 앞에 앉은 김여진을 보았다.

김여진은 리스타랜드에 온 지 사흘째가 된다. 어제는 이광까지 만나 인사를 했다.

해밀턴한테서 받은 직책은 리스타연합 서울 법인 기조실장. 이제는 정식 리스타그룹의 전무급 임원이 되었다.

"그 자식 아프리카, 이라크 전쟁에서도 살아남았는데 서울 같은 평화 지역에서 저격을 당하다니."

기가 막힌다는 표정을 짓고 해밀턴이 한탄했다.

"지금 3시간째 수술 중이라니, 아무래도 심상치 않아."

"……."

"남북한 이민 문제, 북한군 파병 문제까지 겹쳐서 그놈이 절실하게 필요한 때인데 큰일 났어."

"……."

"더구나 그놈은 후계자 그룹에 든 놈이야. 회장님까지 신경을 쓰고 계시다고."

그때 김여진이 고개를 들었다.

후계자라니? 그럼 리스타그룹의?

해밀턴이 김여진의 놀란 표정을 보더니 정신을 가다듬은 것 같다.

화도 나고 심란해서 속에 있는 말을 다 뱉어낸 것이다.

그러나 내친김이다.

그리고 김여진은 이동욱을 보좌하는 역할 아닌가?

"왜? 놀랐나?"

"예, 처음 듣습니다."

"한국 국정원에 이동욱에 대한 정보가 있을 텐데, 그렇지 않나?"

"아프리카에서 리스타연방 구성에 대활약을 한 것까지는 알고 있었지만……."

"하긴, 후계자까지 알 수는 없겠지."

"네."

"이동욱이 중국에서 잠깐 동안 결혼한 적이 있다는 것도 아나?"

"몰랐습니다."

"그 여자도 총에 맞아 살해되었어."

"……."

"그리고."

말을 이으려던 해밀턴이 길게 한숨을 쉬고 나서 똑바로 김여진을 보았다.

"김 실장, 남자 있나?"

"3년쯤 만난 남자가 있었는데 작년에 헤어졌습니다. 그전에도 2명 있었고요."

"……."

"제가 가정적인 성품이 아닙니다. 그리고 직업상 남자를 거래하듯이 만나왔습니다."

"……"

"국정원에서 리스타로 가라는 지시를 받았을 때 이 사장의 내연녀가 될 각오도 하고 왔습니다."

그때 해밀턴이 고개를 끄덕였다.

"그놈 운(運)이 여기서 끝나면 안 되는데."

이동욱은 8시간의 대수술 끝에 중환자실로 옮겨졌고 다시 7시간이 지나서야 의식이 돌아왔다. 면회가 된 것은 12시간 후였으니 해밀턴은 서울에 도착하고 나서 만 하루 만에 이동욱을 보았다.

"너, 살았다."

해밀턴이 아직도 산소 호흡기를 쓰고 있는 이동욱을 내려다보면서 말했다.

"신께서 네 운을 시험하신 거다. 그 운이라는 건, 인간이 만든 것이거든."

이동욱의 시선이 옆에 서 있는 김여진에게로 옮겨졌다.

그것을 본 해밀턴이 말했다.

"앞으로 김 실장이 매일 너한테 와서 상황 보고를 할 거다. 참, 김 실장이 서울 법인 전무급 기조실장으로 임명되었어. 네 보좌역이지."

김여진이 가볍게 고개를 숙여 인사를 했다.

해밀턴이 말을 이었다.

"김 실장은 네 내연녀가 될 각오까지 하고 온 사람이니까, 마음 놓아도 된다. 쓸데없이 장 상무 같은 여자나 건드리지 말고 말이다."

이동욱이 눈을 껌벅이는 것을 보더니 해밀턴이 쓴웃음을 지었다.

"이 자식이 부끄러운가 보군. 내가 안다, 장경아가 먼저 너한테 접근한 것을."

"……"

"양선호하고의 관계도 알고. 네가 양선호를 북한으로 보낸 것도."

그러고는 해밀턴이 이동욱의 손을 쥐고는 흔들었다.

"요양하려면 한 달쯤 걸린다더군. 그동안 요양 잘해."

그렇게 이동욱이 살아났다.

박기준이 따로 들어와 보고를 했는데, 애국회 대림동 지부는 빈 사무실이 되어 있다고 했다.

회장 강지윤도 보이지 않는다는 것이다.

그쪽도 눈치를 챈 것 같다.

"명이 긴 놈이네."

강지윤이 쓴웃음을 짓고 말했다.

"하지만 이제 한국 정부의 약점을 알았다."

앞에 앉은 전채규는 고개만 끄덕였다.

이동욱은 총에 맞았다. 서울 한복판에서 저격을 당한 것이다.

그런데 이동욱 사건은 언론에 한 줄도, 한 마디도 보도되지 않았다.

정부에서 통제를 한 것이다. 그 이유는 뻔하다.

이동욱의 암살 시도는 북한 소행이 분명했기 때문이다.

그것이 보도되면 지금까지 공을 들인 남북관계가 대번에 무너진다.

이민 작업도 중지되어야만 할 것이다.

그래서 일단 보도 통제를 하고 물밑 작업으로 수습하려는 것이지.

"다시 시작하는 거야. 이번에는 담당자를 처치해야겠어."

강지윤이 탁자 위에 놓인 사진을 집어 들었다.

장경아의 사진이다. 회사 현관을 나오는 사진.

"최준영을 불러."

강지윤이 말하자 전채규가 자리에서 일어섰다.

이곳은 구로동의 연립 주택 안, 애국회는 임시로 이곳을 본부로 사용하고 있다. 저격하고 나서 즉시 본부를 옮긴 것이다.

최준영은 강지윤과 함께 온 행동대원이다. 35세, 인민군 중위로 중국 여권을 소지. 중국인으로 위장하고 한국에 왔다.

이번에 이동욱을 저격했다. 왼쪽 가슴을 겨눴는데 100미터 거리에서 빗나가 오른쪽을 맞췄다.

다가선 최준영은 장신의 미남, 중국어도 유창해서 중국인으로 딱 어울린다.

강지윤이 최준영에게 장경아의 사진을 내밀었다.

"이 여자야. 이번에는 총을 쏘지 말고, 사고사로 처리해."

"그러지요."

사진을 받아든 최준영이 빙그레 웃었다. 두 눈이 번들거리고 있다.

"죽이기만 하면 되는 겁니까?"

"그래."

그때 옆에 선 전채규가 거들었다.

"흔적을 남기지 말고."

최준영이 고개를 끄덕였다.

"염려 마시고."

최준영이 방을 나갔을 때 강지윤이 전채규에게 말했다.

"본국에 신경 쓰지 않아도 돼, 내가 이번 일은 전권을 위임받았으니까."

전채규는 시선만 주었고 강지윤이 말을 이었다.

"본국의 이민과 우리는 별개야. 정보가 누출되어서 이민, 송출이 뚝 끊긴 상황에 이렇게라도 해야 우리가 살아."

강지윤의 두 눈이 번들거리고 있다.

"우리가 들통이 나도 우리 공화국의 이민은 계속돼. 이번 사건이 전혀 보도되지 않는 것이 그 증거야."

그러고는 강지윤이 입술 끝만 비틀고 웃었다.

"우리가 가만있었다면 틀림없이 소환을 당했어. 이제는 우리가 본부를 끌고 가는 거야."

맞는 말이다. 전채규가 존경 어린 시선으로 강지윤을 보았다.

임기응변이 놀랍다.

"개성 이민자 훈련소 현장소장이 사장님을 찾았습니다."

김여진이 보고했다.

중환자실 안, 하루에 두 번 면회가 허용되기 때문에 김여진이 아침에 보고했다.

"요즘 보이지 않는다면서 한 전무한테 물었다고 합니다."

입원 10일째, 내일 일반실로 옮겨갈 예정이다.

산소 호흡기를 떼고 음식도 죽을 먹지만, 아직 보행은 힘들다.

그때 이동욱이 말했다.

"애국회가 독자적으로 활동하는 것 같지만, 위에서는 다 보고 있을 거야."

"제 생각도 그래요."

김여진이 말을 이었다.

"모른 척하고 있을 뿐입니다."

"최현 소장은 모르고 있겠지."

"개성 훈련소 공사는 거의 끝났습니다. 1차 이민 2만 명도 입주했고요. 교육은 시작한 지 10일째 되었습니다."

"간부들 경호 조치 강화시켜."

"예, 사장님."

"놈들이 가만히 있지 않을 거야."

"박 부장한테 지시하겠습니다."

면회자는 김여진 하나뿐이다.

김여진이 바짝 다가섰다.

"애국회 본부를 찾고 있는데 홍기천이 알려준 안가(安家)가 20여 군데나 됩니다. 하나씩 수색하고 있습니다."

이동욱의 시선을 받은 김여진이 말을 이었다. 두 눈이 번들거리고 있다.

"해밀턴 사장은 이 기회에 애국회를 말살시켜야 한다고 지시했습니다."

이동욱이 고개를 끄덕였다.

그것이 한국과 리스타연방을 위해서도 이롭다.

크게 봐서 북한 측에도 득이 될 것이다.

최준영의 조수는 조정규 상사, 역시 중국 여권으로 입국했는데 둘의 호흡이 맞았다.

조정규는 34세로 최준영보다 한 살 연하지만 16살 때부터 군 생활을 해서 오히려 군 경력이 더 길다. 저격수, 근접 살인 교관이다.

오늘 조정규는 장경아의 오피스텔 건너편에서 컵라면을 먹는 중이다.

편의점 안, 유리창 밖으로 오피스텔 현관이 보인다.

오후 8시 반, 어제도 이 시간에 이곳에서 기다렸는데 장경아는 7시 반에 귀가했다.

1301호, 13층 1호실은 복도 끝 쪽이다.

장경아는 경호원 3명을 대동했는데 귀찮은 기색이 역력했다. 아직 위기의식을 느끼지 못한 것 같다.

컵라면 국물을 마시고 난 조정규가 고개를 들었을 때다.

오피스텔 앞에 검정색 승용차 2대가 멈춰서더니 장경아가 나온다.

이번에는 경호원 다섯.

조정규는 숨을 들이켰다.

저 정도면 힘들다. 그리고 저놈들은 프로다. 멀리서 저격하는 수밖에.

그때 편의점 안으로 최준영이 들어섰다. 허름한 양복 차림으로 눈에 띄지 않는 스타일.

옆으로 다가선 최준영이 앞쪽을 바라보았다.

그때 장경아 일행은 현관 안으로 들어간 상태다.

"오늘은 다섯이군."

최준영이 말을 이었다.

"13층 복도에서 경비를 설 거야."

"둘씩, 셋씩 교대를 하겠지요."

조정규가 말을 받았다.

"건물 안에 대기실을 만들어 놓은 것 같습니다."

"그것을 찾아야 돼."

최준영이 고개를 돌려 조정규를 보았다.

"경비부터 처리하고 장경아를 덮치는 거야."

"괜찮겠습니까?"

"뭐가?"

"다섯 명을 다 치면 떠들썩하게 되지 않을까요?"

"그렇겠지."

"이동욱처럼 덮을 수는 없을 겁니다."

"난 지시 받은 대로 하면 돼, 그건 강 회장이 알아서 처리할 테니까."

손목시계를 본 최준영이 말을 이었다.

"12시쯤 시작하지."

1405호실 안, 망원경을 눈에 붙인 고영수가 창밖을 본다.

창에는 선팅을 해놓아서 밖에서는 보이지 않았고 불도 꺼놓았다.

"저기 편의점에 둘."

고영수가 길 건너편 편의점을 응시하며 말을 이었다.

"두 놈이 1시간 반 동안 이쪽을 지켜보고 있어."

"수상합니다."

옆에 선 나형진이 말했다.

"가서 잡을까요?"

"아까 장 상무가 들어올 때 긴장하는 걸 보면 그놈들이야."

망원경을 눈에서 뗀 고영수가 쓴웃음을 지었다.

"여기서 감시하고 있을 것도 예상 못 한단 말인가? 방심했다기보다 우리를 무시하고 있는 것 같다."

"제가 둘 데리고 나가겠습니다."

그러자 고영수가 고개를 저었다.

"편의점에 손님들이 많아서 소동이 날 거야. 저놈들이 밖으로 나오기를 기다리기로 하지."

밤 10시가 되어가고 있다.

커피 잔을 내려놓은 최준영이 말했다.

"아무래도 찜찜해."

"뭐가요?"

조정규가 묻자 최준영이 주위를 둘러보았다.

얼굴에 쓴웃음이 번져 있다.

"너무 허술해."

"경비가 말입니까?"

"그래. 외곽 경비가 하나도 없어."

몸을 돌린 최준영이 조정규를 보았다.

"여기서 오피스텔까지 거리가 50미터 정도지?"

"예, 그 정도지요."

"나한테 몸을 돌려, 오피스텔 쪽에 입술을 보이지 말고."

조정규가 최준영 쪽으로 몸을 돌렸다.

"건물에서 입술을 읽는단 말입니까?"

"그럴지도."

"건물에서 이쪽을 바라보고 있을지도 모르겠군요."

"오히려 우리가 놈들의 표적이 되어 있을 가능성이 있어."

그때 조정규가 심호흡을 했다. 얼굴이 일그러져 있다.

"그렇다면."

행동대는 3명.

서경환, 김대식, 오병수다.

편의점 밖에서 기다리던 셋의 리더는 서경환. 김대식과 오병수는 옆쪽 약국 앞에 서 있었는데 셋은 동시에 편의점에서 나오는 두 사내를 보았다.

최준영과 조정규다.

밤 10시가 넘은 시간이었지만 이곳은 역삼동의 번화가, 인도에는 행인이 많다.

둘은 인도를 따라 걷기 시작했다.

서경환이 뒤를 따랐고 약국 앞에 서 있던 둘은 앞으로 다가오는 둘을 의식하고는 제각기 외면했다.

최준영은 약국 앞에 서 있는 김대식과 오병수를 보았다.

조금 당황한 둘이 제각기 외면했는데 최준영은 금세 신분을 알아차렸다.

장경아 경호대다.

최준영은 잠자코 둘의 앞을 지났다. 뒤로 조정규가 따른다.

최준영이 고개를 돌려 조정규를 보았다. 그러고는 눈으로 앞쪽 골목을 가리켰다.

망원경을 눈에 붙인 고영수가 손목에 찬 마이크에 대고 말했다.

"골목으로 들어갈 것 같다. 대기."

그러고는 덧붙였다.

"김대식과 오병수, 너희들 둘을 유인하려는 것 같다. 바로 따라 들어가지 말도록."

망원경으로 최준영과 조정규가 골목에서 5미터 거리로 다가가고 있다.

골목은 어둡고 가로등이 없다. 30미터쯤 길이로 폭은 2미터 정도.

상가 뒷문이 나 있는 곳이어서 드문드문 쓰레기통만 세워져 있다.

그때 최준영이 먼저 골목 안으로 들어섰고 조정규가 뒤를 따랐다.

최준영은 골목으로 들어서자마자 가슴에 찬 홀더에서 베레타를 꺼냈다. 소음기까지 끼워 놓아서 총신이 길다.

이어서 조정규도 권총을 꺼내 쥐었다. 검은 총신이 어둠 속에서 번들거린다.

서둘러 안쪽으로 들어선 최준영이 고개를 돌려 입구를 보았다.

10미터쯤의 거리. 둘은 쓰레기통에 몸을 숨기고는 벽에 등을 붙였다.

최준영이 손에 쥔 권총을 들어 올렸다.

골목 입구를 겨눈 것이다.

그 순간이다.

"퍽! 퍽!"

발사음이 울렸다.

안건영은 두 발을 더 쏘았다.

"퍽! 퍽!"

4발을 쏘았다, 거리는 10미터 정도. 앞쪽에 서 있던 두 사내가 두 팔을 휘저으면서 쓰러졌다. 4발이 다 맞았다.

"맞았다."

안건영이 왼쪽 팔목에 찬 마이크에 대고 말했다.

"두 놈 다 맞혔다!"

그때 골목 안으로 세 사내가 뛰어 들어왔다. 서경환 팀이다.

안건영은 외곽 팀으로 골목 끝에서 잠복하고 있다가 최준영과 맞닥뜨린 것이다. 외곽 감시팀의 수확이다.

"연락이 끊겼습니다."

밤 12시 반, 전채규가 보고하자 강지윤이 고개를 들었다.

구로동의 안가 안.

최준영이 12시에 보고를 하도록 되어 있었는데 30분이 지났다.

“안가를 옮기지.”

강지윤이 바로 결정했다.

“안양으로 가자구.”

“안양 말입니까?”

“그래. 그쪽 공장으로 들어가자.”

지금까지 안가를 돌아다녔지만 이번에는 안가 목록에 없는 은신처다.

자리에서 일어선 강지윤이 쓴웃음을 지었다.

“만일의 경우에 대비하는 거야.”

다음 날 오전 8시.

박기준이 김여진에게 보고했다.

“실장께서 보고해주시죠. 어젯밤 10시 15분경에 장 상무 오피스텔 앞에서 두 놈을 사살했습니다. 둘 다 소음기를 낀 권총을 소지하고 있었습니다.”

“……”

“시신은 차에 싣고 나왔는데 신분증은 없었습니다.”

“애국회 암살대로군요.”

“그렇습니다. 그리고.”

박기준이 말을 이었다.

“오늘 새벽에 구로동 안가를 급습했더니 비어 있었습니다. 피신한 지 얼마 되지 않았는데 급히 떠난 것 같습니다.”

장경아 암살이 실패하자 피신한 것이다.

김여진이 고개를 끄덕였다.

“더 이상 피해가 있으면 안 돼요. 방심하지 말고 임원급 경비를 계속하세요.”

이동욱 대신 김여진이 지시하고 있다.

호위총국장 장성달 앞에 선 우명수는 시선을 들지 못했다.

지난 한 달여는 우명수에게는 살아 있는 것 같지 않은 세월이었다.

한 달이 10년보다 더 긴 것처럼 느껴졌다.

이곳은 주석궁 옆의 호위총국 건물 안.

오늘 우명수는 장성달의 호출을 받고 있다.

개성 북쪽의 시골에서 맥주 공장 잡부가 되어 있던 우명수다.

호위총국 장교들에게 끌려온 터여서 지금도 사색(死色)이 되어 있는 상태.

그때 장성달이 말했다.

"동무, 지금 서울의 애국회가 어떻게 돌아가고 있는지 아나?"

"모릅니다."

고개를 든 우명수가 장성달을 보았다.

"무슨 일 있습니까?"

"지금 애국회는 망하기 직전이야. 홍기천이 서울에서 죽은 후부터 풍비박산이 되고 있어."

"……."

"강지윤이 애국회 회장으로 갔지만, 정보가 샜는지 이민 실적이 단 한 명도 없어. 애국회의 존재 목적이 없어진 상황이라 조직 자체가 흔들리고 있다구."

"……."

"그래서 동무가 애국회 관리를 맡아야겠어. 직속상관도 바로 나야."

"그렇습니까?"

우명수의 두 눈에 생기가 돋아났다.

선전선동부장 직책은 박탈당한 채 무보직 상태인 우명수다.

장성달이 말을 이었다.

"대남 담당 부부장을 맡아."

"예, 총국장 동지."

두 달 전까지만 해도 동급이었던 장성달에게 우명수가 허리를 꺾어 절을 했다.

"목숨을 바쳐 충성을 바치겠습니다."

"암살대가 당했어."

장성달이 외면한 채 말했기 때문에 우명수가 긴장했다.

"이동욱을 제거하려다가 실패했는데 이번에는 리스타의 이민 담당 임원을 노리다가 경호대한테 당한 것 같아."

"……."

"이동욱은 지금 병원에 있어."

"그것이 본부의 지시입니까?"

"동무, 정신 차리라구."

장성달이 버럭 소리쳤다.

"그건 애국회가 독자적으로 저지른 일이야! 우리 당, 우리 공화국과는 관계가 없는 일이라구!"

"아, 알겠습니다, 총국장 동지."

"이동욱이 애국회를 거부하고 말살하려고 하기 때문에 그러는 거야. 그것은 이동욱과 애국회 간의 전쟁이라구!"

"명심하겠습니다."

"그러니까 동무도 나한테만 보고하고 애국회를 지원하도록."

"예, 알겠습니다."

"암살대를 증강시켜서 즉시 보내야 돼."

장성달이 지시했다.

"내가 도와줄 테니까."

이렇게 우명수는 새 임무를 맡았다.

"간첩 조직은 맞는데."

청와대 안보보좌관 유철상이 말했다.

"이것들이 꼭 이중 플레이를 하는군."

"북한 정부하고 직통 라인을 찾아볼 수 없어요. 증거도 없고."

국정원 양찬성이 말을 이었다.

"애국회는 오히려 중국과 관계가 있습니다, 대개 중국 국적을 쓰고 중국을 통해서 한국에 오니까."

청와대의 안보보좌관실 안.

오늘은 양찬성이 대통령께 정보 보고를 하고 나서 유철상과 만나고 있다.

애국회의 이동욱 저격 사건이다.

이 사실은 대통령께 보고는 했지만 세부 내력은 유철상과 상의해야만 한다.

그때 유철상이 고개를 들었다.

"북한 측에 항의를 하면 당장 모르쇠로 나올 것 아닙니까?"

"당연하지요."

"그렇게 되면 남북한 분위기만 경색되고 모처럼 만들어진 화합 분위기가……."

그때 양찬성이 짜증을 냈다.

"아예 우리도 이중 플레이를 하십시다. 어떻습니까? 우리 둘만 알게 말입니다."

입원실로 장경아와 박기준이 찾아왔다.

오늘은 이동욱이 부른 것이다.

오전 9시 반, 장경아가 조금 상기된 얼굴로 이동욱을 보았다.

병원에서 지낸 지 20일째. 이젠 걷기도 하지만 아직 일상생활은 힘들다.

침상에 앉은 채 이동욱이 장경아에게 물었다.

"장 상무, 지난번에 장 상무를 해치려던 놈들이 있었다는 거 알지?"

"들었어요."

장경아가 고개를 끄덕였다.

"그래서 조심하고 있습니다."

"애국회 이야기도 들었겠지?"

"네."

"그동안 애국회 명단에 있는 사람들이 몇 명이나 신청을 해왔나?"

그때 장경아가 서류를 꺼내 읽었다.

"20일 동안 통계를 냈습니다. 모두 375명이 신청했는데 이번에는 면접 전에 불합격 통보를 했습니다."

"끈질기군."

"하루 평균 20명 정도가 신청했습니다. 그런데……."

장경아가 이동욱을 보았다.

"홍기천이 준 명단에 귀화한 조선족과 한국인의 비율이 8 대 2 정도인데 지금은 한국인이 많이 신청합니다."

"조선족을 걸러내고 있는 것을 아는 거지. 아직 우리가 전체 명단을 쥐고 있는 걸 모르는 거야."

이동욱의 시선이 박기준에게 옮겨졌다.

"아직 못 찾았나?"

"예, 자주 거처를 옮기는 바람에 저희들이 한 발 늦습니다."

시선을 내린 박기준이 말을 이었다.

"곧 찾겠습니다."

애국회 회장과 지도부의 행방을 쫓는 것이다.

그때 고개를 든 이동욱이 장경아를 보았다.

"장 상무가 놈들의 표적이 된 상황이라 위험해."

이동욱이 고개를 저었다.

"너무 드러나 있고 어디서든 공격이 가능해. 요즘은 매일 개성에 가지?"

"……."

"그러니까 당분간 쉬는 것이 낫겠어. 내일 리스타랜드로 떠나, 거기서 몇 달간 쉬면 일이 다 끝날 테니까."

"아녜요. 전 괜찮습니다."

"내가 사건이 나고 바로 보내야 했는데 병원으로 들어오는 바람에……."

이동욱의 시선이 박기준에게 옮겨졌다.

"장 상무를 리스타랜드로 보내도록."

"알겠습니다."

박기준이 일어섰고 장경아도 주춤대며 따라 일어섰다.

리스타랜드로의 휴가라니, 벌써부터 긴장이 풀린다.

박기준과 엇갈리듯이 입원실로 들어온 김여진이 이동욱에게 물었다.

"장 상무한테 지시하셨어요?"

이동욱이 고개를 끄덕였다.

"내일 떠날 거야."

"장 상무 역할은 안필수 씨한테 맡기겠습니다."

바짝 다가앉은 김여진이 이동욱을 보았다.

"해밀턴 사장님과 국정원장, 안보수석이 회의를 했다고 합니다."

"……."

"지금 북한 측 이민이 대량으로 쏟아져 나가는 상황에 조선족 출신 이민자만 막는 것도 별 효과가 없는 것 같다고 결정했답니다. 그리고 전장이 되는 걸 피하려는 것이죠."

"……."

"그래서 그들을 아프리카로 보내고 나서 전체를 관리하는 것이 낫겠다는 겁니다."

"그럼 아프리카에서 주도권 전쟁이 일어나겠군. 남북 간 말야."

"어차피 한 번은 겪어야 할 전쟁이죠."

김여진의 얼굴에 쓴웃음이 떠올랐다.

"장 상무를 안필수로 대체시키고 애국회 이민을 풀어주면 북한은 우리가 방침을 바꾼 것으로 알겠지요."

이동욱이 고개를 끄덕였다. 상부 지시는 따를 수밖에 없다.

장경아는 이런 결정이 없었더라도 쉴 때가 되었다.

혼자 있을 때가 많아지면서 생각할 시간도 많아졌다.

오늘도 이동욱은 의자에 앉아 지난 일을 떠올렸다.

1시간 동안 러닝머신 위에서 걷고, 다시 1시간 동안 근력 운동을 하고 나서 다시 생각에 잠긴 것이다. 지난날이 주마등처럼 지나갈 수밖에, 후회가 일어났고 쓰라린 기억이 쏟아졌다.

"장 상무가 떠났습니다."

오후 5시, 특실 안으로 들어온 김여진이 보고했다.

서울병원 특실, 응접실까지 갖춘 방으로 침실도 3개나 된다. 그래서 밤에는 경호원 3명, 김여진까지 가끔 옆쪽 방에서 자고 갈 때도 있다.

김여진이 말을 이었다.

"밝은 얼굴이었습니다."

"오늘 6킬로를 걸었어."

"잘하셨네요."

"시속 5킬로야."

"너무 빠른데요."

"근력 운동을 1시간 반 했어."

김여진이 웃음 띤 얼굴로 고개를 끄덕였다.

"이젠 돌아다니셔도 되겠어요."

"그래서 오늘 밤에 나가보려고 해."

순간 김여진이 숨을 들이켰다.

한 달 만에 첫 외출이다.

"괜찮겠어요?"

이동욱이 고개만 끄덕였다.

박기준이 경호원 5명을 이끌고 따라왔다.

차량 2대가 도착한 곳은 안양 교외의 주택가의 낡은 연립 주택이 늘어선 도로변이다.

이동욱을 수행해온 김여진은 아직 이곳이 어딘지 모른다.

이동욱과 함께 온 박기준은 알고 있는 것 같다, 앞장서서 3층 연립 주택의 현관으로 들어섰으니까.

오후 7시 반, 현관에서 기다리던 사내 2명이 그들을 맞는다.

박기준의 부하들이다. 하나가 보고했다.

"안에 있습니다."

이동욱은 박기준을 따라 천천히 2층 계단을 오른다. 계단 위에도 2명이 서 있다. 그들을 지나자 곧 202호실 앞에 서 있는 사내 둘이 보였다. 복도 양쪽 끝에도 둘이 서 있다.

그제야 이동욱이 김여진에게 말했다.

"애국회 회장을 잡았어. 보좌관과 함께 지금 집 안에 있어."

김여진이 숨을 들이켰다.

숨바꼭질을 하는 것처럼 도망 다니던 놈들이다.

15평 면적의 낡은 집 안이다.

현관 바로 앞의 응접실 바닥에 두 남녀가 꿇어앉아 있었는데 팔이 뒤로 묶여 있다.

그 앞쪽에 서 있던 사내 셋이 이동욱을 맞는다.

집 안으로는 이동욱, 김여진, 박기준까지 셋만 들어섰다.

그때 박기준이 말했다.

"집 안에서 자료도 다 찾아냈고 현금 25만 불도 같이 압수했습니다. 이곳에는 어젯밤에 도착했다는데요."

이동욱이 앞쪽 소파에 앉아 두 남녀를 보았다. 강지윤과 전채규다.

이동욱의 시선을 받은 강지윤이 외면했다.

전채규는 고개를 떨구고 있다.

그때 이동욱이 물었다.

"널 죽여야겠지?"

각오를 한 듯 강지윤은 고개를 돌리지 않았고 이동욱이 말을 이었다.

"지금도 암살자를 데리고 있나?"

"……."

"네 보고 라인은 우명수지?"

"……."

"죽기 전에 할 말이 있으면 해라, 내가 전해줄 테니까."

그러나 강지윤은 외면한 채 끝까지 고개를 돌리지 않았다.

붙잡힐 때 반항을 했는지 목이 긁혀서 피가 맺혔지만 흰 피부의 미인이다. 옆얼굴의 선이 그린 것처럼 미끈하다.

그때 고개를 든 이동욱이 박기준을 보았다.

"몇 명 잡았지?"

"경호원이 8명 있었는데 4명은 반항하다가 중상을 입었고 4명은 생포했습니다."

박기준이 바로 대답했다.

"모두 북한 특공대 출신으로 이번에 중국을 거쳐서 왔다고 합니다."

"우리는 피해가 없나?"

"둘이 부상을 당했습니다."

박기준이 말을 이었다.

"놈들이 모두 총기를 소지하고 있었기 때문에 팔과 옆구리에 총상을 입었습니다."

총격전이 일어났던 것이다.

이동욱이 다시 강지윤을 보았다.

"널 살려줄 테니까, 내일 여기 있는 김 실장한테 연락을 하고 찾아가."

"……."

"그래서 지시를 받도록."

그러고는 이동욱이 자리에서 일어서면서 박기준에게 말했다.

"풀어줘."

돌아오는 차 안에서 이동욱이 김여진에게 말했다.

"놀랄 거야."

"저도 놀랐는데요."

숨을 고른 김여진이 이동욱을 보았다.

"체포한 것도 모르고 있었거든요."

"며칠 전에 잡혔다면 죽였겠지."

쓴웃음을 지은 이동욱이 의자에 등을 붙였다.

"정책이 바뀌었으니까."

"내일 저를 찾아올까요?"

"안 온다면 존재 가치가 없어지는 거야."

"그렇군요."

김여진이 고개를 끄덕였다.

"애국회 이민 규제가 다 풀렸으니까요."

이동욱이 쓴웃음을 지었다.

이것이 저격 후의 첫 외출이다.

애국회를 풀어놓은 상태라 일단 한국에서의 긴장 상태가 풀렸다.

한국 정부에서 전장(戰場)을 아프리카로 넘긴 셈이다.

1시간 후, 평양.

우명수가 강지윤의 상황을 보고 받는다.

중국을 통해 전화 보고를 받는 것이다.

"어떻게 된 거야?"

다 듣고 난 우명수가 당황해서 목소리를 높였다.

칭다오의 연락원에게 묻는 것이다.

"잡았다가 살려주다니?"

"내일 회사로 찾아오라고 했답니다."

"회사로? 어느 회사로?"

"이동욱의 리스타지요. 어디겠습니까?"

"어쩌겠다는 거야?"

"모르겠습니다. 죽이지는 않겠지요, 잡았다가 풀어줬으니까요."

"이런."

"어떻게 할까요? 강지윤은 지금 안양 안가에 그대로 있습니다."

"……."

"경호원들도 잡혔다가 다 풀려났습니다."

"이놈이 미쳤나?"

중얼거린 우명수가 잠깐 침묵을 지키더니 입을 열었다.

"좋아. 내일 강지윤한테 찾아가 보라고 해."

이렇게 결정이 되었다.

밤 12시가 되었을 때 이동욱이 응접실에 앉아 있는 김여진에게 말했다.

"내일 강지윤을 만나고 나서 트리폴리로 가도록 하지."

"트리폴리에요?"

놀란 김여진이 되물었다.

"거긴, 왜요?"

"리스타 아프리카연방을 살펴봐야겠어."

이동욱이 말을 이었다.

"기반을 닦는 데 내가 한 역할을 한 곳이니까."

"괜찮으시겠어요?"

"작전은 무리지만, 돌아다닐 만은 해."

이동욱이 길게 숨을 뱉었다.

전장(戰場)이 아프리카로 옮겨졌을 뿐이다.

다음 날 오후 2시, 리스타 건물의 기조실장실.

김여진이 앞에 앉아 있는 강지윤을 보았다.

집무실 안에는 둘뿐이다. 강지윤이 제 발로 찾아온 것이다.

"어때? 평양에서 지시가 왔어?"

김여진이 묻자 강지윤이 시선만 주었다.

강지윤은 오늘 진주색 투피스 차림에 얼굴에는 옅은 화장까지 했다. 눈에 띄는 외모다.

김여진이 말을 이었다.

"우리가 널 부른 이유가 뭔지 아나?"

"……."

"생각하고 있는 걸 말해 봐."

"……."

"생각 없이 나오지는 않았겠지."

그때 강지윤이 고개를 들었다.

"정책이 바뀐 것이겠지."

강지윤의 얼굴에 웃음이 떠올랐다.

"그것밖에 없어. 애국회를 놔두기로 한 것이지."

"그 이유도 생각했어?"

"여기서 애국회를 말살시킨다면 어차피 피바람이 일어날 테니까, 그럼 남북 간 관계도 틀어지겠지."

"그래서?"

"아마 한국 정부에서 리스타 측에 압력을 넣었을 거야. 그 이유밖에 없어."

"그럼 네 신변은 어떻게 변할 것 같지? 애국회 회장으로 안가에서 살 수 있을 것 같나?"

다시 강지윤이 입을 다물었을 때 김여진이 말을 이었다.

"오늘부터 애국회 회원을 이민 보내줄 테니까, 불합격된 연놈들도 다시 이민 신청을 하도록 해."

숨을 들이켠 강지윤에게 김여진이 말을 이었다.

"애국회와의 전쟁은 오늘 자로 끝내는 거야. 그러니까 너도 자주 리스타에 들러도 돼."

김여진이 손을 뻗어 인터폰을 눌렀다.

잠시 후에 방에 들어온 사내는 안필수 상무다.

장경아 대신 이민 심사 책임을 맡은 지 오늘이 사흘째다.

김여진이 강지윤에게 말했다.

"인사해. 이분이 이민 심사 책임자인 안필수 상무야."

당황한 강지윤이 자리에서 일어나 목례를 했다.

김여진이 안필수에게 말했다.

"이분도 그 유명하신 애국회 회장 강지윤 씨. 중국 이름은 링링. 중국 여권으로 한국에 오신 간첩 두목이시지."

"아, 반갑습니다."

안필수는 정중하게 인사를 했다.

둘이 자리에 앉았을 때 김여진이 안필수에게 말했다.

"안 상무, 강지윤 씨한테서 애국회 이민 신청자 명단을 받아서 처리해요."

"알겠습니다."

고개를 든 안필수가 강지윤을 보았다.

"실장님한테서 말씀 들었습니다. 지난번 불합격된 명단도 다시 신청해 주세요."

강지윤은 고개만 숙였다.

고맙다고 인사하기는 멋쩍지.

다음 날, 이동욱은 김여진과 함께 한국을 떠났다. 수행원은 박기준과 팀원 3명이다.

전용기가 서해 위에 떠 있을 때 김여진이 이동욱에게 말했다.

"카다피 대통령하고 면담 일정이 잡혔다는 연락이 왔습니다."

앞자리에 앉은 김여진이 말을 이었다.

"내일 저녁 6시인데요. 동석자는 1명이랍니다."

이동욱이 고개를 끄덕였다.

"김 실장이 같이 가도록 하지."

"카다피, 만나 보셨어요?"

"두 번."

"두 번이나."

숨을 들이켠 김여진이 말을 이었다.

"카다피의 통솔력이 리스타연방에 도움이 되겠지요?"

"당연하지."

의자를 길게 눕힌 이동욱이 누우면서 말을 이었다.

"그건 회장님과 지도부에서 결정한 사항이야. 나도 카다피 대통령이 지휘하는 리비아군(軍)에 호감을 느끼는 사람이고."

"겪어 보셨어요?"

"내가 용병 시절에 리비아군(軍) 교관을 1년 동안 했고, 리비아가 지금도 '리스타 용병단'의 기지이기도 해서 리비아를 오래 겪은 셈이지."

"그렇군요."

"리스타 수뇌부에서 리비아를 리스타연방의 수도로, 카다피를 '연방국 의장'으로 위임한 것도 통솔력과 군사력 때문이지. 물론 우리 리스타군이 고문관 형식으로 리비아군을 장악하고 있기 때문이기도 하고."

"아, 그렇구나."

그제야 의문이 풀린 김여진이 환하게 웃었다. 고르고 흰 이가 드러났다.

"이제야 완전히 이해가 됐어요."

"다 주고받는 이치야."

"리비아군(軍)에 고문관이 나가 있군요."

"중대당 3명이 평균적으로 파견되어 있어."

이동욱이 말을 이었다.

"나도 1년간 리비아 공수특전단의 고문관이었으니까."

이제야 김여진은 리비아와 리스타의 관계를 알게 되었다.

눈앞이 환해진 느낌이다.

이곳은 리스타아일랜드.

섬 중심부에 위치한 리스타빌딩 회장실에서 이광 주재로 회의가 열리고 있다. 이광과 정남희, 안학태, 해밀턴, 조백진이다.

이광이 먼저 입을 열었다.

"통일은 밖에서부터 시작해야겠어."

이광의 얼굴에 웃음이 떠올라 있다.

"북한 측은 한반도에서처럼 생각하고 있는 것 같은데, 우물 안 개구리였다는 것을 이번에 확실하게 보여주도록 하지."

"그래야 됩니다."

안학태가 바로 동의했다.

"이미 먼저 한국에서 보냈던 애국회원들이 케냐에서부터 조직을 결성하고 있습니다."

"지금 이동욱이 리비아로 가고 있습니다. 곧 카다피를 만날 텐데요."

해밀턴이 말을 이었다.

"결국 남북한의 통일은 외국에서부터 시작될 겁니다. 그리고 그 바탕은 리비아군(軍)이고요."

"이동욱의 상태는 어떤가?"

"회복 단계입니다."

해밀턴이 말을 이었다.

"전장이 아프리카로 옮겨진 상황이니까 이동욱에게 그 일을 맡겨도 될 것 같습니다."

이광이 천천히 머리를 끄덕였다. 이것으로 결정이 되었다.

케냐의 나이로비, 북부의 초원지대에 2백만 평 규모의 '리스타 이민 훈련소'가 설치되어 있다.

훈련소 소장은 리스타연합 소속의 애덤스, CIA 출신이다.

실무를 관장하는 관리부장은 박영근, 48세, 예비역 육군대령.

박영근이 직속부하인 관리과장 최성수에게 물었다.

"애국회 놈들이 언제 교육을 끝내지?"

"다음 주에 끝납니다."

최성수가 자료를 보았다.

"모두 275명인데 이민 대상국은 모두 12개국입니다."

"골고루 가는군."

"예, 다음 달부터 북한 이민이 쏟아지면 정신 못 차릴 것 같습니다."

그때 박영근이 정색하고 최성수를 보았다.

"앞으로 애국회 놈들도 다 쏟아져 들어올 거야. 아프리카가 북한 간첩단 소굴이 되는 거지."

"왜 그렇습니까?"

놀란 최성수가 묻자 박영근이 말을 이었다.

"한국에서 애국회 명단을 입수하고 이민을 막았더니 이놈들이 이동욱 사장의 암살을 시도하고 분란을 일으켰어."

"그래서 그놈들한테 밀려난 겁니까?"

박영근이 고개를 저었다.

"전장(戰場)을 이곳으로 옮긴 거야."

"여기서 어떻게 합니까?"

"곧 지침이 내려올 거다."

목소리를 낮춘 박영근이 말을 이었다.

"이곳에서 간첩을 공작해서 아군으로 만들겠지."

"북한군 3백만이 아프리카에 덮이면 '조선 아프리카'가 될 겁니다."

최성수의 말에 박영근이 쓴웃음을 지었다.

"그걸 역으로 생각해 봐라. 본부에서는 역발상을 하고 있어."

"어떻게 말씀입니까?"

"한반도 내에서는 전쟁의 참화를 더 이상 겪지 말고, 밖에서 해결하자는 것이지."

"아프리카에서 말입니까?"

"한국에서 송출한 북한 간첩단 조직 애국회를 다 받아들여서 아프리카로 보내는 이유가 바로 그거다."

"한국은 깨끗해지긴 하겠습니다."

"청소를 해준 셈이지."

"덕분에 우리가 짐을 맡게 되었군요."

"여기가 전쟁터가 된 건데."

"어떻게 처리합니까?"

"리비아군(軍)이 우리 주력이지. 그리고 아프리카 각국의 군대가 지원군이고."

그 순간, 최성수가 숨을 들이켰다.

"리스타군(軍), 한국군은 그 배후에서 조종하겠군요."

"특공대, 특수군 역할이 될 거다."

그때 최성수가 커다랗게 고개를 끄덕였다.

"이제 알겠습니다."

그러고 나서 덧붙였다.

"우리도 한몫을 해야죠."

이집트 카이로, 구시가지 시장 거리의 의류가게 안, 10평 규모의 가게에는 신제품이 가득 쌓여서 손님들이 많다.

바로 이번에 한국 이민자가 낸 가게다. 가게 주인은 조민경.

리스타 케냐 훈련소에서 한 달 반 동안 교육을 받은 후에 다시 희망 지역인 카이로에서 한 달 동안 현장 실습을 하고 나서 가게를 오픈한 지 이제 한 달.

물론 자금은 리스타투자에서 12만 불을 대출 받았다.

안쪽 사무실 안에서 조민경이 찾아온 전동철과 마주 앉아 있다.

더운 날씨여서 에어컨이 돌아가지만 둘의 얼굴에는 땀이 배어 있다.

전동철이 입을 열었다.

"이제 한 달쯤 후부터 우리 북조선 이민이 쏟아질 거야. 물론 훈련소인 케냐에서 이민 지역이 정해지겠지만 몇 년이 지나면 3백만이 아프리카 지역에 덮이게 되는 거야."

전동철이 누런 이를 드러내며 웃었다.

"그때는 아프리카를 우리가 먹는 거지."

"동무는 참 쉽게 생각해요."

조민경이 부채로 얼굴에 바람을 보내면서 말을 이었다.

"한국에서 아니, 리스타가 그냥 놔둘 것 같습니까?"

"그럼 그놈들이 어떻게 할 건데?"

전동철은 38세, 애국회에서 이민으로 파견될 때 이집트 지역 세포로 임명되었다. 인민군 상위 출신.

현재까지 이집트 지역에 진출한 애국회 이민은 24명, 그중 카이로에 13명이 와 있다.

지금 전동철은 각 회원의 업소를 순시하며 본부의 지시를 전하고 있다.

전동철이 말을 이었다.

"이민을 오면 장사만 하는 것이 아니라 군인도 되고 공무원도 되는 거야. 이집트의 뼈와 핏줄, 뇌세포도 되는 것이라구."

"그렇겠죠."

"그러고 나서 이 나라를 접수하는 거지."

전동철의 얼굴에 웃음이 떠올랐다.

"우리는 이미 청사진을 만들어 놓고 있다구."

"그렇군요."

"북조선 이민자들의 기반을 굳히기 위해서 우리가 도와야 돼."

"그래야죠."

"조직력을 더 갖추고."

전동철의 얼굴이 상기되어 있다. 더워서 그런 것 같지는 않다.

전동철이 가게를 나가고 나서 10분쯤 되었을 때 사내 하나가 들어섰다.

사내를 본 조민경의 얼굴이 굳어졌다.

"조금 전에 나갔는데."

"압니다. 버스 타고 가는 것까지 보고 온 길이오."

웃음 띤 얼굴로 말하는 사내가 조금 전에 전동철이 앉았던 의자에 앉았다.

사내는 이상규, 리스타연합 카이로 법인 사원. 리스타연방 소속이기도 하다.

그때 조민경이 말했다.

"특별한 지시는 없어요. 감시, 정보 수집을 하는 거죠."

쓴웃음을 지은 조민경이 말을 이었다.

"여기서 북한식 조직, 밀고가 통한다고 생각하는 모양입니다. 난 케냐 훈련소에서부터 마음을 바꿨는데."

"다른 이야기는 없었습니까?"

"녹음기를 들으시죠."

조민경이 주머니에서 성냥갑만 한 녹음기를 꺼내 내밀었다.

"앞으로 3백만이 아프리카에 퍼지면 각국마다 군인, 관리들까지 진출해서 암세포처럼 잠식해 먹겠다는 이야기였지요."

이상규는 고개만 끄덕였고 조민경이 말을 이었다.

"꿈도 크지. 하지만 저놈도 언제 변절할지 알 수 없어요."

이렇게 전쟁이 시작되고 있다.

트리폴리 바닷가의 패리스호텔은 이동욱의 단골 숙소다. 호텔방의 베란다에 선 이동욱이 바다를 내려다보았다.

오후 4시, 남빛 지중해에 화물선이 지나가고 있다.

바다 건너편이 이태리다.

그때 뒤에서 인기척이 나더니 김여진이 다가왔다.

"붕대 감고 약 드실 시간입니다."

김여진이 의료 가방을 들고 있다.

상처는 다 아물었지만 가슴의 압박 붕대를 갈아 붙이고 약을 먹어야 한다.

의사의 지시를 받은 김여진이 대신 그 역할을 맡은 것이다.

이동욱이 베란다의 의자를 펴고 눕자 김여진이 셔츠의 단추를 풀더니 압박 붕대를 풀었다.

상처에는 어린애 손바닥만 한 붉은 새살이 돋아나 있다.

김여진이 상처에 약을 바르면서 말했다.

"해밀턴 사장이 5시에 전화를 한다고 연락이 왔어요. 무슨 일일까요?"

"모르지."

눈을 감은 이동욱이 말을 이었다.

"내일 카다피 대통령을 만날 때 주의사항을 전해주실 것 같아."

"카다피 대통령을 만나다니, 긴장 돼요."

눈을 뜬 이동욱이 김여진을 보았다.

"대통령께 할 말이 있으면 해."

"당연하죠."

"내가 북한군 이야기를 해드리려고 하니까."

이동욱이 말을 이었다.

"앞으로 석 달쯤 후부터는 북한 이민단이 쏟아져 들어올 테니까."

그때 붕대를 다 감은 김여진이 셔츠 단추를 채우면서 물었다.

"리스타연방의 작전은 누가 지휘하죠?"

"해밀턴 사장이 직접 지휘했어."

이동욱이 몸을 일으켰다.

"내가 서울로 가기 전에는 내가 맡았지."

"그럼 전장(戰場)이 다시 이쪽으로 옮겨졌으니까 사장님이 이곳을 맡아야 되지 않겠어요?"

"난 이곳을 둘러보러 온 거야."

"당연하죠. 그러니까 그것이 자연스럽다는 말입니다."

김여진의 시선을 받은 이동욱이 빙그레 웃었다.

"두고 봐야지."

5시에 해밀턴의 전화가 왔다.

이동욱이 응접실에서 전화를 받으면서 스피커폰 버튼을 눌렀다.

방 안에는 이동욱과 김여진 둘뿐이다.

"몸은 어떤가?"

해밀턴이 물었다.

"나아지고 있습니다, 사장님."

"굿. 할 일이 많은데 나아져야지."

"감사합니다."

"내일 카다피 대통령 만날 때 그렇게 말씀드려."

"뭘 말입니까?"

"네가 아프리카에 다시 돌아와 돕겠다고 말야."

그 순간, 김여진의 눈빛이 강해졌다.

시선이 마주친 김여진의 얼굴에 웃음이 떠올랐다.

그때 해밀턴이 말을 이었다.

"이번에는 체계적으로 관리해야 될 거야, 수백만 명을 상대해야 될 테니까."

"알고 있습니다."

"내일 카다피 대통령을 만나고 나서 리스타연합 간부들을 만나도록, 내일 자로 발령을 낼 테니까. 알았나?"

"알겠습니다."

"카다피 대통령하고 호흡을 잘 맞춰야 할 거다, 리."

"알고 있습니다."

"각 연방의 용병단도 효율적으로 운용해야 될 것이고."

"압니다."

"한국과 공조를 맞추는 것도 중요해. 네 측근의 기조실장이 그럴 용도야."

이동욱이 옆에 앉은 김여진을 보았다.

제 이야기가 나왔기 때문에 김여진의 얼굴은 상기되어 있다.

"그럼 내일 제가 연락드리겠습니다."

이동욱이 인사를 하고 나서 통화를 끝냈을 때 김여진이 물었다.

"그럼 저도 이곳으로 발령이 난 것인가요?"

이동욱은 쓴웃음만 지었다.

갈 길이 멀다.

"오, 미스터 리."

카다피가 두 손을 벌리고 이동욱을 맞았다.

대통령 집무실 안, 옆에는 경호실장 아마드, 정보국장 카심, 육군 총사령관 압둘라까지 넷이 기다리고 있다.

리비아의 권력 실세가 다 모인 셈이다.

인사를 마친 이동욱이 동행한 김여진을 소개했다.

"자네 보좌관인가?"

카다피가 호기심을 드러내면서 물었다.

"제 기조실장입니다."

"오, 그래?"

카다피가 김여진의 인사를 받으며 고개를 끄덕였다.

카다피는 신변 경호원으로 여자를 고용하고 있다. 특수 훈련을 마친 강력한 여성 경호대다.

인사를 마치고 둘러앉았을 때 카다피가 말했다.

"해밀턴한테서 연락이 왔어. 네가 리스타연방의 리스타 용병단을 지휘하게 되었다면서?"

"예, 대통령 각하."

이동욱이 고개를 숙였다.

"잘 부탁합니다."

"내가 네 도움이 필요해."

정색한 카다피가 물었다.

"본부는 어디에 둘 계획이야?"

"트리폴리 리스타연합을 본부로 사용하고 카이로에서 병력을 운용하겠습니다."

"카이로가 적당하지."

카다피가 고개를 끄덕였다.

"그곳에 북한 놈들이 많이 모일 거야, 인구가 많은 곳이니까."

그리고 이집트는 항상 중동, 아프리카의 교량 역할을 해왔다. 아프리카의 중심국이다.

카다피가 다시 물었다.

“리, 네가 운용할 병력은?”

“각국에 파견된 용병단입니다. 각각 1개 중대 병력인데 약 2천 명 정도입니다.”

“음, 정예지.”

다시 고개를 끄덕인 카다피가 말을 이었다.

“북한은 아예 군부대를 이민으로 보내는 터라 금방 군(軍)으로 활용할 수가 있어. 그래서 이곳을 날로 먹으려는 수작을 부릴 거다.”

카다피가 이를 드러내고 웃었다.

“여기 있는 정보부장 카심, 육군 총사령관 압둘라하고 호흡을 맞춰야 할 거다.”

“잘 알겠습니다.”

“아프리카연방이 남북한 인력으로 부강하겠지만 그것이 북한 정권의 입에 들어가면 안 될 테니까.”

“예, 대통령 각하.”

“그런데.”

카다피의 시선이 김여진에게 옮겨졌다.

“넌 전직이 뭐였나?”

“KCIA 정보팀장이었습니다.”

김여진이 바로 대답했다.

“북한 관계 때문에 정부에서 이 사장님 옆으로 파견한 것입니다.”

“어떤 용도였나?”

“남북한의 교류입니다. 한국 대통령께서 정권이 바뀌더라도 북한과의 협력 관계를 유지하는 역할을 맡기셨습니다.”

카다피의 얼굴에 쓴웃음이 번졌다.

“협력이 욕심으로 변질된 것인가?”

“한국 측 의도는 순수했습니다.”

고개를 끄덕인 카다피가 이동욱을 보았다.

“좋은 보좌관을 두었구나.”

“감사합니다, 각하.”

“이 회장한테 안부 전해라.”

이렇게 카다피와의 면담이 끝났다.

호텔로 돌아왔을 때는 오후 4시가 되어갈 무렵이다.

현관에서 기다리던 박기준의 부하 강형수가 다가왔다.

“연합의 간부 셋이 기다리고 있습니다.”

고개를 끄덕인 이동욱이 김여진과 함께 객실로 들어섰다.

특실 안에는 박기준이 사내 셋과 함께 앉아 있었는데 이동욱을 보더니 자리에서 일어섰다.

둘은 한국인, 한 명은 아랍인이다.

김여진, 박기준과 함께 여섯이 둘러앉았다.

연합의 간부 셋은 박용근, 전현수, 그리고 무스람이다.

“각 지부에 연락하겠습니다.”

박용근이 말했다. 박용근은 본부의 관리부장이다.

‘리스타 아프리카연방’ 22개국에 파견된 리스타 용병단에 연락을 한다는 말이다.

고개를 끄덕인 이동욱이 전현수를 보았다.

전현수는 본부 용병단장이다.

"본부에는 현재 몇 명이 있나?"

"2개 중대 병력으로 현재 312명입니다, 사장님."

트리폴리 본부는 용병단을 중심으로 병력 공급이 원활하다. 리비아가 리스타자원의 거점이기 때문이다.

리스타자원 사장 조백진이 이곳의 본부 건물에서 근무하고 있다.

그때 팔레스타인 국적의 무스람이 말했다. 무스람은 본부 정보 장교다.

"사장님, 몸바사에서 사고가 일어났다는 보고 받으셨습니까?"

"난 못 받았다."

고개를 든 이동욱이 물었다.

"무슨 사고야?"

"몸바사 이민 훈련소에서 살인사건입니다. 돈 문제로 이민자 둘이 싸우다가 총으로 쏘았어요."

"총?"

"예, 몸바사에서 구했다고 합니다. 40대 남자가 죽었습니다."

"갓댐. 총을 어디서 구했나?"

"시장에서 샀답니다."

고개를 돌린 이동욱이 김여진을 보았다.

"아프리카는 총기 구입이 쉬워. AK-47은 10달러야."

한국어로 말했는데 무스람이 한국어로 말을 받았다.

"짜퉁 베레타도 10불입니다. 중국제죠."

"갓댐."

쓴웃음을 지은 이동욱이 한국어로 말을 이었다.

"총기 단속도 해야겠다."

이동욱이 셋에게 말했다.

“내일 본부에 갈 테니까, 준비하고 있도록.”

사장이 순시한다는 말이다.

4장
IS의 테러

잠이 들었던 이동욱이 응접실의 소음에 눈을 떴다.

특실이어서 김여진이 옆방을 사용하고 있다.

오전 2시 반이다. 침대에서 일어난 이동욱이 잠옷 차림으로 응접실로 나왔다.

그때 소파에 앉아 있던 김여진이 놀라 몸을 일으켰다.

"방금 본부에서 자료를 가져왔습니다."

김여진의 손에 서류가 쥐어져 있다.

"오늘 본부에 가기 전에 미리 구조, 조직원을 파악하려고요."

"그렇군."

앞쪽에 앉은 이동욱이 김여진을 보았다.

김여진의 성실성에 감동한 것이다.

이곳 리비아 트리폴리 본부에서 각국의 리스타 용병단을 지원, 관리하는 체제다.

"본부에 들렀다가 오후에는 카이로에 가기로 하지."

"카이로에 가고 싶었어요."

불쑥 말한 김여진이 이동욱의 시선을 받더니 얼굴에 웃음을 띠었다.

"관광 여행으로 3일간 스쳐 지나갔을 뿐이죠."

"지금은 조금 시간이 있는 상황이니까, 여유 있게 둘러보도록 해."

자리에서 일어난 이동욱이 고개를 끄덕였다.

"잘 자."

침실로 다가간 이동욱이 안으로 들어섰을 때다. 어느새 뒤를 따라온 김여진이 방문을 닫았다. 시선을 받은 김여진이 눈웃음을 쳤다. 입은 열지 않는다.

창문을 열어 놓았기 때문에 바람결에 바다 냄새가 맡아졌다.

커튼이 출렁거리면서 김여진의 체취도 풍겨왔다.

방 안의 열기는 아직 가시지 않았다.

이동욱의 가슴에 얼굴을 붙인 김여진이 입을 열었다.

몸을 딱 붙이고 있어서 땀에 젖은 피부가 끈적였다.

"이러지 않는 것이 이상하죠."

김여진의 숨결이 가슴을 스치고 지났다.

"박 부장도 우리가 이런 사이인지 알고 있던 것 같던데."

이동욱이 김여진의 어깨를 당겨 안았다.

몸이 빈틈없이 밀착되었고 사지가 꿈틀거릴 때마다 열기가 전해져 온다.

트리폴리의 밤이 깊어가고 있다.

트리폴리 시내에 위치한 5층 빌딩이 리스타연합의 용병단 본부다.

오전 10시 반, 회의실에 모인 용병단 간부는 20여 명.

어제 만난 박용근, 전현수와 무스람을 포함해서 중대장급 간부, 본부 요원까지 모두 참석했다.

그중 한국인은 절반 정도이고 나머지의 국적은 10여 개국이다.

이동욱이 입을 열었다.

"곧 북한군이 대거 이민을 오게 되면 우리가 할 일이 많아. 모두 준비를 단단히 하도록."

이동욱이 북한군 진출을 말하는 동안 회의실은 조용해졌다.

당장에 전쟁이 일어나는 것은 아니다.

먼저 조직을 갖추고 각 지역에서 기반을 굳혀야 할 테니까 시간이 필요하다.

회의를 마친 이동욱이 사막으로 부대 시찰을 갔고 김여진은 행정 요원 면담을 했다.

김여진은 리스타연합의 사장 보좌관 역할이다.

오후 5시가 되었을 때 이동욱 일행은 트리폴리를 떠나 카이로로 날아가는 전용기에 앉아 있다.

앞자리에 앉은 김여진이 이동욱에게 말했다.

"케냐 몸바사의 현장은 가봐야겠어요. 그곳에서 총기 사고가 났다니 총기 구매처도 조사해봐야겠어요."

이동욱이 고개만 끄덕였고 김여진이 말을 이었다.

"본부의 정보 보고를 읽었더니 몸바사, 나이로비 현장에서 도박, 폭력 사건이 빈번하게 일어난다는군요."

김여진의 얼굴에 웃음이 떠올랐다.

"수십만씩 집결해 있는 터라 자체 경찰력으로는 벅차다는군요. 마치 서부시대 무법자 마을 같답니다."

현지 이민 교육 현장의 치안도 리스타연합 소속의 용병단이 맡고 있는 것이다.

용병단 1개 중대가 현지인을 고용하여 치안 유지를 하고 있다.

이동욱이 고개를 끄덕였다.

"폭력 조직이 만들어질 수도 있지."

카이로의 만다린호텔.

나일강변에 위치한 호텔 베란다에서는 강 건너편 신시가지까지 보인다.

베란다의 난간에 선 이동욱에게 박기준이 보고했다.

"카이로 지부장 아바스가 왔습니다."

이동욱이 고개를 끄덕이자 곧 장신의 아랍인이 박기준과 함께 베란다로 들어섰다. 눈처럼 흰 쑵 차림이다.

이동욱의 뺨에 두 번 얼굴을 맞댄 아바스가 한 걸음 뒤로 물러서더니 정중하게 고개를 숙였다.

"일이 있어서 공항에 못 나갔습니다."

"괜찮아. IS의 테러인가?"

베란다의 의자에 앉은 이동욱이 옆쪽 의자를 권하면서 물었다.

밤 9시가 되어 가고 있어서 카이로의 야경이 눈부시다.

옆쪽 의자에 박기준과 나란히 앉은 아바스가 말을 이었다.

"예, IS의 무사르가 테러를 해서 4명이 사망했습니다."

"무사르 소행은 확실해?"

"예, 테러를 한 후에 연락을 해왔습니다."

이동욱이 심호흡을 했다.

무사르는 IS의 지도자 오사마의 행동대장이다.

그 무사르가 리스타연합 건물에 폭탄 테러를 해서 사무직 요원 4명이 폭사한 것이다.

아바스가 고개를 들고 이동욱을 보았다.

"이것은 공공연한 도전입니다. 리스타연합을 공격함으로써 약화된 IS의 권위를 세우려는 것입니다."

"무사르에 대한 정보는?"

"소문은 1개 중대 병력을 이끌고 있다는데요."

그때 베란다로 김여진이 나왔다.

이동욱의 옆자리에 앉은 김여진이 말했다.

"방금 본부에서 연락이 왔습니다."

본부는 리스타랜드에 있는 리스타연합 본부를 말한다.

김여진이 말을 이었다.

"무사르가 카이로에 잠입한 것은 확실하다고 합니다."

"병력은?"

"무사르는 항상 1개 중대 병력을 이끌고 있다지만, 그건 확실하지 않습니다."

김여진이 고개를 들고 이동욱을 보았다.

"IS가 리스타를 타깃으로 삼는 것 같습니다."

"무사르를 찾아야 돼."

이동욱이 아바스를 보았다.

"IS의 정보력도 만만치 않아."

무사르는 42세, 악명 높은 테러범이지만 중키에 왜소한 체격으로 항상 양복 차림이다. 쑵을 입은 적이 없는 데다 수염도 기르지 않아서 동양인으로 오인할 때도 있다.

그러나 포로로 잡힌 미국인을 직접 참수했고, 아이에게 폭탄을 묶어 자폭 테러를 일으키는 등 수십 번의 악행을 저질렀다.

그래서 인터폴의 수배자 명단에 올랐지만 한 번도 검거된 적이 없다.

변장에 능해서 여자로 변장하고 다닌다는 소문도 있다.

오후 11시 반, 무사르가 카이로 구시가지의 하산 모스크 근처 민가에서 부하 한드록과 마주 앉아 있다.

한드록은 쑵 위에 낡은 양복저고리를 걸친 거구다.

"지금 이집트에도 한국 이민자들이 쏟아져 들어오고 있습니다."

한드록이 상반신을 굽히면서 말했다.

"현재까지 약 4천 명 가깝게 이민자들이 와 있는데 앞으로 수십만 명이 더 올 겁니다."

"그래서 돈이 쏟아진다는군."

무사르가 말을 이었다.

"리스타에서 사업 자금을 빌려주니까 말야. 아마 아프리카에 수천억 불이 투자될 거다. 그러니 각국 정부가 반길 수밖에."

"어제 폭발 테러로 리스타가 긴장했을 겁니다."

"당연하지."

벽에 등을 붙인 무사르의 얼굴에 웃음이 떠올랐다.

"우리 의도대로 되고 있어."

"넷이 죽었으니 리스타 고위층이 주목하겠지요?"

"해밀턴이 움직일지 몰라."

무사르가 말을 이었다.

"이곳에서 우리 위상을 굳히는 거야. 우리가 손해 볼 건 없어."

시리아, 아프가니스탄을 기반으로 세력을 확장했던 IS가 미국 등 연합군의 공격을 받아 지금은 영토 대부분을 잃고 사분오열된 상태다. 그렇기 때문에 각국의 후원금도 줄어들고 대원의 이탈도 심해지는 상황이다.

그래서 세계에서 가장 큰 조직인 리스타 아프리카연방으로 뛰어든 것이다.

그렇다. 지금의 테러는 손해 볼 것이 없는 싸움이다.

"어서 오십쇼."

경비원 와하드가 경례를 했다. 24세, 이집트 군(軍)에서 예편하고 바로 리스타에 취직했으니 운이 좋은 편이다.

단정한 차림에 행동도 민첩해서 총무부장 고정기는 가끔 말도 걸어준다.

"어, 와하드, 오늘도 주간 근무냐?"

오전 8시 10분, 아침 출근 시간이다.

신시가지에 위치한 리스타 건물은 5층으로 어제 폭탄 테러로 2층 왼쪽이 부서져서 아직도 화약 냄새가 풍겨왔다. 지나던 행인들이 꼭 건물을 구경하고 간다.

현관으로 들어선 고정기에게 와하드가 다가와 섰다.

"부장님, 경찰에서 오늘 오후부터는 건물 보수를 해도 된답니다."

"알고 있어."

2층 계단 한쪽도 부서졌기 때문에 계단은 인부들이 수리하고 있다.

폭탄이 터진 사무실은 출입금지였었다.

그때 총무과장 새턴이 다른 쪽 계단을 내려왔다.

"부장님, 연방 사장님이 오신답니다."

새턴이 서두르듯 말을 이었다.

"10시쯤 도착하신다고 연락이 왔습니다."

"지부장님은?"

"사장님을 모시고 온다고 했습니다."

고개를 끄덕인 고정기가 계단을 오른 순간이다.

옆쪽에 뭔가 떨어졌기 때문에 고정기가 그쪽을 보았다.

그 순간, 고정기가 숨을 들이켰다. 수류탄이다.

"꽈꽝!"

폭음과 함께 고정기는 몸이 허공으로 떠오르는 것을 느꼈다.

이동욱은 호텔에서 두 번째 테러 보고를 받았다. 막 회사로 출발하기 전이었다.

출근 시간에 건물 안으로 수류탄을 던졌다는 것이다. 수류탄 폭발로 총무부장 고정기, 경비원 와하드가 현장에서 폭사했고 총무과장 새턴을 포함한 5명이 부상을 당했다.

"무사르입니다."

호텔에 와 있던 아바스가 말했다.

"잡겠습니다."

이동욱이 옆에 선 박기준을 보았다.

계속되는 테러다.

계속해서 당하고만 있다.

즉시 거처를 옮겼다.

구시가지의 낡은 저택으로 옮긴 것이다.

본부다. 마당이 있고 본채와 부속채 2동이 딸린 단층 주택이다.

오후 1시가 되었을 때 해밀턴의 전화가 왔다. 사건이 터졌을 때 즉시 보고를 했던 것이다.

"무사르의 연락책을 찾았다. 신시가지에서 무역상을 하는 샤리프란 사내야."

해밀턴이 말했다.

"그놈이 카이로에 남아 있는 유일한 IS의 흔적이야."

"감사합니다."

해밀턴이 모든 정보기관을 통해 찾아낸 정보다.

해밀턴이 불러준 샤리프의 정보를 적은 이동욱이 옆에 선 지부장 아바스를 보았다.

"팀을 모으도록."

아바스가 방을 나갔을 때 이동욱에게 박기준이 말했다.

"먼저 제가 조사하고 오겠습니다."

박기준은 추적 전문가다.

이동욱이 고개를 끄덕이자 박기준도 서둘러 사라졌다.

그때 김여진이 다가섰다.

"괜찮겠어요?"

"견딜 만해."

김여진의 시선을 받은 이동욱이 쓴웃음을 지었다.

"역시 나는 현장 체질이야. 오히려 에너지가 솟아오르는 것 같아."

"며칠 더 쉬었다가 런던으로 돌아가라."

샤리프가 냅킨으로 입을 닦으면서 말했다.

나일강변의 힐튼호텔 2층의 양식당 안, 샤리프는 딸 마리온과 함께 점심을 먹는 중이다.

식당 안은 손님이 가득 차 있었는데 대부분이 외국인이다. 이곳은 특급 호텔의 특급 식당이어서 가격이 시중의 2배 이상이기 때문이다.

마리온이 고개를 들었다.

26세, 런던 대학 석사 과정, 분홍색 히잡을 둘렀지만 검은 눈동자가 반짝였고 갸름한 얼굴의 미인이다.

"왜요? 아버지?"

"열흘만 더 쉬었다가 가란 말이다."

"알았어요. 하지만 새 학기가 시작되면 아파트도 옮겨야 하고 바쁜데."

"그래서 그래."

샤리프가 지그시 마리온을 보았다.

"나도 런던으로 갈 일이 있어."

"아버지도 런던에 가요?"

"그래."

고개를 끄덕인 샤리프가 말을 이었다.

"열흘쯤 후에는 일이 끝날 것 같다."

손목시계를 본 샤리프가 자리에서 일어섰다.

샤리프가 다가가자 창가의 자리에 앉아 있던 모함마드가 엉거주춤 몸을 일으켰다.

거구다. 순백색 쑵 차림에 얼굴은 짙은 수염으로 덮여 있다.

"모함마드."

다가간 샤리프가 모함마드를 껴안고 볼에 입을 맞췄다.

두 번 볼을 비빈 샤리프가 얼굴을 펴고 웃었다.

"오랜만이오. 이제야 만나게 되다니."

"글쎄 말이오."

쓴웃음을 지은 모함마드가 주위를 둘러보면서 자리에 앉는다.

이곳은 힐튼호텔 17층의 로비 라운지, 창가 자리여서 오후의 나일강이 내려다보인다.

그때 모함마드가 물었다.

"어떻게 된 겁니까?"

"보시고 들으신 대로."

샤리프가 웃음 띤 얼굴로 말을 이었다.

"리스타가 잘못 걸린 거죠. 리스타하고는 아프간에서부터 악연이 있어서요."

"……."

"리스타가 아프리카연방으로 대규모 이민단을 영입해오고 있지만 IS는 감당하기 힘들 겁니다."

어느덧 웃음기가 지워진 얼굴로 샤리프가 말을 이었다.

"전쟁을 피하려면 협상하는 수밖에 없을 테니까요. 자폭 테러로 수백 명씩 죽어 나가지 않으려면 말입니다."

모함마드가 천천히 고개를 끄덕였다.

그때 샤리프가 주머니에서 쪽지를 꺼내 모함마드의 찻잔 옆에 놓았다.

"모함마드, 여기 계좌번호입니다."

모함마드가 잠자코 쪽지를 집어 주머니에 넣었을 때 샤리프가 말을 이었다.

"내일까지 처리해 주시죠."

"알겠습니다."

모함마드가 고개를 끄덕였다.

"안부나 전해 주시죠."

오후 5시, 거처에서 이동욱이 무스람의 보고를 받는다.

"모함마드가 샤리프한테서 계좌번호를 받았습니다. 샤리프는 30만 불을 입금하라고 했는데 15만 불로 타협을 했다는군요."

무스람이 모함마드한테서 들은 것이다.

"이번 리스타 테러 사건을 선전해서 기업가들을 위협하는 것이지요. 작년까지 모함마드는 매년 50만 불씩 IS에 기부금을 보냈는데 올해부터는 보내지 않았다고 합니다."

"샤리프가 무사르하고 연락은 하겠지?"

이동욱이 묻자 무스람이 고개를 기울였다.

"조심하고 있습니다. 저택에 경호원이 5명이나 있는 데다 회사는 경비가 더 심해서요."

샤리프의 무역 회사는 직원이 6명뿐이지만 모두 수상한 사내들이다.

그때 옆에 앉아 있던 김여진이 이동욱을 보았다.

"샤리프를 잡을 수밖에 없습니다. 기다리고 있는 동안 무사르가 또 일을 저지를 수도 있거든요."

이동욱이 고개를 끄덕였다.

오후 8시 반, 이곳은 신시가지의 아브딘 지구, 라조글리 광장 오른쪽의 주택가이다.

골목 안쪽의 2층 저택은 불이 환하게 켜져 있다. 담장이 50여 미터나 되는 대저택이다. 골목은 30미터 길이로 차가 1대 통과할 넓이였는데 가로등이 켜져 있어서 환하다.

골목 밖은 2차선 왕복 도로다.

"골목에 보안 카메라가 있습니다."

카산이 박기준에게 다가와 보고했다.

"좌우에 10미터 간격을 두고 2개인데 바로 저택 안에서 체크가 되겠지요."

박기준이 고개를 끄덕였다.

그리고 저택 뒤쪽은 뒷집과 담장을 붙이고 있어서 통로가 없다. 후문으로 쪽문이 있는데 뒷집과 통하는 것이다.

그때 박기준의 주머니에 든 휴대폰이 울렸다.

휴대폰을 귀에 붙였을 때 곧 핫산의 목소리가 울렸다.

"주인을 잡았습니다."

뒷집으로 침투한 핫산 조(組) 8명이 뒷집 주인을 잡은 것이다. 뒷집을 점령했다.

그때 박기준이 카산에게 말했다.

"카산, 너는 이곳을 지켜."

이곳은 정문 입구지만 퇴로로 사용될 것이다.

박기준이 뒤쪽 저택의 응접실로 들어선 것은 그로부터 10분쯤 후다.

이번에 반대쪽에 나 있는 뒤쪽 저택의 열린 정문으로 들어와 정원을 건너 저택 응접실로 들어온 것이다.

"가족이 14명입니다."

핫산이 보고했다.

"하인이 7명, 가족이 7명입니다."

어수선한 응접실을 둘러보던 박기준의 시선이 멈췄다. 구석에 50대의 주인이 묶여 있다. 입에도 테이프가 붙여져서 눈만 껌뻑이는 중이다.

고개만 끄덕인 박기준이 저택 뒤로 나왔다. 그러자 눈앞에 샤리프의 저택 뒷면이 드러났다. 담장 건너편이다.

저택 뒤쪽의 경비원은 하무라드와 야수스다.

둘은 담장 근처의 플라스틱 의자에 앉아 담배를 피우고 있다.

"하무라드, 이번 달 월급은 언제 준다는 거야?"

야수스가 묻자 하무라드는 고개를 기울였다가 대답했다.

"이번 달은 줄 것 같은데."

"제날짜에 줄까? 난 석 달째 월급을 반밖에 못 받았는데. 밀린 게 두 달 반이야.”

“그건 나도 마찬가지다.”

“이번 작전은 무사르의 행동대가 했지?”

“그래.”

고개를 끄덕인 하무라드가 주위를 둘러보았다.

이곳은 보안등도 켜놓지 않아서 어둡다.

30미터쯤 앞쪽이 저택의 뒷면이다.

불을 밝힌 주방의 조리대에서 일하는 하녀 차둔의 모습이 보였다.

차둔에게 시선을 주면서 하무라드가 말을 이었다.

“기부금이 잘 모이지 않으니까 무사르가 리스타 건물에 두 번이나 폭탄 테러를 한 거지.”

“알아. 그래서 오늘 주인이 시내에서 누굴 만났다면서? 마하바한테서 들었어.”

“아마 돈을 받을 거야. 기부금을 내지 않으면 너희들도 이렇게 당할 것이라는 협박이거든.”

“그래야 우리 월급이 나오지.”

“차라리 나도 무사르의 행동대로 따라다니는 게 낫겠다.”

하무라드가 투덜거렸다.

“이건 집 지키는 개 같아서 아침에 일어나면 내가 왜 이렇게 사나, 하는 생각만 들어.”

“누가 받아준대?”

야수스가 비웃었다.

“IS가 되려면 다시 훈련을 받아야 된다고. 그리고 시험을 통과해야 돼.”

그때 옆쪽에서 부스럭거리는 소음이 울렸기 때문에 둘은 깜짝 놀랐다.

그 순간이다.

"퍽, 퍽."

둔탁한 발사음이 울리더니 둘은 사지를 흔들면서 쓰러졌다.

발사음이 세 번 울린 것은 배에 총탄을 맞은 야수스가 꿈틀거렸기 때문이다.

머리에 한 발을 더 맞았다.

앞쪽 정원의 담장 밑에 서 있던 마하바는 담배를 피우고 있었기 때문에 얼굴 윤곽이 다 드러났다. 담배를 빨아들일 때마다 얼굴이 드러난 것이다.

마하바가 다시 한 번 담배를 빨았을 때 불꽃이 튀었다.

총탄이 담배를 두 동강이로 만들면서 얼굴을 부숴기 때문이다.

건너편의 담장 앞에서 플라스틱 의자에 앉아 있던 조이라가 그것을 보았다.

놀란 조이라가 벌떡 일어섰을 때다.

"퍽, 퍽."

발사음과 함께 조이라가 땅바닥으로 내동댕이치듯이 쓰러졌다.

앞쪽 마당을 맡은 조는 아바스가 직접 이끈 3명이다.

앞장선 아바스가 정문 옆의 경비실로 뛰어 들어갔다.

문이 열려 있었기 때문에 안으로 들어선 아바스는 안에서 TV를 보고 있는 사내를 보았다. 경비대장 모감이다.

놀란 모감이 벌떡 일어섰지만 아바스는 틈을 주지 않았다.

"퍽, 퍽."

바로 2미터 거리에서 총격을 받은 모감이 의자와 함께 쓰러졌다.

이렇게 샤리프의 경호대가 전멸했다.

현관문이 열렸을 때 하녀 재친은 포도주 병을 들고 식당으로 가는 중이었다.

식당에서 가족이 모여 식사 중이었기 때문이다.

가족은 샤리프와 처, 딸인 마리온, 22살짜리 아들 하비브와 18살짜리 아들 함둔, 5명이다. 단란한 가족. 식당 안에서 웃음소리가 일어났다.

"누구세요?"

놀란 재친이 물었다가 사내가 쥔 총을 보더니 포도주 병이 놓인 쟁반을 놓쳤다.

"쨍그랑!"

대리석 바닥에 금속 쟁반이 요란한 소리를 내면서 떨어졌다.

"저런."

식당 안에서 샤리프의 처가 와락 짜증을 냈다.

"저년이 또."

그때 식당 안으로 사내들이 들어섰다. 모두 손에 총을 쥐었다.

그중 하나가 총구로 샤리프를 겨누면서 말했다.

"알 샤리프, 일어나."

"누, 누구냐?"

이미 사색이 된 샤리프가 겨우 그렇게 물었을 때다.

"퍽!"

발사음이 울리더니 샤리프 앞에 놓인 물 잔이 박살이 났다.

그때 사내가 말을 이었다.

"두 번 말 시키면 그땐 네 가족을 하나씩 죽여주지."

30분 후, 이동욱이 샤리프의 응접실로 들어서자 박기준이 보고했다.

"자백했습니다."

박기준이 말을 이었다.

"무사르하고는 전화통화만 했다는 겁니다. 하지만 무사르가 카이로에 와 있는 건 확실하다는군요."

고개를 끄덕인 이동욱이 응접실을 둘러보았다.

샤리프의 가족은 지하실에 가둬두었고 시체는 창고로 옮겨졌다.

저택 안에는 박기준이 지휘하는 용병들로 가득 차 있다.

박기준이 말을 이었다.

"샤리프가 추측하기로는 구시가지의 저택에 묵고 있다는데요."

이동욱의 거처도 구시가지인 것이다. 그러나 구시가지는 넓다. 1천만 가까운 인구가 모여 있는 지역이다.

"샤리프를 데려와라."

이동욱이 지시했다.

잠시 후에 응접실로 들어선 샤리프는 팔이 뒤로 묶인 채였지만 눈동자는 흔들리지 않았다. 이동욱과 시선이 마주치자 잠깐 주춤했을 뿐이다.

앞쪽 자리에 앉게 한 이동욱이 샤리프에게 물었다.

"무사르를 유인해서 잡을 방법이 있을까? 당신이 머리를 짜내면 가능할 것 같은데."

마치 동료와 상의하는 것 같은 분위기여서 방 안이 조용해졌다. 박기준도 숨을 죽이고 있다.

그때 샤리프가 숨을 들이켜더니 고개부터 저었다.

"방법이 없습니다. 만나지 않는 것을 원칙으로 해서 그렇습니다."

"알아."

이동욱의 얼굴에 웃음이 떠올랐다.

"그게 정석이지. 하지만 방법이 있을 거야, 샤리프."

"……."

"내가 인질을 잡고 협상을 한 경험이 많아. 그리고 다 성공했지."

"……."

"인질의 가족까지 잡은 경우에는 100퍼센트였어. 물론 가족을 죽인 경우도 있지만 말야."

"……."

"넌, 처에다가 자식 셋까지 잡힌 경우니까 100퍼센트야. 다 죽이고 제 고집을 관철하는 놈은 없었거든."

소파에 등을 붙인 이동욱이 옆쪽에 선 박기준에게 말했다.

"30분 후에 샤리프가 무사르를 만나는 방법을 생각해내지 못한다면 먼저 처부터 죽여라."

"예, 알겠습니다."

"샤리프 앞에서 죽여."

"예, 그러지요."

이동욱이 고개를 돌려 샤리프를 보았다.

"힌트를 주지. 네가 못 가면 무사르가 너한테 오도록 하는 방법도 있어. 예를 들면 네가 배신을 했다든지 하는 방법 말이다."

몸을 일으킨 이동욱이 말을 이었다.

"머리를 쥐어짜 봐. 30분 간격으로 네 가족을 하나씩 처형하기 전에."

무사르의 부하 한드록이 샤리프의 전화를 받았을 때는 오전 8시경이다.

샤리프가 말했다.

"모함마드가 갑자기 자금 사정이 어렵게 됐다면서 입금이 어렵다고 하는데요. 힘들 것 같습니다."

"아니, 갑자기……."

와락 이맛살을 찌푸린 한드록이 소리쳤다.

"이봐, 어제 오후에는 입금할 것이라고 했잖아!"

"그러게 말입니다. 나도 황당합니다."

"당신이 책임져!"

"나로서는 그럴 능력이 없다는 걸 잘 알지 않소?"

"모함마드 그놈한테 온전하게 살 수 없을 것이라고 하든지!"

"그 후로 설득해보려고 했지만 통화가 안 돼요."

"이런, 개새끼."

그때 통화가 끊겼기 때문에 한드록이 휴대폰을 내동댕이쳤다.

20분 후, 한드록이 무사르에게 보고했다.

"샤리프가 전화를 했는데 모함마드가 입금이 불가능하다고 연락이 왔답니다."

"……."

"자금 사정이 어렵다고 했다는데요."

"……."

"그래서 모함마드한테 제가 직접 연락을 했더니 전화를 안 받습니다. 회사에도 출근하지 않았다는데요."

"……."

"샤리프도 전화를 안 받습니다."

그때 무사르가 고개를 들었다.

"계속 해봐."

"예, 대장님."

"그리고."

무사르가 번들거리는 눈으로 한드록을 보았다.

"칼리파 전화번호가 있을 거다. 찾아봐."

"칼리파라고 하셨습니까?"

"그래. 알 칼리파."

"예."

한드록이 서둘러 탁자 밑에 놓인 메모장을 꺼내 들었다.

오전 10시가 되어갈 무렵이다.

이윽고 한드록이 메모장에서 고개를 들었다.

"여기 있습니다, 대장님."

"샤리프 그놈이 이번에 칼리파한테서도 50만 불쯤 받아낸다고 했어. 알아봐."

"예, 대장님."

휴대폰을 든 한드록이 메모장의 전화번호를 보면서 버튼을 눌렀다.

그러고는 스피커 버튼을 누르고 나서 휴대폰을 탁자 위에 놓았다. 무사르도 듣게 하려는 것이다. 발신음 3번 만에 응답 소리가 났다.

"여보세요."

"칼리파 씨?"

"그렇소만, 누구시오?"

굵은 목소리가 응접실에 울렸다.

"난 한드록이오. 샤리프한테서 내 이야기를 들으셨을 텐데."

"아, 한드록 씨."

놀란 듯 사내의 목소리가 조금 굳어졌다.

알 칼리파는 해운업자로 배를 7척이나 소유하고 있는 거부다.

지금까지 IS의 자금원 역할을 해왔는데 작년에는 10만 불을 기부했다.

그때 한드록이 물었다.

"칼리파 씨, 확인차 묻습니다. 이번에 기금을 얼마 내셨지요?"

"아, 예, 샤리프가 보고 안 했습니까?"

"보고는 했지만 대조를 해야 합니다."

"이해합니다. 그렇게 하셔야죠."

칼리파가 선선히 말을 이었다.

"사흘 전에 1백만 불을 냈습니다. 맞지요?"

"아, 예."

고개를 든 한드록이 번들거리는 눈으로 무사르를 보았다.

무사르의 얼굴에 쓴웃음이 번졌다.

통화가 끝났을 때 무사르가 한드록에게 말했다.

"샤리프의 집이 어딘 줄 알지?"

"회사 직원이 알겠지요."

"찾아가 봐."

"예, 대장님."

"내 생각이지만 지금쯤 도망쳤을 것 같다."

한드록이 자리에서 일어섰다.

"서둘러 보겠습니다."

"딸이 영국에서 학교를 다녀. 도망쳤다면 영국으로 갔을 거야."

무사르가 말을 이었다.

"칼리파뿐만이 아닐 거야. 아마 수백만 불을 거둬서 도망친 것 같다."

"이곳이군."

마이클 상사가 상황판에 찍힌 붉은 점을 레이저로 가리켰다. 5미터쯤 거리였는데도 레이저 선이 정확하게 붉은 점을 짚었다. 상황판에는 카이로 지도가 떠 있는데 바탕이 검다. 검은 유리판 밑의 지도다.

그 지도의 붉은색 점은 구시가지의 술탄 하산 모스크 뒤쪽 주택가.

이곳이 방금 한드록이 칼리파에게 전화를 한 곳이다.

"좌표가 뭐야?"

옆에 선 존슨 대위가 묻자 마이클이 컴퓨터를 두드렸다.

"1274, 286."

마이클이 불러준 좌표를 메모한 존슨이 전화기를 들었다.

이곳은 카이로 서북방 미 제41 공군 기지 상황실.

방금 그들은 위성 추적 장치를 이용해서 칼리파의 전화기에 찍힌 한드록의 전파를 추적, 위치를 알아낸 것이다.

존슨이 버튼을 누르자 곧 사내의 목소리가 울렸다.

"예, 아바스입니다."

리스타 카이로 지부장 아바스다.

그때 존슨이 좌표를 불러주었다.

"1274, 286이오."

"고맙습니다, 대위."

"뭐, 동맹 관계인데 당연한 일이죠."

가볍게 대답한 존슨이 전화기를 귀에서 떼었다.

그렇다. CIA의 요청으로 칼리파의 전화기를 추적하고 있었던 것이다.

전화기를 귀에서 뗀 아바스가 탁자 위에 펴놓은 지도를 손가락으로 짚었다.

"한드록이 이곳에 있습니다."

이동욱과 김여진이 그곳을 보았다. 구시가지의 술탄 하산 모스크 뒤쪽 주택가다.

고개를 든 이동욱이 박기준을 보았다.

"우선 정찰대를."

박기준이 잠자코 몸을 돌렸다.

오전 10시 35분이다.

이것은 샤리프가 머리를 쥐어짜 낸 작전이다. 물론 강압에 의한 것이기는 하지.

먼저 빅 스폰서 중 하나인 칼리파를 납치, 휴대폰을 빼앗아 놓았다.

샤리프는 모함마드의 입금이 불가능하다는 것을 통보하고 통화까지 중지시켜서 의심을 하도록 만든 것이다.

예상했던 대로 무사르 측은 빅 스폰서인 칼리파에게 전화, 기부금 내역을 물었다.

칼리파 행세를 한 아바스의 부하가 100만 불을 기부했다는 말을 전했으니 무사르는 당연히 샤리프를 잡으려 할 것이라는 계획이다.

"이곳에 올 거다."

이동욱이 웃음 띤 얼굴로 말했다.

"아직도 샤리프가 있으리라고는 생각하지 않겠지만 확인차 보내겠지."

고개를 끄덕인 김여진이 자리에서 일어섰다.

"그럼 비워야겠군요."

아직까지 그들은 샤리프의 저택에서 진을 치고 있었다.

무사르가 앞에 앉은 지휘관들에게 지시했다.

"공항, 항구에 정보원들을 파견했으니까, 샤리프가 빠져나갔다면 곧 확인이 되겠지. 아마 샤리프의 집도 비어 있을 거야."

그러나 이미 1개 팀은 샤리프의 회사로 보냈으니 직원을 대동하고 저택을 수색하게 될 것이다.

무사르가 말을 이었다.

"어쨌든 그놈은 가족까지 다 끌고 갔을 테니 곧 잡힌다."

그때 지휘관 하나가 물었다.

"대장님, 중개인이 도망갔으면 작업에 차질이 있는 것 아닙니까?"

"중개인은 다른 놈을 세우면 돼."

"혹시 샤리프가 제 안전을 위해서라도 밀고하지 않을까요?"

"그럴 가능성이 있지."

"이곳도 안전할까요?"

다른 지휘관이 묻자 무사르가 정색했다.

"샤리프는 이곳을 모르지만 만일을 위해 은신처를 바꿔야 할 것이다. 그건 오늘 밤에 결정하도록 하지."

이번에는 한드록이 물었다.

"대장님, 리스타에 대한 공격은 계속해야 되지 않겠습니까?"

그러자 무사르가 커다랗게 고개를 끄덕였다.

"당연히. 내일 다시 시작한다."

오후 3시, 샤리프의 저택 앞에 선 요라스가 벨을 눌렀다.

기다려도 응답이 없었기 때문에 요라스가 뒤에 선 사내들에게 말했다.

"대답이 없는데요."

대문은 철문으로 안이 보이지 않았기 때문에 뒤에 서 있던 아만이 한 걸음 나섰다.

"집이 빈 것 같나?"

"모릅니다."

고개를 돌린 아만이 뒤에 선 사내에게 말했다.

"담을 넘어가 봐."

사내 하나가 나서더니 담장 위에 손을 뻗쳤다.

그러자 사내 둘이 담장 밑에 엎드렸고 사내가 등을 밟고 올라가 담장 위로 몸을 솟구쳤다.

골목 안은 비었고, 낮 시간이지만 통행인도 없다.

곧 안으로 들어간 사내가 철문을 열었기 때문에 사내들은 안으로 몰려 들어갔다.

10분 후.

무사르는 아만한테서 보고를 받는다.

"집이 텅 비었습니다! 하인도, 경비원도, 아무도 없습니다!"

아만이 기가 막힌다는 말투로 말을 이었다.

"가구에 옷까지 다 그대로 있습니다. 경호원 옷도 그대로입니다! 도대체 갑자기 어디로 모두 사라졌는지 모르겠습니다!"

"이놈이 철저하게 준비를 한 것 같다."

마침내 무사르가 그렇게 결론을 냈다.

그렇게 생각할 수밖에 없다. 경호원들까지 데리고 도망간 것이다, 한 명이라도 남아 있다가 잡힌다면 행적이 드러날 테니까.

그나저나 10여 명이 넘는 일당이 다 사라졌다니.

무사르가 잇새로 말했다.

"밖에 감시 둘만 남기고 철수해."

오후 5시, 저택 외곽에서 아바스가 이동욱에게 보고했다.

"일당 8명이 저택으로 들어갔습니다."

"그렇지. 샤리프의 저택에 갔던 놈들이 철수하는 거야."

이동욱이 숫자를 맞췄다.

이동욱은 지금 무사르의 저택에서 500미터쯤 떨어진 주택가의 주택을 점거하고 본부로 삼고 있다.

주인 가족은 모두 지하실에 몰아넣은 것이다.

탁자 위에는 손으로 그린 무사르의 저택 지도가 놓여 있다. 대저택이다.

본채와 창고, 부속채가 3개에다 마구간까지 딸린 고가(古家)인데 이곳에 무사르와 80여 명의 정예 IS 대원이 거주하고 있다.

집이 원체 커서 80여 명이 들어가 있는데도 표시가 나지 않는다. 본래 순례자의 숙박 시설로 쓰이던 곳을 폐쇄해서 폐가가 되었던 건물이다.

이곳을 현금으로 두 달간 임대한 터라 기록에 남지 않는다.

그때 방 안으로 김여진이 들어섰다.

김여진도 이곳까지 따라온 것이다.

"모두 6개 팀이 준비되었어요. 정면에 3개 팀, 후문에 2개 팀, 예비팀이 1개."

앞에 선 김여진이 이동욱을 보았다.

눈이 반짝이고 있다.

"전쟁이 일어나겠어요."

오후 6시 반, 저택 후문으로 접근했던 아바스의 부하 요루한이 보고했다.

"안에서 아이들의 웃음소리가 납니다."

"아이들이라니?"

아바스가 무전기를 고쳐 쥐었다.

"정신 차려! TV 소리냐?"

"아닙니다! 뒷마당입니다."

요루한도 당황한 목소리다.

지금 아바스는 2개 팀을 지휘하고 후문 좌우로 접근하는 중이다. 무사르의 저택과는 약 100미터 거리.

요루한이 말을 이었다.

"아이들이 뛰노는 소리입니다!"

"직접 확인해!"

어쩔 수 없이 아바스가 그렇게 지시했다.

어두워지고 있었지만 아직 사물 분별은 된다.

무사르의 부하들만 들어차 있을 저택에 아이들이라니. 지금 정면에는 4개 팀이 좌우의 주택까지 덮어씌우는 형국으로 접근하는 중이다.

통화를 끝낸 아바스가 잠깐 주춤하다가 다시 버튼을 눌렀다. 본부에 보고를 하려는 것이다.

"뭐? 아이들이?"

정문 돌파조의 뒤쪽에서 이동욱이 보고를 받았다. 앞쪽의 박기준이 함께 듣고 있다.

이동욱이 물었다.

"무사르의 저택 감시를 언제부터 했지?"

"20시간쯤 되었습니다."

"정문과 후문으로 출입하는 놈들은 모두 체크가 되었지요."

"무사르의 저택은 주위 4개 저택과 모스크하고도 담장을 붙이고 있어."

그렇다. 저택이 원체 커서 담장이 붙었다.

그래서 지금 공격조는 모스크만 빼고 4개 저택의 안으로 들어가 무사르 저택 담장을 넘어갈 예정이다.

그때 박기준이 말했다.

"아이들이 뒷마당에 있다는 건 이상합니다. 확인하고 나서 진입해야겠습니다."

이동욱이 무전기를 귀에서 떼었다.

문득 무사르의 별명이 '실뱀'이라는 것이 떠올랐다. 실처럼 가는 뱀, 그래서 잘 보이지 않는다는 의미일까?

"아이들입니다."

잠시 후 요루한이 아바스에게 보고했다. 목소리가 떠 있는 것이 기가 막힌 것 같다.

"10여 명이 놀고 있는데, 부모로 보이는 여자들도 대여섯 명이 있습니다."

"어디서 온 거야?"

"모르겠습니다."

"놈들은 보이나?"

"안 보입니다."

요루한이 말을 이었다.

"안채는 여기서 보이지 않아서요."

다시 보고를 받은 이동욱이 작전을 중지시키고 현 상태에서 기다리라고 지시했다.

"도망친 것 같습니다."

이동욱에게 온 박기준이 말했다.

"아이들이 집 안으로 들어와 있는 것은 빈집이기 때문이지요."

그때 다시 아바스의 연락이 왔다.

"아이들은 모스크 담장 사이의 쪽문으로 들어왔습니다. 모스크에 온 여자들이 아이들과 함께 들어온 것입니다."

이번 공격에서 모스크를 통해 진입할 계획은 없었다.

이동욱이 쓴웃음을 짓고 앞에 선 박기준을 보았다.

"허술했다. 모스크와 무사르 저택 사이에 통로가 있었어."

"모스크 안으로 감시원을 보내지 못한 것이 실책입니다."

박기준이 자책했다.

"서둘다 보니까 무사르가 모스크 안에서도 테러를 한 놈인 것을 잊었습니다."

"철수시킬까요?"

아바스가 무전으로 물었을 때 이동욱이 퍼뜩 고개를 들었다.

오후 7시가 되어 가고 있어서 주위는 이제 어둠이 덮였다.

"철수합니다."

모스크의 탑 위에서는 저택 뒤쪽 마당과 후문 주변이 보인다. 그러나 본채의 옆쪽 벽에 막혀서 정면과 부속채는 보이지 않는다.

하사비가 말을 이었다.

"12명쯤 됩니다. 후문 틈으로 뒷마당을 들여다보던 놈들도 돌아갔습니다."

하사비는 두 눈에 야간용 적외선 스코프를 붙이고 있다.

그때 한드록이 말했다.

"좋아. 놈들이 미끼를 내놓고 유인할지도 모르니까 움직이지 말고 있어."

함정에 빠지지 않겠다는 수세적인 자세다. 철저하게 안전 위주의 작전이다.

"감시는 보이지 않습니다."

1시간 후, 박기준이 이동욱에게 보고했다.

"저택은 텅 비어 있는 것이 확인되었습니다. 뒷마당에서 놀던 아이들도 부모와 함께 모스크로 돌아가 제각기 흩어졌습니다."

이곳은 안가로 사용되는 저택 안이다.

응접실에는 이동욱과 김여진, 박기준까지 셋이 둘러앉아 있다.

고개를 든 박기준이 이동욱을 보았다.

"이런 일은 처음입니다. 1백 명 가까운 병력을 순식간에 사라지게 한 겁니다. 보통 놈이 아닙니다."

"전문가지."

이동욱이 고개를 끄덕였다.

"우리가 샤리프, 모함마드를 이용했다는 것도 알고 있는 것 같다."

"칼리파로 위장했다는 것도 알까요?"

"확인 전화가 온다면 다시 기회가 있는데."

김여진이 말했다.

"칼리파에 대해서는 아직 확신하지 못했을 테니까요."

해운업자 칼리파는 납치해 놓은 상태다. 회사와 가족에게는 출장 중이라고 본인이 연락은 했다.

"샤리프의 집을 찾아갔다가 미행을 당한 겁니다."

한드록이 말했을 때 무사르가 고개를 기울였다.

"놈들이 그전부터 기다린 것 같다. 우리가 간발의 차이로 빠져나간 거야."

"우리가 이쪽 지리에 익숙했기 때문에 피했습니다."

"저놈들도 신중했어."

무사르의 얼굴에 쓴웃음이 번졌다.

“우리가 피한 걸 알고는 쓸데없이 저택 안으로 들어오지 않았으니까.”

만일 들어갔다면 저택 안에 매설해 놓은 폭발물을 터트려 몰사시킬 수도 있었을 것이다.

지금도 저택 안 14곳에 폭발물이 설치되어 있다. 다만, 이쪽이 발사 장치를 가지고 있어서 터지지는 않는다.

그때 한드록이 무사르를 보았다.

“대장님, 모함마드까지 종적을 감췄습니다. 어떻게 된 일일까요?”

“샤리프 놈 말대로 기부금을 못 낼 입장이라 잠적했을 수도 있지.”

고개를 든 무사르가 말을 이었다.

“아니면…….”

무사르의 두 눈이 번들거리고 있다.

테러가 두 번이나 계속된 바람에 리스타 건물 출입은 경찰과 리스타 경호원에 의해 봉쇄되었다.

리스타 직원은 200여 명, 한국인이 22명에 외국계가 70여 명, 나머지 100여 명이 현지에서 고용된 이집트인이다.

“이집트가 ‘아프리카 리스타연방’의 이민을 가장 많이 수용할 국가인데 테러의 목표가 되다니.”

해밀턴의 목소리에 걱정기가 담겨 있다.

“무사르 그놈의 별명이 실뱀이야. 여자로도 변장하고 다니는 극악한 놈이다.”

지금 해밀턴은 리스타랜드에서 전화를 한다.

오후 11시 반, 이동욱이 전화기를 바꿔 쥐고 말했다.

“사장님, 무사르가 다시 공격할 가능성이 많습니다.”

"너무 노출되었어."

해밀턴이 말을 이었다.

"그놈이 이번에 우리 공격을 피하고 나서 더 교활하게 움직일 거야. 방어를 강화하는 수밖에 없어."

"제가 몸을 움직일 만합니다, 사장님."

"무슨 말이야?"

"현재 상태는 65퍼센트 정도인데, 매일 체력이 향상되고 있습니다."

"무슨 말인지 안다. 걱정할 것 없어. 넌 아프리카 책임자야."

"이곳을 당분간 김여진에게 맡기고 제가 아프간으로 가겠습니다."

"뭐?"

"IS의 지도자 오사마를 잡겠습니다."

"갓댐."

"아프간 북부 산악지대에 있다고 하지 않습니까?"

"……."

"가서 저격을 하죠. 지금도 저격은 예전의 95퍼센트 실력은 나올 겁니다."

"갓댐."

투덜거린 해밀턴이 잠깐 침묵하더니 말했다.

"30분만 기다려, 리. 내가 다시 연락하겠다."

이곳은 뉴욕, 오후 5시다.

CIA 부장 윌슨이 핸드폰을 귀에 붙이고 물었다.

"해밀턴, 무슨 일이야?"

"바쁘지?"

해밀턴이 되묻자 윌슨이 입맛을 다셨다.

"당신이 바쁜 것 같던데, 카이로에서."

"그래. IS 놈들이야."

"우리 위성의 통신 감청 장치까지 이용해 놓고 실패한 거야?"

"무사르 그놈의 타깃이 되고 나서 살아남은 사람이 없어."

그때 정색한 윌슨이 물었다.

"그런데 용건이 뭐야?"

"오사마는 놔두는 거야?"

"그건 왜 묻는데?"

"살려두는 이유가 뭐야?"

"글쎄 왜 묻는 거야?"

되물었던 윌슨의 목소리가 굵어졌다.

"아니, 그럼……."

"무사르가 리스타를 공개적으로 공격하는 상황이야. 우리가 아예 무사르의 지도자 오사마를 없애려는데, 어때?"

"잠깐, 어떻게?"

"그건 말할 필요 없고."

"오사마가 지금 시리아에 들어가 있어. 그래서 폭격을 못 하는 거야."

"그렇군."

"드론도 띄우지 못해. 위성 정찰만 할 뿐이야."

"암살대를 보내도 CIA 요원일 것이 뻔하니까 아사드가 영토에 CIA를 보냈다고 펄펄 뛰겠군. 그렇지, 윌슨?"

"……."

"우리 리스타가 들어가면 아사드도 할 말이 없겠지. 그 병신 같은 놈."

"누구를 보내려고?"

"그건 그렇고. 오사마 정보를 줄 거지? 그것만 말해."

그때 윌슨이 말했다.

"주지."

이동욱이 해밀턴의 전화를 받은 것은 25분이 지난 후다.

"리, 오사마는 지금 시리아 다마스쿠스에 있다."

해밀턴이 바로 말했다.

"그놈이 이제는 독재자 아사드 놈한테 빌붙어서 다마스쿠스의 별장에서 지내고 있는 거야."

"……."

"그래서 CIA는 암살대도 보내지 못하고 있었어."

"제가 가지요."

"그래서 내가 둘을 보내겠다. 이번 일에 적합한 놈들이지."

해밀턴의 목소리에 활기가 넘친다.

"당신이 가요?"

그날 밤, 이동욱의 말을 들은 김여진이 펄쩍 뛰었다.

침대 안, 둘은 엉켜 있는 중이다.

놀란 김여진이 두 손으로 이동욱의 가슴을 밀었다.

아직도 상기된 얼굴, 그러나 눈의 초점을 잡은 김여진이 이동욱을 보았다.

"어디로? 아프가니스탄?"

"아니, 오사마는 지금 다마스쿠스에 있어."

"당신 혼자서?"

"그럴 수는 없고, 둘이 곧 여기로 올 거야. 셋이 가는 거지."

"여긴 어떻게 하고?"

"내 대신 너한테 맡긴다고 해밀턴 사장한테 허락받았어."

"……."

"나는 본사 출장 간 것으로 할 테니까, 너하고 박기준만 알고 있도록."

그때 어깨를 늘어뜨린 김여진이 다시 이동욱의 가슴에 얼굴을 붙였다.

"꼭 그래야 돼요?"

"내가 할 수 있는 최선의 방법이야."

이동욱이 김여진의 허리를 당겨 안았다.

"그것이 내가 잘하는 일이기도 하고."

다음 날 오후, 이동욱을 찾아온 두 사내는 메이슨과 잘라드다.

메이슨은 32세, 그린베레 상사 출신, 리스타자원의 팀장이었다.

잘라드는 이라크 친위여단 대위 출신, 33세다. 잘라드도 리스타자원 팀장이었으니 이동욱의 명성을 잘 알고 있다.

"제가 다마스쿠스 지리를 잘 압니다. 제 외가가 그곳이어서 어렸을 때 자주 갔지요."

잘라드가 똑바로 이동욱을 응시한 채 말을 이었다.

"오사마가 숙소로 삼고 있는 아사드의 '붉은 별장'도 압니다. 강가의 그림 같은 별장이지요."

고개를 끄덕인 이동욱에게 이번에는 메이슨이 말했다.

"베이루트를 거쳐 시리아로 밀입국해야 될 것 같습니다. 무기는 베이루트에서 받기로 했습니다."

"좋아. 오늘 밤에 출발하자."

이동욱이 말하고는 옆에 앉은 김여진에게 말했다.

"박 부장을 불러와."

잠자코 듣기만 하던 김여진이 자리에서 일어섰다.

잠시 후에 방 안에는 박기준까지 다섯 명이 모였다.

이동욱이 박기준에게 둘을 인사시키고 나서 한국어로 말했다.

"내가 메이슨, 잘라드와 함께 다마스쿠스로 가서 오사마를 잡을 거다."

박기준은 눈을 치켜떴지만 대답하지 않았고, 이동욱이 말을 이었다.

"박 부장, 널 남겨둔 건 김 실장을 도와서 이곳 일을 맡으라는 뜻이야. 이곳에 네가 남아 있어야 내가 마음 놓고 떠날 수가 있어."

"알겠습니다."

박기준이 고개를 숙였다가 들었다.

"모시고 가야겠지만 그렇게 말씀하시니까 책임은 지겠습니다."

"난 오늘 밤에 떠난다. 김 실장하고 너하고 둘만 알고, 난 본부에 출장 간 것으로 해."

"꼭 돌아오시라는 말씀밖에 못 드립니다."

박기준은 그렇게 인사를 했다.

베이루트에 잠입한 것은 다음 날 오후 3시경이다.

카이로에서 고속정으로 레바논 영해 앞까지 간 후에 그곳에서 기다리던 어선으로 갈아타고 베이루트항에 내린 것이다.

어항에 내린 셋은 곧 밴에 올라 시내의 안가로 이동했다.

안가는 시내 중심부에 위치한 5층 건물이었는데 낡았지만 넓은 평수의 아파트다. 수리를 안 해서 외관은 볼품이 없다. 그러나 내부는 아직도 깨끗하게 보존되었다.

"내전 이후로 복구가 덜 되어서 이렇지, 70년대까지만 해도 최고급 아파트였습니다."

리스타 주재원 다비드가 이동욱에게 보고했다.

"그때는 베이루트가 '동방의 파리'라고 불렸지요. 그러다 레바논 내전으로 폐허가 되었습니다."

1975년에서 1990년까지 기독교도와 회교도 간의 전쟁이 계속되었다.

거실에는 이미 무기가 진열되어 있었는데 드라구노프 저격총이 먼저 눈에 띄었다. 다가간 이동욱이 총을 들어보면서 말했다.

"오랜만에 보는군."

"무기는 다 준비되었습니다."

다비드가 다가와 말을 이었다.

"여긴 핵만 빼놓고 탱크도 암거래가 됩니다."

각자에게 우지 기관총 1정과 베레타 92F 1정, 탄창 각각 5개와 수류탄, 야간용 적외선 스코프가 주어졌다. 이동욱에게는 드라구노프 저격총 1정과 실탄 50발이 추가되었다.

각각의 배낭과 위장복, 비상식량까지 탁자 위에 진열되어 있는 것이다.

이동욱과 메이슨, 잘라드가 무기를 점검하고 나서 응접실로 돌아왔을 때, 다비드가 말했다.

다비드는 36세, 기독교인이다.

"다마스쿠스까지 안내할 요원이 곧 올 겁니다."

다비드가 말을 이었다.

"기독교 민병대 출신으로 다마스쿠스에 동생이 살고 있습니다. 우리 리스타 정보원입니다."

이동욱이 고개를 끄덕였다.

오늘 밤, 국경을 넘을 계획이다.

안내역 바이렌은 47세, 후줄근한 양복 차림에 마른 체격이었는데 눈빛이 강했다. 피부는 탔지만 푸른 눈동자의 백인 계열이다.

이동욱에게 아랍식으로 볼을 붙여 인사를 한 바이렌이 메이슨과 잘라드와도 인사를 했다.

"제가 지난달에는 다마스쿠스에 다녀왔습니다."

앞쪽에 앉은 바이렌이 이동욱을 보았다.

"동생 딸의 결혼식 준비 때문에요."

"국경 감시는 심한가?"

"저는 검문소를 거쳐서 입국했는데 밀입국하는 사람도 많습니다."

바이렌이 말을 이었다.

"상인들이 밀무역을 많이 해서요. 잡혀도 돈 몇십 불을 주면 눈 감아 주지요."

"무기를 들고 갈 테니까, 밀입국을 해야 돼."

"루트가 많습니다. 제가 안내해드리지요."

바이렌이 무표정한 얼굴로 말을 이었다.

"국경을 넘고 나면 다마스쿠스까지 차로 가야합니다. 그래서 국경 근처의 현지인한테서 차를 빌려 놓고 와야겠습니다."

"지금 말인가?"

"예, 여기서 국경을 넘어가서 친지를 만나고 돌아오는 데 5시간이면 될 것 같습니다."

이동욱이 손목시계를 보았다. 오후 4시 반이다.

고개를 끄덕인 이동욱이 바이렌을 보았다.

"작전비가 필요하겠네. 얼마가 들 것 같은가?"

"차 빌리는 값으로 500불이면 될 것 같습니다."

고개를 끄덕인 이동욱이 배낭에서 1만 불 뭉치를 꺼내 바이렌에게 내밀었다.

"이걸로 다마스쿠스의 동생 딸 결혼식 비용에도 보태주도록 해."

놀란 바이렌이 돈뭉치를 보더니 눈이 둥그레졌다. 입 안에 저절로 침이 고이더니 침 삼키는 소리까지 났다.

그때 옆에 서 있던 다비드가 말했다.

"뭐 하는 거야, 바이렌. 받아."

그제야 바이렌이 돈뭉치를 받더니 갈라진 목소리로 말했다.

"제 목숨 값으로 알고 받지요."

베이루트에서는 한 달 생활비가 100불 남짓이다.

바이렌은 리스타의 정보 요원 겸 운전사를 하면서 한 달에 200불을 받고 있었던 것이다.

바이렌이 떠난 후에 다비드까지 넷이 둘러앉아 있다.

다비드는 리스타연합 소속의 주재원으로 현지 요원 셋을 고용하고 있다.

이동욱이 다비드에게 물었다.

"내가 여기 온 것을 누가 아나?"

"저하고 바이렌, 둘뿐입니다."

이동욱의 시선을 받은 다비드가 쓴웃음을 지었다.

"직원이 현지인 셋뿐입니다. 그중 둘은 여직원으로 관리 업무를 맡고 있지요."

다비드는 레바논인으로 36세, 베이루트에서 태어나 내전 때 요르단으로 피신했다가 돌아왔다고 했다.

이동욱이 고개를 끄덕였다.

"내가 왔다는 말이 퍼지면 안 돼."

"알고 있습니다."

정색한 다비드가 이동욱을 보았다.

다비드도 이동욱이 베이루트에 온 이유를 아는 것이다.

"바이렌은 출장을 간 것으로 하겠습니다."

바이렌이 돌아왔을 때는 9시 45분이다.

기다리고 있던 이동욱은 다비드가 운전하는 차로 안가를 떠났다.

낡은 승용차에는 바이렌까지 다섯이 탔다.

차는 일제 토요타 밴이다.

다비드가 국경 근처까지 넷을 태워 주고 돌아올 것이었다.

"제가 아까 국경을 넘어갈 때는 검문소를 거치지 않았습니다."

앞좌석에 앉은 바이렌이 몸을 돌려 이동욱에게 말했다.

"넘어갈 곳을 미리 조사해 본 거죠."

밴은 밤길을 시속 70킬로 정도의 속력으로 달려가고 있다.

국경까지는 1시간 반쯤 걸린다고 했다.

"밀입국자들이 잘 다니는 통로인데 짐이 없는 사람들이 다니는 곳입니다. 그래서 길은 험하지만 경비가 허술하지요."

바이렌이 말을 이었다.

"밀수꾼들은 짐이 많기 때문에 평탄한 숲길을 좋아합니다. 경비병들은 그들을 잡아서 물건을 빼앗거나 뇌물을 받고 보내지요."

"양쪽에서 말인가?"

"레바논에서 시리아로 가는 밀입국자들은 시리아 경비병에게 잡히면 빼앗깁니다. 레바논 경비병들은 대개 눈을 감아주거나 10불쯤 주면 통과시킵니다."

"그렇지. 시리아에서 넘어오는 밀입국자는 레바논 경비병이 잡아서 빼앗겠군."

"양쪽과 다 통하는 놈들도 있습니다."

"그럼, 지금 우리는 험한 코스로 돌파하는 건가?"

"그렇습니다. 그것이 안전할 것 같아서요."

"잘 생각했어, 바이렌."

"제 목숨도 달린 일이어서요."

바이렌의 얼굴에 웃음이 떠올랐다.

"아까 주신 돈의 절반을 떼어서 아내에게 주고 왔습니다. 꼼꼼한 아내라 그 돈으로 자식 셋을 잘 키울 겁니다."

"이봐, 바이렌."

운전을 하던 다비드가 바이렌을 나무랐다.

"그런 말 하는 게 아냐. 너한테 무슨 일 있으면 회사에서 네 가족을 책임져."

"맞아, 바이렌."

쓴웃음을 지은 이동욱이 거들었다.

"작전 시작하면서 재수 없는 말 하는 게 아냐, 바이렌. 나 수백 번 작전을 했어도 시작할 때 사망 보상금 이야기하는 건 처음이다."

그때 메이슨과 잘라드가 짧게 웃었다.

그러자 바이렌이 정색했다.

"미안합니다. 하지만 난 그것으로 됐습니다, 대장님."

"오케이, 바이렌."

이동욱이 고개를 끄덕였다.

"그 이야기는 그만."

차 안에 정적이 덮이면서 차츰 긴장감이 일어났다.

작전에 대한 실감이 느껴진 것이다.

국경 근처의 길에서 차가 멈췄을 때는 밤 11시 반, 차의 불을 끄자 주위는 칠흑처럼 어두운 세상이 되었다.

이곳은 국도에서 3백 미터쯤 들어간 샛길이다. 뒤쪽 5백 미터쯤 거리에 민가의 불빛이 반짝이고 있다.

차에서 내린 이동욱 일행이 제각기 배낭을 들쳐 메었다. 모두 등산 차림이다.

이동욱이 차 앞에 서 있는 다비드에게 손만 들어 보이고는 발을 떼었다.

앞쪽은 바로 바위산이다.

드문드문 나무가 섰지만 경사가 심하고 길도 없는 산이어서 누가 올라가는 사람도 없다. 그리고 국경 근처다.

높이가 5백 미터쯤 되는 산을 오른 후에 계곡을 따라 1킬로쯤 비탈을 오르면 국경선이다. 그 계곡도 바위투성이로 경사가 심했고 오히려 더 험하다.

미리 바이렌한테서 주의를 들었지만 셋은 허덕거리며 산을 오르기 시작했다.

모두 40킬로 이상의 무기를, 특히 메이슨은 위성전화기까지 등에 메고 있다.

다른 사람들이 나눠 들기는 했지만 이동욱은 체력이 다 회복되지 않아서 금방 숨이 가빠졌다.

골짜기로 들어섰을 때는 1시간쯤이 지난 후다.

지난번 바이렌은 이 코스를 30분에 주파했다니 두 배가 걸린 셈이다.

앞쪽 골짜기는 더 험하다.

이제 밤 12시 30분이 되었다.

바위 위에 걸터앉은 이동욱이 골짜기를 올려다보았다. 바위산의 흐린 형체가 앞을 가로막고 있다. 하늘은 흐려서 별도 보이지 않는다.

"가자."

이동욱이 바이렌에게 말했다.

"앞장을 서라."

뒤에 선 메이슨이 이동욱이 멘 배낭에서 드라구노프를 빼내 쥐었다.

"대장, 이건 제가 들지요."

탄창을 뺀 드라구노프는 4.3킬로그램으로 다른 저격총에 비하면 가벼운 편이다.

그때 이동욱이 쓴웃음을 지었다.

"그래, 고맙다."

메이슨도 이동욱이 지금 회복 중이라는 것을 아는 것이다.

다시 발을 뗀 이동욱이 말을 이었다.

"갑자기 과격한 운동을 하고 있어."

"괜찮습니까?"

뒤에 붙은 잘라드가 묻자 이동욱이 고개를 끄덕였다.

"견디지 못할 때는 말할 테다."

골짜기 위까지 오르는 데 한 시간 반이 걸렸다.

1킬로에 한 시간 반이다. 이동욱이 지쳐서 겨우 한 발짝씩 떼었기 때문이다.

오전 2시.

골짜기 아래쪽은 시리아다.

바위에 기대선 이동욱이 가쁜 숨을 뱉으면서 바이렌에게 말했다.

"바이렌, 내가 두 달 전에 가슴에 총을 맞아서 치료 중이다."

"옛."

놀란 바이렌이 숨을 들이켰다.

"죄송합니다. 저는 그런 줄도 모르고 가장 험한 코스를 택했습니다."

"아냐. 그래서 이렇게 넘었잖아."

"저도 걱정이 되었는데 다행입니다."

옆에 선 메이슨이 말했다.

"올 때는 다른 길로 가겠습니다."

바이렌이 말했을 때 이동욱이 다시 발을 떼었다.

"자, 가자."

산 아래가 시리아다.

내려가는 길은 수월한 편이었다.

그러나 3백 미터쯤 내려갔을 때 앞장서 가던 바이렌이 걸음을 멈췄다.

그 뒤를 따르던 메이슨이 손을 들어 뒤쪽에 신호를 보내더니 곧 이동욱에게 다가왔다.

"아래쪽에 불을 피운 놈들이 있습니다."

배낭을 내려놓은 이동욱이 아래쪽으로 내려가 바이렌 옆에 엎드렸다. 1백 미터쯤 아래쪽 평지에 모닥불을 피워 놓고 둘러앉은 군인들이 보였다. 넷, 그리고 뒤쪽에 트럭이 1대, 군용 트럭이다.

트럭 뒤쪽에 희끗한 물체는 텐트인 것 같다. 군의 임시 초소다.

"저쪽에 경비병이 있습니다."

바이렌이 모닥불 왼쪽을 손으로 가리켰다. 50미터쯤 왼쪽에 경비병이 서 있다.

움직이지 않아서 바위처럼 보였는데 바이렌이 찾아낸 것이다.

그때 옆에 엎드린 메이슨이 말했다.

"돌아서 가지요."

그럴 수밖에 없다.

그때 이동욱이 물었다.

"저놈들이 국경 경비를 하면서 모닥불을 피우는 이유는 뭐야?"

바이렌의 시선을 받은 이동욱이 말을 이었다.

"지금 춥지도 않은데 말야."

그때 바이렌과 메이슨이 서로 얼굴을 마주 보았다.

"저놈들은 미끼군요."

메이슨이 말했다.

"돌아가다가 함정에 빠질지도 모릅니다."

"이곳에서 함정을 파고 기다린다는 말을 들은 적이 없는데요?"

바이렌이 고개를 기울였을 때다.

옆쪽에서 스코프로 아래쪽을 살피던 잘라드가 말했다.

"우측으로 3백 미터 지점에도 4, 5명이 매복하고 있습니다. 저건 미끼가 분명합니다."

"우린 함정 앞으로 다가온 셈인데."

메이슨이 혼잣소리처럼 말했을 때 이동욱이 몸을 일으켰다.

"우측으로 더 가서 함정을 빠져 나가기로 하지."

이제는 산 중턱을 타고 우측으로 가는 형국이다.

아래쪽 국경을 내려다보면서 다시 1킬로쯤 가는 데 1시간이 더 걸렸다.

오전 3시.

이동욱은 지쳐서 가쁜 숨을 쉬었고 눈앞의 사물이 흔들렸다.

이윽고 앞쪽의 분지가 비었다고 확인한 이동욱이 멈춰 섰을 때 잘라드가 배낭을 벗어놓고 말했다.

"제가 내려가서 신호를 하겠습니다."

국경선도 철조망이 쳐 있지 않았기 때문에 산기슭 건너편이 시리아 땅인 것이다.

이동욱의 시선을 받은 바이렌이 따라 일어섰다.

"저도 따라가겠습니다, 제가 지리를 잘 아니까요."

"오케이."

고개를 끄덕인 이동욱이 몸을 일으켰다.

"같이 내려가자."

이동욱이 메이슨을 보았다.

"메이슨, 네가 그 뒤를 따르고 난 후미다."

그러고는 덧붙였다.

"함정에 빠지면 어차피 넷이 다 죽는다. 함께 움직이는 것이 낫다."

앞장서 가던 잘라드가 걸음을 멈췄기 때문에 바이렌이 다가가 섰다.

"저쪽에 경비병이 있군."

잘라드가 가리킨 곳은 오른쪽 1백 미터쯤 지점이다.

바위에 기대선 경비병이 담배를 피우고 있다. 이쪽에 등을 보이고 있어서 얼굴을 이쪽으로 돌릴 때 가끔 불이 반짝이고 있다.

"이쪽을 경계하는 것 같지는 않습니다."

바이렌이 낮게 말했을 때 메이슨과 이동욱이 다가왔다.

"좋아. 여기서 건너자."

이동욱이 말했다.

산기슭에서 1백 미터 지점이다.

일행은 이제 횡대로 벌려서 내려가기 시작했다.

오른쪽 경비병과는 1백 미터쯤 거리였지만, 먹물 속 같은 깊은 밤이다.

어둠에 익숙해진 눈에 조그만 돌멩이도 구별이 된다. 눈이 어둠에 적응했기 때문이다.

산기슭에서부터는 황무지가 펼쳐졌는데 잡초가 허리까지 닿는다. 굴곡이 많은 지형이어서 은폐하기가 쉬운 데다 2킬로 가깝게 잡초가 펼쳐져 있다.

이동욱은 땀을 흘리면서도 체력을 조금씩 회복했다.

오늘 밤, 푹 자고 나면 체력의 80퍼센트는 갖춘 셈이 될 것이다.

황무지를 다 건넜을 때는 오전 4시 반.

동녘 하늘이 회색으로 변해 있다.

"이곳에서 차를 세워 둔 곳까지는 3킬로쯤 됩니다. 돌아왔기 때문에요."

주위를 둘러본 바이렌이 말했다.

"저쪽 길가에 계시면 제가 차를 가져오지요."

"아니, 같이 가자."

이동욱이 배낭을 고쳐 메면서 말했다.

"두 번 일할 것 없어."

그래서 넷은 다시 길을 건너 골짜기로 들어섰다. 이번에도 바이렌이 앞장을 섰고 셋이 뒤를 따른다. 이곳도 땅이 평탄해서 걸음 속도가 빨라졌다.

차는 길가의 민가 옆에 주차되어 있었는데 승합차다.

놀랍게도 한국산 봉고차였기 때문에 이동욱이 숨을 들이켰지만 입을 열지는 않았다.

차의 키를 받아 놓고 있었기 때문에 바이렌이 곧 시동을 걸었고 차는 다마스쿠스를 향해 달려가기 시작했다.

차에 탄 순간부터 셋은 작업복을 벗고 평상복으로 갈아입었다.

오전 5시 반이 되어가고 있어서 주위는 밝아졌다.

다마스쿠스까지 60킬로.

벌써 길에는 오가는 차량이 많아지고 있다.

10킬로쯤 달렸을 때 바이렌이 말했다.

"앞쪽에 마을이 있는데 그곳에서 잠깐 쉬면서 아침 식사를 하시지요."

바이렌이 룸미러로 이동욱을 보았다.

"20킬로 거리에 검문소가 있는데 그 검문소는 우회해서 통과하는 것이 낫겠습니다. 저만 차를 몰고 가구요."

"그래야지."

이동욱이 고개를 끄덕였다.

위험을 무릅쓸 필요는 없는 것이다.

30여 호의 마을, 길 좌우에 가게가 늘어선 마을이다.

길 끝 쪽에 주유소도 있어서 차도 3대가 주차되어 있다.

주유소 안에 봉고를 주차시킨 일행은 옆쪽 식당으로 들어섰다.

맨땅에 테이블 3개가 놓인 허름한 식당이다.

오전 6시 반이어서 아직 이른 시간이었지만 손님 두 명이 빵과 우유를 놓고 식사 중이다.

바이렌이 4인분 삶은 양고기와 빵, 우유를 시켰다.

길가여서 차가 지날 때마다 땅이 흔들리고 먼지가 들어왔다. 문도 없는 식당이기 때문이다.

그때 이동욱이 바이렌에게 물었다.

"검문소를 우회해서 가려면 강을 건너야 되겠지?"

"그렇습니다."

옆쪽 손님을 살핀 바이렌이 목소리를 낮췄다.

"강에도 감시가 있기 때문에 조심해야 됩니다."

"강을 따라 7킬로쯤 하류로 내려가면 강가에 집 한 채가 있어."

바이렌의 시선을 받은 이동욱이 말을 이었다.

"그 집에 고기 잡는 배 한 척이 있어."

"어떻게 그것을 아십니까?"

"위성으로."

"아!"

"너는 강을 건너 검문소를 통과하고 나서 하류를 따라 7킬로쯤 샛길로 내려와서 기다리도록 해. 강 건너편에 절벽이 보이는 지점이야."

"알겠습니다."

"우리는 그 배로 강을 건너갈 테니까."

"한낮이라 쉽게 노출될 것입니다. 조심하십시오."

"그것은 감당해야지."

수군거리는 그들 앞으로 음식이 나왔다. 허름한 식당이지만 음식은 푸짐했다.

검문소가 3킬로 앞으로 다가왔을 때 바이렌이 봉고를 세웠다.

이미 총을 분해해서 배낭과 가방에 담은 셋은 봉고에서 내리고 바이렌은 혼자 출발했다.

셋은 모두 작업복에 짐을 멘 상인 행색으로 도로를 벗어나 샛길로 들어섰다.

잘라드가 앞장을 섰고 이동욱, 메이슨의 순이다.

오전 9시 반이 되어가고 있다.

그 시간에 해밀턴이 보좌관 커트로부터 보고를 받는다.

“오사마는 붉은 별장에 있습니다. 별장이 커서 경호대 30여 명과 하인들을 포함해서 약 60여 명이 거주합니다.”

커트는 CIA의 위성사진을 전송받은 것이다.

이곳은 리스타랜드의 ‘연합 상황실’ 안, 상황실에는 10여 명의 상황 요원이 근무 중이다.

커트가 말을 이었다.

“카이로 시간으로 낮 12시에 연락을 해오기로 했는데 지금쯤 다마스쿠스에 도착했을 것 같습니다.”

“그런가? 여기선 연락이 안 되지?”

“예, 사장님.”

“위성으로 이동욱 일행이 보이지 않나?”

“연락이 오면 확인이 됩니다. 드론을 보낼 수도 있으니까요.”

아직 이동욱한테서 연락이 없는 것이다.

그때 고개를 든 해밀턴이 커트를 보았다.

“카이로는 별일 없나?”

“예, 사장님.”

“무사르의 위치 추적은 진전이 있나?”

“아직 없습니다.”

“뱀 같은 놈.”

어깨를 부풀렸다가 내린 해밀턴이 말을 이었다.

“또 테러를 당하면 안 돼.”

커트는 입을 다물었다.

카이로에 남아 있는 김여진, 박기준 등 대(對)테러반도 지금 맹렬하게 무사르를 추적 중이다. 그러나 아직도 무사르의 종적을 찾지 못한 터라 여전히 수세적인 입장이다. 쫓기는 입장이라고 봐야 옳다.

해밀턴이 혼잣소리처럼 말했다.

"이것도 시간 싸움이구나."

길도 없는 강변을 한 시간 반쯤 걸었더니 절벽 밑에 통나무로 지은 주택 한 채가 드러났다. 그리고 강가에 낡은 배 한 척이 매여 있다. 뒤에 커다란 노가 있는 보트다.

오전 11시 반, 잘라드가 이동욱에게 말했다.

"제가 배 주인을 데려오지요."

이동욱이 고개만 끄덕였다.

위성으로 본 이곳의 가족은 둘, 부부다. 나이든 부부겠지.

강가의 갈대숲 사이에 앉은 이동욱에게 메이슨이 말했다.

"다마스쿠스에 들어가는 것이 이렇게 어려울 줄 몰랐습니다."

"국경 통과가 힘이 들었지."

이동욱이 쓴웃음을 지었다.

"내 체력이 모자랐기 때문이야."

"루트를 잘못 잡은 것 같습니다. 일부러 험한 곳을 택한 것이 고생만 더한 셈이 되었습니다."

"난 바이렌을 의심했었다. 우리를 끌고 들어간 것 같았어."

"저도 그렇습니다."

정색한 메이슨이 이동욱을 보았다.

"모닥불을 피해서 내려갔다면 바로 함정에 빠졌을 것 아닙니까?"

"그렇겠지."

"바이렌이 우리를 끌고 갔다면 그렇게 되었겠지요."

"우연일지도 몰라."

"민병대 출신이면 노련한 전사일 텐데 허술합니다."

"그럴 수도 있지만 경계하도록."

"알겠습니다."

그때 절벽 밑 통나무집으로 들어갔던 잘라드가 사내 하나하고 같이 나왔다. 60대쯤의 사내다.

잠시 후.

어선에 오른 이동욱이 잘라드에게 말했다.

"배를 바로 앞쪽 강변에 붙이지 말고 하류로 3킬로쯤 더 내려가서 강변에 붙이라고 해."

"예, 대장님."

낮게 대답한 잘라드가 어부에게 영어로 부탁했다. 옷차림이 기독교도인 것 같다.

강은 굽이가 많아서 2, 3백 미터 간격으로 휘어지고 갈라졌기 때문에 강 건너편에서는 배의 향방이 보이지 않는다.

폭이 2백 미터 안팎에다 수심이 깊은 강 위로 어선과 화물선이 자주 지나고 있다.

잘라드는 어부에게 50불을 주고 배를 빌렸다고 했다.

배는 곧장 하류로 떠내려갔다.

그때 메이슨이 고개를 들고 이동욱을 보았다.

"바이렌이 우리를 보고 있겠지요?"

"배가 저 모퉁이를 지나면 보이지 않아."

이동욱이 앞쪽 물굽이를 눈으로 가리켰다.

“정박할 곳을 찾으려고 가는 것으로 알겠지.”

고개를 끄덕인 메이슨이 옆에 앉은 잘라드에게 귓속말을 했다.

바이렌에 대한 의심이다.

물굽이를 5개 넘고 나서 어선이 건너편 숲에 뱃머리를 붙였다.

셋이 내렸을 때 어부는 인사를 하더니 강물을 역류하여 노를 젓기 시작했다.

이곳까지 올 때는 물살을 타고 빠르게 건너왔다.

건너편 숲은 길도 없는 산이다.

셋이 나무를 헤치고 겨우 1백 미터쯤 올라갔을 때 아래쪽에 길이 보였다.

차 한 대가 겨우 다닐 수 있는 길이다.

길은 텅 비었다.

“좋아. 여기서 직진이다.”

이동욱이 눈으로 앞쪽 산을 가리키며 말했다.

“저 산맥을 넘으면 나탄이란 소도시가 나온다. 다마스쿠스에서 20킬로 떨어진 도시지.”

둘의 시선을 받은 이동욱이 쓴웃음을 지었다.

“바이렌이 첩자라면 붉은 별장에 변화가 있을 거다. 저 산맥을 넘고 나서 위성통신을 하자.”

바이렌을 찾지 않고 여기서부터는 다시 걷는다는 말이다.

“잘되었습니다.”

앞장서서 발을 떼면서 메이슨이 말했다.

“첩자로 판명되었을 때 처단할 것을 생각하니까 기분이 더러웠거든요.”

“내가 처치할 건데.”

잘라드가 뱉듯이 말을 받는다.

"내가 칼로 목을 벨 텐데."

이동욱은 말을 받지 않았다.

안내역으로 요원이 필요했지만 의심하면서 동행시킬 수는 없는 노릇이다.

메이슨 말대로 잃어버린 것처럼 하고 놔두는 것이 나을 것이었다.

2시간 후, 오후 3시 반.

산마루에 오른 이동욱이 처음으로 위성통신을 한다.

리스타랜드의 상황실.

"커트입니다."

기다리고 있던 커트의 목소리가 수화구에 생생하게 울렸다.

"기다리고 있었습니다."

"우리는 아직도 다마스쿠스에 들어가지 못했어."

"그런 것 같군요."

CIA에서 전송된 위성전화의 위치가 상황판에 표시될 것이니 커트는 대번에 안 것이다.

"다마스쿠스에서 23킬로 지점입니다."

"어젯밤 험한 지역에서 국경을 돌파했기 때문이야."

"별일 없습니까?"

"안내원 하나를 떨어뜨렸어."

"사고가 났습니까?"

"아니, 검문소를 피하려고 안내원은 차를 타고 건넜는데 만나지 않은 거야."

이동욱이 상황을 설명했다.

"바이렌의 동생이 다마스쿠스에 살고 있는데 확인해줄 수 있나?"

"해보지요."

"바이렌의 자료는 베이루트의 다비드가 갖고 있을 거네."

"알겠습니다."

"오사마의 동향도 함께."

"알겠습니다."

통화를 끝낸 이동욱이 옆에 앉은 메이슨과 잘라드를 보았다.

"곧 알게 되겠지."

산을 내려가 나탄시 외곽에 도착했을 때는 오후 8시가 되어갈 무렵이다.

산 위에서 2시간쯤 잤지만 셋은 기진맥진한 상태로 허름한 여관에 투숙했다.

나탄은 양 시장으로 유명한 도시다.

허름한 여관이었지만 방이 넓었고 식당까지 있었기 때문에 셋은 다음 날 오전까지 여관에 머물면서 원기를 보충했다.

이동욱은 그날 밤 온몸이 불덩이처럼 달아오르면서 땀이 비 오듯이 흘렀기 때문에 메이슨과 잘라드가 걱정했다.

그러나 아침이 되었을 때 밝은 얼굴로 회복되었다.

놀라운 회복력이다.

오전 10시 반, 셋은 식당으로 내려갔다.

"이제 90퍼센트는 회복되었다."

아침 식사로 양고기 스프를 마신 이동욱이 개운해진 얼굴로 말했다.

"앞으로는 너희들한테 걱정 안 시킬 거다."

"지금까지 보스가 걱정시킨 적 없습니다."

메이슨이 웃으며 말했다.

"저한테는 이제 보스가 사장 타이틀을 벗고 팀장으로 다가온 것 같아서 기쁨니다."

"저도 그렇습니다."

잘라드가 따라 웃었다.

식당에서 양 상인 대여섯 명이 모여 식사 중이다.

이 여관은 신분증 제시도 요구하지 않는 곳이다.

방 안에 둔 짐 때문에 잘라드가 먼저 방으로 돌아갔고 식당에는 둘이 남았다.

그때 이동욱이 주위를 둘러보고 나서 말했다.

"다시 본부에 연락을 해야겠어. 네가 방에 들어가 무전기를 배낭에 넣고 마구간 뒤로 오도록."

마구간 뒤쪽은 건초 창고다. 그쪽에 인적이 없는 것이다.

메이슨이 일어나 안쪽 문으로 들어서자 이동욱은 마당으로 나왔다.

여관은 2층 건물로 낡았지만 넓다.

마당도 넓어서 구석에 수십 마리의 양떼가 몰려 있다. 여관에서 기르는 양떼다.

이 여관은 기독교인이 주인인 것 같다. 아랍인 복장 손님은 보이지 않는다.

이동욱도 마당을 가로질러 뒤쪽 마구간 옆으로 가니 메이슨이 기다리고 있다. 뒤쪽 창고는 문이 닫혀서 인적이 없는 곳이다.

그때 마구간 안에서 여자 하나가 나왔다. 백인 여자다.

금발에 푸른 눈, 눈이 부시도록 아름다운 미모다.

시선이 마주쳤을 때 여자가 주춤거리며 다가와 물었다.

"뭐 찾으세요?"

아랍어다.

이동욱이 수염을 기르고 양복 차림이었지만 아랍계로 보이기는 한다.

그때 이동욱이 영어로 대답했다.

"안을 둘러보는 중이오. 이 여관은 처음이라."

"그렇군요."

여자가 영어로 말하더니 바구니를 들고 옆을 지났다.

소매를 걷어 올린 셔츠에 긴 치마를 입었지만 낡았다. 그러나 허리를 묶어서 잘록한 허리와 가슴과 엉덩이의 윤곽이 드러났다. 늘씬한 키.

스치는 여자한테서 우유 냄새가 풍겨 왔다.

그때 이동욱이 물었다.

"여관 주인이오?"

여자가 멈춰 서서 이동욱을 보았다.

이제는 2미터쯤의 거리여서 여자의 속눈썹까지 보였다. 푸른 눈을 가진 황금빛 속눈썹, 화장기가 없는 피부는 대리석 같다.

머리를 뒤로 묶었지만 헝클어진 황금색 머리칼이 이마와 한쪽 볼에 걸쳐져 있다.

"아버지가 주인이죠. 난 딸입니다."

"그렇군요."

"왜 물으세요?"

"당신 같은 미인을 그냥 보낼 수가 없어서."

그때 여자가 이를 드러내고 웃었다.

그 순간, 이동욱의 심장박동이 빨라졌다. 마치 안에서 가슴을 두드리는 것 같다.

"어디서 오셨어요?"

여자가 웃음 섞인 목소리로 물었을 때 이동욱이 한 걸음 다가섰다.

"레바논에서. 당신 이름은?"

"에레나."

"난 동욱이오. 코리안이지."

"코리안."

에레나의 눈이 반짝였다.

"난 코리안 처음 봐요."

"에레나, 결혼은 몇 번이나 했어?"

그때 에레나가 눈을 흘기더니 되물었다.

"당신은 와이프가 몇이죠?"

"당신 하나뿐이야."

그 순간 에레나의 얼굴이 빨개지면서 눈을 다시 흘기고는 몸을 비틀었다.

그때 뒤쪽에서 인기척이 들리더니 메이슨이 배낭을 메고 다가왔다.

당황한 에레나가 서둘러 사라지자 메이슨이 그녀의 뒷모습을 보았다.

창고 뒤쪽 공터에서 무너진 돌무더기 사이에 쪼그리고 앉은 이동욱이 위성 통신을 한다. 뒤쪽의 창고 벽에 붙어 선 메이슨은 사방을 감시하고 있다.

이동욱의 연락을 기다리던 커트가 말했다.

"바이렌의 남동생은 3년 전에 죽었습니다. 안토라는 이름의 중학교 수학 선생이었는데 반정부 단체에 가입해서 테러를 모의했다는 혐의로 처형당한 겁니다."

이동욱이 잠자코 듣는다.

바이렌은 동생이 죽었다는 말은 안 했다. 그렇다고 살아 있다고도 안 했으니 속인 건 없다.

커트가 말을 이었다.

"문제는 동생 가족이 감시 대상이라는 겁니다. 바이렌이 동생 집으로 간다고 했습니까?"

"숙소를 그곳으로 한다고는 했어."

"그럼 위험하군요."

"바이렌은 찾았나?"

"강가를 훑었지만 '봉고'는 보이지 않습니다. 국도에는 차량 통행이 많아서 운행 중이지 않으면 식별이 어렵습니다."

"좋아."

이동욱이 바로 판단했다.

"우리가 독자적으로 다마스쿠스에 들어간다. 정보원 도움은 받지 않겠어."

"알겠습니다."

"그리고 나탄의 베르시 여관 주인 딸 에레나에 대한 정보가 필요해. 세 시간쯤 후에 다시 연락하겠다."

"바이렌이 우리를 함정으로 끌고 갈 예정이었다면 이미 오사마에게도 연락이 되었을 겁니다."

통신 내용을 들은 메이슨이 말했다.

"다마스쿠스로의 잠입도 힘들 것 같은데요."

이동욱이 고개를 끄덕였다.

"그렇다고 여기서 양고기만 먹고 지낼 수는 없지."

"에레나."

오후 2시 반, 주방에서 그릇을 씻던 에레나가 부르는 소리에 고개를 돌렸다. 오전에 창고에서 본 코리안이 주방 입구에 서 있다.

시선이 마주쳤을 때 저도 모르게 눈을 흘긴 에레나가 물었다.

"왜 그래요?"

"할 이야기가 있는데."

주방에는 에레나 하나뿐이다.

젖은 손을 수건으로 닦은 에레나가 주방을 나왔다.

"무슨 말인데? 나 바빠요."

"잠깐 창고 뒤로 가지."

"거기까지 왜?"

"부탁할 일이 있어서 그래."

코리안의 눈을 바라본 에레나가 마침내 고개를 끄덕였다.

"먼저 가 있어요."

오전에 에레나를 만났던 자리에서 이동욱이 기다리고 서 있다.

그동안 에레나에 대한 정보가 왔다.

25세, 주인 야스로의 셋째 딸. 딸 둘은 이미 출가. 여관은 주인 야스로 부부, 오빠 마르코 부부와 에레나가 운영한다.

에레나는 다마스쿠스 국립대학을 졸업하고 1년간 무역회사에 다니다가 고향인 나탄으로 돌아온 지 1년 반이 되었다.

에레나가 다가왔을 때는 10분쯤이 지난 후다. 그때는 머리도 다시 묶고 걷었던 셔츠 소매도 내려 단추까지 채워 놓은 차림. 얼굴은 긴장으로 굳어 있다.

"무슨 일이에요?"

다가선 에레나의 파란 눈동자가 흔들렸다.

화장하지 않은 입술이 이렇게 붉고 매끄럽다니. 이동욱이 에레나의 입술에서 시선을 들고 눈을 맞췄다.

"오후에 다마스쿠스에 갈 때 나를 차에 태워줄 수 있어?"

"왜요?"

에레나가 눈썹을 모았다.

여관에서 매일 오후에 다마스쿠스 시장에 들러 채소와 양념, 고기를 사 오는 것이다. 장보기다.

여관용 승합차는 에레나가 운전하고 하인 하나를 데리고 간다.

그때 이동욱이 말했다.

"버스 타는 것보다 그게 나을 것 같아서."

"일행은 어떻게 하고요?"

"버스 타고 올 거야."

이동욱이 다시 에레나를 똑바로 보았다.

"에레나, 나하고 둘이 가지."

"무슨 말이죠?"

"오늘은 하인을 태우지 말란 말야."

"이 사람 좀 봐."

에레나가 눈을 둥그렇게 떴다가 곧 웃었다.

"코리안, 무슨 수작이죠?"

"둘이 다마스쿠스까지 가면서 이야기하고 싶어서."

"……."

"가끔 혼자 갈 때도 있지 않아?"

"그건 어떻게 알았어요?"

"주방 하인한테 들었어."

"돈 내야 돼요. 택시비."

"좋아. 내지."

이동욱이 바짝 다가서자 에레나가 반걸음쯤 물러섰다.

"다가오지 마요."

"그럼 이따 차에다 짐을 실어 놓을게."

이동욱이 낮게 말했다.

"이야기할 것이 많아, 에레나."

그래서 일단 무전기, 무기가 든 가방 2개는 식자재 차에다 싣고 메이슨과 잘라드는 권총 하나씩만 숨겨 차고 버스를 타기로 했다.

검문소는 피했지만 무거워 보이는 가방을 들고 버스를 탔다가 비밀경찰을 만날 수도 있다.

바이렌의 봉고를 탔다면 간단하지만 상황이 바뀌었다.

"시장 입구에서 만나기로 하자."

이동욱이 둘에게 지시했다.

"내가 여관 종업원으로 위장해서 에레나와 함께 시장까지 갈 테니까."

"그럼 저희들이 먼저 출발하지요."

메이슨이 말했다.

"차에다 가방을 실어 놓고 출발하겠습니다, 대장님."

이동욱이 고개를 끄덕였다.

"만일의 경우에 대비해서 1만 불 뭉치 하나씩은 비상금으로 가져가."

둘의 시선을 받은 이동욱이 쓴웃음을 지었다.

"주머니를 뒤질 상황까지 온다면 그땐 최악의 경우일 테니까 말야."

오후 4시 반.

나탄에서 다마스쿠스까지는 20킬로, 차로 40분 거리다.

승합차가 여관 골목을 빠져나왔을 때 이동욱이 모자를 꺼내 썼다.

아랍인들이 잘 쓰는 원통형 모자 '페즈'다. 헐렁한 양복저고리에 바지 차림으로 고무바닥을 댄 작업화를 신었으니 영락없는 아랍인 노동자다.

핸들을 쥔 에레나가 힐끗 이동욱을 보더니 입술 끝만 올리고 웃었다.

"완벽하게 변신했네요."

"그런가?"

따라 웃은 이동욱이 앞쪽을 응시한 채 물었다.

"그것이 이상하지도 않은가? 에레나."

"처음 보았을 때부터 이상했어요."

역시 에레나도 앞쪽을 응시한 채 말했다.

이태리제 피아트 승합차는 요란한 엔진음을 내면서 시내를 빠져나가고 있다. 낡은 차지만 엔진음은 깨끗하다.

에레나가 말을 이었다.

"셋의 일사불란한 행동, 날카로운 눈빛."

에레나가 힐끗 이동욱을 보았다.

"다마스쿠스에는 온갖 사람들이 모여요."

"그렇겠지."

"한때는 동방의 진주라는 도시였는데 지금은 살벌한 도시가 되었지요."

"그래서 익숙한 거야?"

"그래요. 당신 같은 사람."

"싫은 거야?"

"아니."

에레나가 차의 속력을 줄이면서 고개를 저었다.

"난 독재정권이 무서워서 고향으로 도망쳐 온 사람이거든. 배신자와 밀고자가 판을 치는 다마스쿠스가 싫어서."

"내가 어떤 부류인 것 같아?"

"아사드 정권에 저항하는 사람."

바로 말한 에레나가 고개를 들어 이동욱을 보았다.

"코리안이면 남쪽이겠지요?"

"왜 남쪽이라고 하는 거야?"

"북쪽 코리안은 아사드 정권 편이거든요. 그러니 이렇게 여관 부식 차를 타고 다마스쿠스로 잠입할 이유가 없겠죠."

"할 말이 없군."

"잠입하는 이유가 뭐예요?"

"바로 내가 원했던 질문인데, 에레나."

차가 밀렸기 때문에 에레나가 속력을 줄였다.

에레나는 바지에 연두색 스웨터를 걸쳤고 머리에 보라색 스카프를 둘렀다.

그래서 금발은 보이지 않았지만 흰 얼굴이 더 드러났다.

이동욱이 에레나의 옆얼굴에 대고 말했다.

"아사드가 보호하는 테러단 보스를 없애려고 가는 거야."

순간 숨을 들이켠 에레나가 이동욱을 보았다.

그러다가 앞쪽 차를 보더니 급하게 브레이크를 밟았다.

차는 부딪치지 않았고 뒤쪽 차도 다행히 적당하게 간격을 유지했다.

이동욱이 말을 이었다.

"에레나, 도와주면 사례를 하지."

"날 믿어요?"

에레나가 다시 차에 속력을 내면서 굳은 표정으로 물었다.

"나한테 왜 그런 말을 하죠?"

"네가 다마스쿠스에 우리가 머물 수 있는 안가를 소개해 주면 그 대가를 주지."

"……."

"다마스쿠스에서 여관에 들어가면 위험할 것 같아서 그래."

"……."

"너한테 1만 불을 주지. 그리고 이건 네가 싫다면 할 수 없지만, 우리가 작전하는 동안 도와준다면 10만 불을 주겠다."

"……."

"뒤쪽 가방에 돈이 들어 있어. 작전비야."

"……."

"에레나, 길어야 일주일이면 끝나. 넌, 작전이 끝나고 베이루트나 카이로, 또는 이태리로 떠날 수 있을 거다."

"……."

"너, 대학에서 이태리어 전공했잖아?"

그때 에레나가 고개를 돌려 이동욱을 보았다.

"그럴 줄 알았어요. 날 조사했군."

"오후에."

차의 속력을 줄인 에레나가 이동욱을 보았다.

"내 남자친구가 테러 용의자로 지목되어서 처형당했다는 것도 알고 있는 거죠?"

"그건 몰랐어, 에레나."

이동욱이 고개를 저었다.

"금시초문이야."

아니다. 알고 있었다.

CIA는 시리아에서 탈출한 사내를 통해 에레나의 상황을 파악해 주었다.

그 사내는 처형당한 에레나의 남자친구의 동료였다. 그 동료가 에레나 이야기를 해준 것이다.

3시간 만에 에레나 주변을 밝혀 주었으니 대단한 속도다.

이동욱이 말을 이었다.

"넌, 다마스쿠스에서 안내역, 정보원 역할만 해주면 돼. 일은 일주일이면 끝나."

"……."

"끝나면 네가 원하는 곳으로 데려다줄게, 어느 곳이든지. 네 가족에게는 절대 피해가 없을 거야."

"……."

"알 리가 있나? 그리고 돈은 지금이라도 줄 수 있어. 그 돈을 네 가족에게 주고 돌아와도 돼."

어느덧 차가 다마스쿠스 시내로 진입하는 길목에서 멈춰 서 있다.

길에 차가 가득 차서 주차장이 되었다. 이러니 검문을 할 엄두도 내지 못할 것이다.

그때 에레나가 혼잣소리처럼 말했다.

"갑자기 악마가 나타난 것 같아."

시장 입구에 주차한 승합차 앞으로 메이슨과 잘라드가 다가왔을 때는 오후 6시 무렵.

둘은 30분쯤 먼저 나탄을 떠났지만, 버스가 여러 곳에 멈춰 서는 바람에 오히려 늦었다.

"타라."

운전석 옆자리에 앉아 있던 이동욱이 말하자 메이슨이 물었다.

"어딜 가시려구요?"

"글쎄, 차에 타."

이동욱이 재촉하자 둘은 차에 올랐다.

"버스가 길가에서 손을 드는 사람은 다 태우는 바람에 늦었습니다."

잘라드가 고개까지 저으면서 말했다.

"이건 이라크 시골 버스보다 더 엉망입니다."

그때 운전을 하던 에레나가 백미러로 뒤를 보았다.

"이라크 출신이세요?"

잘라드가 입을 다물었을 때 이동욱이 대신 대답했다.

"그래. 이라크군 대위 출신이야."

차 안이 조용해졌고 이동욱이 말을 이었다.

"에레나가 안가를 구해줄 거야. 그리고 우리 일을 에레나가 도와주기로 했어."

"과연."

어깨를 늘어뜨린 메이슨이 고개를 끄덕였다.

"다마스쿠스에 무사히 상륙했군요."

그때 에레나가 말했다.

"내 외삼촌의 가게가 폐업을 했는데 안채도 비어 있어요. 거기서 머물면 될 거예요."

에레나가 익숙하게 차를 운전하면서 말을 이었다.

"외삼촌이 엄마한테 가게를 넘겼기 때문에 내가 열쇠도 갖고 있어요."

"잘됐군요."

잘라드가 말을 받았다.

"신이 도우신 것 같습니다."

5장
다마스쿠스의 대폭발

주택가 건너편의 상가로 들어간 승합차가 뒤로 돌아가 허름한 대문 앞에 멈춰 섰다.

오후 7시 반, 이곳은 바라다강 동쪽 편 시가지다.

차에서 내린 에레나가 열쇠로 대문의 자물쇠를 열고 문을 양쪽으로 열었다. 따라 내린 메이슨과 잘라드가 돕는다.

곧 다시 차에 오른 에레나가 마당에 승합차를 주차했다.

20평 정도의 마당에는 담장 쪽에 화단도 조성되어 있다.

이쪽은 가게 뒤쪽의 안채다. 안채는 단층 주택으로 방이 4개, 응접실과 거실까지 구비된 60평형 규모지만 텅 비었다. 그러나 깨끗하게 청소는 되어 있다.

"외삼촌은 지난달에 일루샤로 이사를 갔어요, 거기서 양을 기르겠다고."

주위를 둘러본 에레나가 말을 이었다.

"주방에 가스도 들어오고 식기도 남아 있으니까 요리를 해 먹을 수도 있을 겁니다."

"이만하면 됐어요."

잘라드가 주방의 서랍을 열어보면서 말했다.

"우리가 다 알아서 할 테니까."

"그럼."

에레나가 이동욱에게 몸을 돌렸다.

"난 시장에 들렀다가 나탄으로 돌아가겠어요. 그리고 내일 아침에 돌아오지요."

이동욱이 머리만 끄덕였고 에레나가 말을 이었다.

"차를 여관에 두고 올라와서 여기 일을 도울 겁니다."

에레나가 돌아갔을 때 이제는 이동욱이 마음 놓고 집 안에서 위성통신을 했다.

기다리고 있던 커트가 바로 응답했다.

"다마스쿠스에 진입하셨군요."

"그래. 저쪽 상황은?"

"변동 없습니다."

오사마는 그대로 있다는 말이다.

커트가 말을 이었다.

"바이렌도 연락이 끊겼습니다. 다비드한테 연락도 없고 차도 발견되지 않았습니다."

"좋아. 그럼 목표 주변의 감시 상황을 알려주도록."

이동욱이 말을 이었다.

"경비병 상황, 교대 시간, 그리고 목표의 시간별 위치를."

이곳에서 '붉은 별장'까지는 5킬로 정도다.

바라다 강변에 위치한 '붉은 별장'은 강을 따라 내려가도 된다.

오사마는 62세. '붉은 별장'으로 피신한 것은 미국 등 연합군의 추적을 피하기 위해서다. 9·11 사태를 시발로 미국은 알 카에다를 주적으로 선정, 이라크를 테러 지원국으로 몰아 멸망시켰다.

오사마는 당시 알 카에다의 이라크 지부 책임자였다가 도주, 전후 혼란기에 시리아, 이라크 북부 지역에서 IS(Islamic State)를 결성했다. 그러다가 다시 미군에 쫓겨 시리아로 도망친 상태다.

지금 오사마의 앞에는 분신 같은 양자 아부바크르 알바그다디가 앉아 있다.

오후 2시 반, 오사마가 홍차 잔을 들고 알바그다디를 보았다.

"무사르가 카이로에 다시 세계의 주목을 끌고 있는 건 위험한 장난이야. 이젠 철수시키도록 해."

"예, 아버님."

알바그다디가 똑바로 오사마를 보았다.

알바그다디는 42세, 거구다. 짙은 수염이 얼굴을 덮고 있어서 부리부리한 눈만 드러났다. 과격한 성품에 교활하고 잔인해서 흔적을 남기지 않는다.

지금까지 알바그다디는 오사마의 그늘에 숨어 있었지만 IS의 실제 지배자나 같다. 그것은 오사마가 모든 작전을 알바그다디에게 위임했기 때문이다.

오사마는 스스로 IS의 얼굴 노릇만 자처한 것이다.

"아버님, 무사르가 한 건만 더 작전을 할 겁니다."

"어떤 작전이냐?"

"리스타의 몸바사 이민 훈련소를 폭파할 계획입니다. 그럼 리스타의 이민 사업은 큰 타격을 받겠지요."

"……."

"세계가 떠들썩해질 사건입니다."

알바그다디가 입술 끝을 비틀고 웃었다.

"아버님, 리스타는 용병단을 보유하고 있지만 정규군이 없습니다. 더욱이 우리는 거점이 흩어져 있어서 병력을 파견시킬 상황도 아닙니다."

"……."

"그렇다고 미국이 군대를 파견해서 우리를 치겠습니까? 카다피가 리비아군(軍)을 동원해줄까요?"

어깨를 부풀린 알바그다디가 말을 이었다.

"몸바사 이민 훈련소를 폭파 하고 나서 무사르를 철수시킨 후에 리스타 측에 협상을 제의할 예정입니다. 파리에서 만나자고 하지요."

"……."

"대리인으로 안드레를 시키고 배상금으로 10억 불을 받아내겠습니다."

"명분은?"

오사마가 묻자 알바그다디가 풀썩 웃었다.

"리스타가 아랍 세계의 질서를 무너뜨렸지요. 미국의 앞잡이가 되어서 말입니다."

"……."

"리스타는 아랍인의 적입니다. 그놈들은 아랍 세계를 한국인으로 덮어씌워서 한국인 세상으로 만들고 있습니다."

그때 오사마가 길게 숨을 뱉었다. 그러나 입을 열지는 않는다.

오전 9시.

안가(安家)에서 첫날밤을 보낸 후에 이동욱은 기력을 회복했다.

사흘간에 걸친 다마스쿠스의 잠입이었다.

에레나는 어제 오후에 나탄으로 돌아가 아직 돌아오지 않았다.

이제는 응접실에 위성 통신기를 놓고 이동욱이 커트에게 연락을 했다.

"타깃은 그대로 있습니다."

커트가 바로 보고했다.

"안에 경호원 68명, 부속채에 거주하는 숫자를 경호원으로 계산한 겁니다. 그리고 본채에 14명, 그중 7, 8명이 하인인 것 같습니다. 여자는 4명, 여자는 하녀지요."

응접실에서는 이동욱과 잘라드가 함께 듣고 있다.

지금 메이슨은 밖에서 경비 중이다.

커트의 목소리가 응접실을 울렸다.

"교대 시간은 밤 12시, 낮 12시입니다. 교대 인원은 12명, 위치는 동서남북 담장과 창문과 후문, 그리고 앞뒤 정원입니다. 무기는 AK-47을 모두 소지했고 중화기는 없습니다. 오사마의 위치는 저택 2층 맨 오른쪽 방이 침실이고 그 옆이 응접실, 이 두 곳에 주로 있습니다."

"오케이."

만족한 이동욱이 물었다.

"카이로 상황은?"

"아직 무사르의 움직임을 포착하지 못했습니다. 지부장이 병력을 충원받아서 수색하고 있습니다."

"바이렌은?"

"차도 찾지 못했습니다. 시리아 측에서 경계를 강화했다든가 '목표 지점'의 특이사항이 없는 것을 보면 배신한 것 같지는 않습니다."

"오케이. 다시 연락하지."

통신을 끝낸 이동욱이 잘라드를 보았다.

"오늘 밤에는 정찰이야."

에레나가 돌아왔을 때는 오전 11시가 되어갈 무렵이다.

에레나는 두 손에 가득 요리 재료를 들고 있었다.

"며칠 쉰다고 했어요."

주방에 재료를 꺼내 놓으면서 에레나가 말을 이었다.

"차로 30분 거리니까 무슨 일 있으면 왔다 갔다 하면 되고요."

"고맙군."

이동욱이 에레나 옆으로 다가가 섰다.

"작전 끝나면 피신해야 돼. 그것이 안전하니까 미리 준비를 해."

"카이로에 가겠어요."

채소를 씻으면서 에레나가 말했다.

"그곳이 내 적성에 맞아요."

"좋아. 내가 데려다주지."

이동욱이 정색했다.

"그러려면 네 가족에 피해가 가지 않도록 널 노출하면 안 돼."

"여관 팔아도 은행 대출 빼면 오히려 빚만 남아요. 지금도 겨우 이자만 갚아 나가고 있는 형편이에요."

옆에서 메이슨도 듣고 있었지만 에레나가 말을 이었다.

"내 가족은 부모하고 오빠 부부, 조카 둘까지 6명이에요. 언니 둘은 결혼해서 하나는 요르단 암만으로 갔고 내가 좋아하는 작은 언니는 카이로에 살아요."

"좋아. 그럼 부모하고 오빠 가족은 당장 나탄에서 떠날 수 있어?"

"레바논을 통해 카이로로 가는 건 지장이 없어요. 아버지는 지난주에도 베이루트에 약재를 팔러 다녀왔으니까요."

"그럼 당장 부모를 베이루트로 보내. 내가 베이루트에 연락해서 부모한테 돈을 주라고 할 테니까."

이동욱이 정색하고 에레나를 보았다.

"그러고 나서 오빠 가족을 보내는 거야, 한꺼번에 떠나면 의심받을 테니까."

"알았어요."

에레나가 고개를 끄덕였다.

"이따 오후에 집에 다녀올게요."

응접실 안, 셋이 둘러앉아 탁자 위에 놓인 지도를 내려다보고 있다.

오후 1시 반, 에레나가 만들어 준 아침 겸 점심을 먹고 작전 회의 중이다.

에레나는 주방에서 설거지 중이다.

이동욱이 고개를 들고 말했다.

"오늘 밤에 정찰을 나간 후에 내일 침투하는 것으로 하지."

"셋이 들어가려면 기습하는 수밖에 없는데 최소한 이곳까지는 발각되지 말아야 합니다."

메이슨이 손으로 건물의 한 곳을 짚었다. 로비다. 건물의 중심부다.

지도에는 경비원 위치가 붉은 점으로 표시되어 있는데 로비 안에도 2개가 있다.

경비원은 12명, 부속채에는 붉은 점이 무더기로 찍혀 있다.

"본채 건물 안에 5, 6명이 있을 겁니다. 하인들하고 뒤섞여서 본채 안에는 20명 가까운 인원이 있습니다."

잘라드가 말하고는 이동욱을 보았다.

"폭격을 하는 것이 가장 효과적인데."

손으로 2층 오른쪽 방을 짚으면서 메이슨이 말했다.

"드론을 불러서 이곳만 찍어내는 것입니다."

간단하다. 그러나 이동욱은 대답하지 않았다.

그렇게 할 수 있는 조직은 CIA뿐인 것이다.

시리아는 물론이고 러시아, 프랑스까지 들고 일어날 테니 득보다 실이 많다.

영국과 독일 등 우방국까지 등을 돌릴 가능성이 많은 것이다.

리스타와 IS와의 전쟁으로 취급하는 것이 유리하다.

그때 에레나가 응접실로 들어섰다.

"집에 다녀올게요."

에레나의 시선이 이동욱에게 옮겨졌다.

"부모님부터 국경까지 모셔다드리고 오겠어요."

자리에서 일어선 이동욱이 에레나에게 봉투를 건네주었다.

"여기 우선 5천 불이야, 많이 갖고 가면 검문에 걸릴 수도 있으니까."

봉투를 받은 에레나에게 이동욱이 전화번호가 적힌 쪽지를 건네주었다.

"레바논에 입국하면 다비드란 사람이 마중 나와 있을 거야. 혹시 모르니까 전화번호 가져가."

쪽지를 받은 에레나가 상기된 얼굴로 고개를 끄덕였다.

"고마워요. 저녁때는 돌아올 수 있어요."

나탄에서 국경까지는 차로 1시간 반 정도밖에 걸리지 않는다.

올 때는 그 고생을 했지만 국도를 차로 달리면 금방이다.

이곳은 대통령궁 안.

집무실에서 아사드가 정보국장 카심의 보고를 받는다.

"카이로에서 무사르의 테러는 잠시 그친 상황이지만, 언제 다시 시작될지 알 수 없습니다."

카심이 조심스럽게 말을 잇는다.

"카이로에 리스타의 '아프리카 용병단' 사장이 된 이동욱이 와 있기 때문에 IS와 리스타의 정면 대결 양상이 되어 있습니다."

"그 무사르란 놈 말야."

아사드가 눈을 가늘게 떴다.

"그놈이 IS의 3인자라지?"

"실제로는 알바그다디에 이어서 2인자지요. 알바그다디가 1인자구요."

"오사마는 허수아비란 말이지?"

"예, 그렇습니다."

카심이 말을 이었다.

"오래전부터 IS는 알바그다디가 실제 지도자였습니다."

"위험해."

이맛살을 찌푸린 아사드가 카심을 보았다.

"우리한테 불똥이 튀겠어."

아사드는 용의주도한 성품이다.

몸바사, 케냐의 몸바사는 리스타 이민의 훈련장이 설치된 곳이다.

1백만 평 규모의 훈련장은 몸바사 북쪽에 위치하고 있는데 한쪽 면은 바다와 연결되어있다.

훈련장에 입소한 이민자는 8만 명. 지금은 15일에 한 번씩 5천 명이 입소하고 5천 명이 각 지역으로 배출되기 때문에 8만 명 수준을 유지하는 중이다.

훈련 기간은 한 달 정도인데 각 지역 사정에 따라 두 달 후에 배치되는 경우도 있다.

오후 6시 반, 훈련소 바닷가에 위치한 해산물 식당 안.

훈련 20일 차인 차문성이 고향 친구 양기식과 생선회에 소주를 마시고 있다. 둘은 우간다의 빅토리아 호수 근처로 이민을 갈 예정이다.

"처음에는 허송세월인 줄 알았는데 20일 동안 공부 많이 했어."

소주잔을 든 차문성이 양기식을 보았다.

"여기서 배운 현지 실정이 많은 도움이 되었어."

"맞아. 우간다에 가서 따로 교육받을 시간도 없는데, 여기서의 교육이 피가 되고 살이 된 것 같아."

양기식이 동의했다.

"그런데 가족은 언제 올 거야?"

차문성이 묻자 양기식이 고개를 저었다.

"난 1년쯤 후에, 우간다에서 기반을 굳힌 다음에 부르기로 했어."

"난 와이프가 서둘러서, 우간다에 가자마자 불러야 될 것 같아."

"거 참, 부럽네."

"부럽긴, 난 자네가 부럽네."

둘은 대전 출신이지만 여기 와서 친구가 된 사이다.

나이도 동갑인 44세. 44세에 아프리카에서 새로 인생을 시작하려는 것이다.

그때 옆쪽 테이블에서 왁자지껄한 웃음소리가 났다.

내일 떠나갈 사람들의 환송식이 열리고 있다.

그들에게서 시선을 뗀 양기식이 말을 이었다.

"우리 우간다로 갈 인원이 2백 명이지?"

"지금까지 3천 명이 갔어. 앞으로 2만 명이 더 올 거야."

"우간다 인구가 얼마지?"

"4,400만."

"한반도만 한 면적에 인구도 4천 만이 넘는군."

"한반도는 21만 제곱킬로 정도, 우간다는 24만인데 한반도는 7,500만이야."

차문성이 잘난 척을 했다.

"우리가 살 땅은 얼마든지 있어. 그리고 인구가 제법 있어야 장사가 될 것 아닌가?"

"우리가 우간다 놈들 바라보고 이민을 하나? 유럽이나 미주 손님들을 대상으로 하는 거지."

"하지만 싼 노동력을 고용할 수 있지."

술잔을 든 차문성이 얼굴을 펴고 웃었다.

그 순간이다.

"콰쾅쾅!"

폭음과 함께 눈앞이 하얗게 된 차문성은 온몸이 깃털처럼 가볍게 허공으로 떠오르는 느낌을 받았다.

그로부터 30분 후, 이광은 해밀턴으로부터 보고를 받는다.

이곳은 오후 11시다.

"몸바사 이민 훈련장 휴게소 식당이 폭파되었습니다."

지금 해밀턴은 트리폴리에서 보고를 한다.

몸바사 현장에서 연락을 받고 이광에게 직접 보고를 하는 것이다.

해밀턴이 말을 이었다.

"식당 안에 설치한 폭탄을 터뜨린 것입니다. 이 폭발로 훈련 중이던 한국인 33명과 현지인 8명이 사망하고 24명이 중경상을 입었습니다."

놀란 이광이 듣기만 했고 해밀턴의 목소리가 방을 울렸다.

"훈련장 경비를 맡은 경비대 측 검사 결과, 폭발물은 C-4 폭탄으로 사전에 계획된 것입니다."

"범인은?"

"IS입니다. 무사르가 저지른 일입니다."

해밀턴이 단정하듯 말했다.

"그놈이 몸바사로 내려온 것입니다."

"……."

"제가 몸바사로 가서 상황 정리를 하고 다시 보고 드리겠습니다."

"서둘러 수습해야 돼."

마침내 이광이 결연한 목소리로 말했다.

"결코 용납할 수가 없어."

이것은 리스타의 결의다.

다마스쿠스에 몸바사의 폭탄 테러가 보도된 것은 사건 발생 두 시간쯤이 지난 후다. 외신 보도를 받아서 보도한 것인데 응접실의 TV에 비친 현장은 참혹했다.

놀란 이동욱과 잘라드는 숨을 죽였다. 아랍어 방송이었지만 사상자는 분명하게 보도되었다.

함께 TV를 본 메이슨이 이동욱을 보았다.

"IS지요?"

방송에서는 테러범은 언급하지 않은 것이다.

이동욱이 고개를 끄덕였다. 말할 필요도 없는 것이다.

이동욱이 옆에 놓인 위성통신기의 스위치를 켰다.

"기다리고 있었습니다."

통신이 되었을 때 커트가 바로 말했다.

"몸바사 테러 들으셨습니까?"

"방금 TV 보도를 보고 연락한 거요."

"무사르 짓입니다."

커트가 말을 이었다.

"조금 전에 무사르의 부하로 추정되는 놈들이 현장에 다녀간 증거를 찾았습니다. 그놈들이 폭탄을 설치한 것입니다."

마침내 무사르가 다시 움직인 것이다.

그것도 이민 훈련소에 폭탄을 터뜨려 한국인을 대량 학살했다.

이동욱이 숨을 들이켰다.

서둘러야 한다.

통신을 끝낸 이동욱이 메이슨을 보았다.

얼굴이 굳어 있다.

"무사르까지 잡아 죽일 거다."

이동욱이 한 마디씩 천천히 말했다.

"테러범들에게 제 가족이 당하는 고통까지 겪게 해줄 테니까."

에레나는 오후 7시가 되었을 때 도착했다.

가족들과 출국 준비를 끝낸 것이다.

가방까지 챙겨 들고 왔는데 부모가 떠나는 것을 보고 왔다고 했다.

오빠 가족은 내일 레바논으로 떠난다는 것이다.

"도착했는지 확인만 하면 돼요."

에레나가 그늘진 표정으로 말했다.

"오늘 밤에 오빠한테 연락한다고 했으니까."

에레나 가족은 내일까지 시리아에서 떠나게 되는 것이다.

고개를 든 이동욱이 에레나를 보았다.

"에레나, 그럼 나하고 같이 '붉은 별장'을 다녀오지."

에레나가 고개를 끄덕였다.

"오케이."

표정은 굳어 있었지만 거침없는 대답이다.

이제는 부담이 없는 것이다.

오후 8시 반.

바라다 강변의 산책로에 젊은 남녀들이 오가고 있다.

강 건너편 '붉은 별장'이 보이는 이곳이 산책로로 인기였기 때문에 사람들이 많은 편이다.

차도르를 걸친 에레나와 이동욱이 벤치에 앉아 붉은 별장을 바라보고 있다.

강폭은 2백 미터 정도. 밤이어서 검은 물줄기 위에 드문드문 켜진 보안등의 불빛이 반짝였다.

이동욱이 별장을 응시하면서 말했다.

"건너편에는 산책로가 없어."

붉은 별장이 강과 붙어 있기 때문이다.

에레나가 시선을 옆쪽으로 돌렸다.

"별장이 커. 성 같아."

과연 강변의 벽은 절벽 같다. 높이가 30미터 정도나 된다.

강을 건너 별장 안으로 진입하기는 불가능하다.

에레나가 차도르 안에서 길게 숨을 뱉었다.

"저길 어떻게 들어간다는 거예요?"

"……."

"안에 60명이 넘는 경호원이 있다면서요?"

"……."

"거기를 셋이 들어가요?"

에레나는 주방에서, 응접실에서 일하면서 들은 터라 대충 내막을 아는 것이다.

그때 이동욱이 벤치에서 일어섰다.

"한 바퀴 돌아보자."

별장 정문은 바라다강 반대편으로 도로에서 50미터쯤 떨어져 있다. 50미터를 꺾어 들어와야 한다.

다리를 건너 도로를 지나면서 이동욱은 철문 사이로 불을 밝힌 별장을 보았다. 철문에서도 50미터쯤 떨어진 곳에 별장 본관이 세워진 것이다.

별장은 강변의 돌출 부분에 세워졌기 때문에 좌우는 벽으로 막혀 있다.

페즈를 쓰고 양복 차림인 이동욱은 턱수염까지 기르고 있어서 에레나와 잘 어울렸다.

별장을 한 바퀴 돌아보는 데 한 시간 가깝게 걸렸기 때문에 에레나는 지친 기색이 역력했다.

이동욱이 에레나와 함께 안가로 돌아왔을 때는 오후 10시 반이다.

지친 에레나를 놔두고 이동욱이 응접실로 메이슨과 잘라드를 불렀다.

"12시에 출발한다."

이동욱이 둘을 번갈아 보면서 말했다.

"오전 1시에 침투, 오사마를 없애는 거다. 늦어도 3시에는 끝내기로 한다."

이곳에서 '붉은 별장'까지는 걸어서 30분이면 도착한다.

이동욱이 탁자 위에 펴 놓은 지도를 손으로 짚었다.

"동서쪽 부속채가 1시 정각에 폭발할 거야. 그리고 본관 동쪽의 절반과 서쪽의 담장까지 폭발로 무너질 거다."

둘은 숨을 참았고 이동욱의 말이 이어졌다.

"그와 동시에 우리는 무너진 서쪽 담장을 통해서 별장에 진입, 남아 있는 본관의 서쪽을 친다."

이동욱의 손이 본관의 서쪽, 지도의 오른쪽을 짚었다.

오사마의 숙소다.

말을 마친 이동욱이 위성 통신기를 잡아당겼다.

커트에게 마지막 통신을 하려는 것이다.

11시 반에 에레나는 오빠 마르코의 전화를 받는다.

"에레나, 아버지와 어머니가 도착하셨다고 방금 전화가 왔다."

레바논에 도착했다는 말이다.

"알았어요, 오빠."

에레나가 들뜬 목소리로 말했다.

"오빠도 내일 중에 가야 돼."

"오전 11시 비행기야. 그러니까 9시까지 공항에 도착할 거다."

마르코 가족은 아이들이 둘이다.

그래서 다마스쿠스에서 비행기로 레바논에 가려는 것이다.

통화를 끝낸 에레나가 어깨를 늘어뜨렸다. 이제는 레바논에서 다시 만날 일만 남았다.

오후 11시 45분.

별장 2층의 응접실에서 오사마가 알바그다디에게 물었다.

"사망자가 몇 명이라고?"

"중상자에서 6명이 더 죽었기 때문에 사망자는 47명입니다."

알바그다디가 어깨를 펴고 오사마를 보았다.

"리스타 요원들이 대거 몸바사로 몰려 왔지만 무사르는 현장에서 빠져나갔습니다."

"어디로 갔나?"

"그건 저한테 밝히지 않았습니다."

오사마가 지그시 알바그다디를 보았다.

"너, 각오는 하고 있는 거냐?"

"대비하고 있습니다."

"리스타가 몸바사 사건으로 순순히 우리하고 협상을 해올까?"

"리스타는 대그룹입니다. 몸바사 현장은 리스타의 백만분의 일도 안 됩니다. 그것은 사방이 타깃이라는 의미지요."

알바그다디의 얼굴에 웃음이 떠올랐다.

"섣불리 전쟁을 선포하면 몸바사보다 몇 배의 타격을 입을 수가 있거든요."

"……."

"곧 리스타에 협상 제의를 할 것이고 응하게 될 것입니다."

그때 오사마가 소파에 등을 붙이면서 길게 숨을 뱉었다. 벽시계가 12시 30분을 가리키고 있다.

서쪽 담장의 높이는 7미터 정도, 마치 성곽 같다.

석벽으로 쌓아 올려서 대포를 쏴도 무너질 것 같지가 않다.

이동욱이 고개를 돌려 잘라드를 보았다.

"파편이 멀리 퍼질 거다. 폭격 시간은 1시에서 5분 동안이야."

잘라드는 고개만 끄덕였고 이동욱이 말을 이었다.

"일단 부속채가 폭파되면 경호병 태반은 당할 테니까 곧장 본관으로 진입하는 거다."

손목시계를 본 이동욱이 검은 하늘을 보았다. 검은 하늘에는 별도 떠 있지 않았다.

밤 12시 50분, 10분 후에 저 검은 하늘에서 미사일이 쏟아져 내릴 것이다. 드론에서 쏟아지는 미사일이다.

이동욱이 손에 쥔 AK-47의 탄창을 점검했다. 30발들이 탄창이다. 가슴에는 수류탄 4발을 매달고 있는 데다 탄창 4개를 허리에 찼다. 검은색 작업복 차림에 얼굴에는 두건을 덮어서 눈만 내놓았다. 잘라드와 메이슨도 마찬가지다.

그때 아래쪽에서 메이슨이 다가왔다. 어둠 속에서 다가온 메이슨의 두 눈만 번들거리고 있다.

옆에 엎드린 메이슨이 말했다.

"이상 없습니다."

이곳은 서쪽 담장에서 30미터쯤 떨어진 바위 밑이다.

바로 앞쪽이 바라다강이어서 비린 강 냄새가 바람결에 흘러들었다.

메이슨은 퇴로를 점검하고 온 것이다. 이곳에서 진입했다가 돌아갈 때는 아래쪽 강둑으로 내려가는 것이다.

이동욱이 둘을 번갈아 보았다.

"부상자는 남긴다. 내가 부상당하더라도 떠나도록."

벌써 몇 번째 하는 명령인지 모른다.

둘은 눈으로만 대답했다.

한 모금 차를 삼킨 오사마가 고개를 들었을 때다.

열린 창문 밖에서 휘파람 소리가 났기 때문에 오사마는 숨을 들이켰다.

익숙한 소리, 대구경 대포탄이 날아오는 소리다.

저도 모르게 찻잔을 내려놓은 오사마가 몸을 웅크린 순간.

"꾸꽝꽝꽝꽝!"

대폭발이 일어났다. 그러나 이곳은 아니다.

다른 곳, 근처가 폭발했다.

"공습!"

와락 소리친 오사마가 탁자 밑으로 상반신을 들이밀었다.

이런 때 체면 차리는 것은 미친놈이다.

그때.

"꾸꽝꽝꽝!"

"꽝꽝꽝!"

다시 대구경 포탄.

응접실 안에는 혼자뿐이었지만 오사마가 다시 소리쳤다.

"공습이다! 피해라!"

그러나 오사마는 피하지 않았다.

이럴 때 우왕좌왕하면 포탄에 맞을 확률이 더 높아진다.

더구나 포탄은 가까운 곳에서 떨어지고 있다.

벽과 천장에서 건물 부스러기가 쏟아져 내렸다.

다음 순간, 전기가 나가더니 다시 어둠 속에서 폭음.

"꾸꽝꽝꽝꽝!"

미사일이다.

그제야 오사마는 미사일인 줄 깨달았다.

폭격이 그치고 5초쯤 지난 후에 이동욱이 선두에 서서 서쪽 담장을 넘었다.

담장이 무너져서 걸어 올라갔다가 내려오면 되었다.

저택 안은 이제 아수라장이다.

앞쪽의 부속채는 불덩이가 되어 있었고 그 사이로 보이는 동쪽 부속채도 마찬가지다. 본관 동쪽도 절반은 무너졌다.

사방이 불바다였고 이쪽 부속채에서 겨우 기어 나온 사내들이 허우적거리고 있다. 그 사이를 이동욱이 내달렸고 잘라드, 메이슨의 순으로 뒤를 따른다.

"두루륵."

이동욱의 총구에서 처음 발사음이 울렸다.

바로 앞에서 나타난 사내가 눈을 둥그렇게 떴기 때문이다.

몸통에 3발을 맞은 사내가 뒤로 벌떡 넘어졌다. 소음기를 낀 발사음이어서 다른 소음에 묻혔다.

이동욱이 거침없이 본채 서쪽으로 달려갔다.

다시 앞쪽에 두 사내.

"두루루룩."

다시 발사된 6발이 두 사내를 쓰러뜨렸다.

손에 무기도 쥐고 있지 않았지만 '안녕하시오' 하고 지나갈 수는 없다.

"두르르륵, 두르륵."

뒤쪽 잘라드의 발사음.

이곳저곳에 불길이 솟아오르는 난장판이라 이동욱이 보지 못한 사내가 있었던 것 같다.

본채 현관은 절반이 무너졌고 안에서 사내 둘이 뛰어나오는 참이었다.

"두루루룩."

10미터 거리에서 쏜 이동욱의 총탄이 앞장선 사내를 맞췄는데 뒤쪽 사내가 땅바닥에 뒹굴었지만 손에 쥐고 있던 AK-47을 쏘았다.

기민한 반응이다.

"탓탓탓탓."

요란한 발사음이 저택을 울렸다.

외침과 비명, 여자의 울음소리 등으로 가득 찼던 저택에 총성이 울린 것이다.

이동욱을 겨누고 쐈지만 빗나갔다.

"두루룩."

이제는 5미터 거리로 다가간 이동욱이 다시 발사한 총탄이 사내의 머리를 부쉈다.

이동욱은 불길을 내뱉는 현관 안으로 뛰어 들어갔다.

그때다.

연기에 덮인 안쪽 계단에서 사내의 윤곽이 보였다.

"타타타타타타."

이번에는 그쪽에서 총성이 먼저 울렸다.

이동욱이 사내를 보자마자 엎드렸지만 늦었다.

가슴을 해머로 친 것 같은 충격이 왔고 이동욱은 옆으로 뒹굴었다.

방탄조끼를 입은 상태에서는 이런 충격을 받는다.

"두르르르륵."

뒤를 따르던 잘라드가 쏜 총탄이 계속 쏟아졌고 사내가 뒹굴었다.

"보스!"

잘라드가 소리치자 이동욱이 가슴을 문지르면서 일어섰다.

"됐다."

AK-47을 고쳐 쥔 이동욱이 연기를 헤쳐가면서 계단으로 다가갔다.

폭격이 그쳤을 때 탁자 밑에서 나온 오사마가 방으로 뛰어 들어온 경호원들에게 물었다.

"알바그다디는?"

"옆방에 있습니다."

경호원 하나가 소리쳤다.

"지도자님, 어서 이쪽으로!"

"어디로 말이냐?"

"아래층 지하실로 피신하시라고 합니다. 알바그다디 님도 그쪽으로 가신다고 했습니다!"

"서둘지 마라!"

낮게 꾸짖은 오사마가 옷에 묻은 먼지를 털었다.

이제 오사마는 이 폭격이 드론이 발사한 미사일이라는 것을 알았다.

오사마가 발을 떼었을 때다.

"타타타탓."

밖에서 첫 총성이 울린 것이다.

2층 계단을 뛰어오른 이동욱이 앞쪽 복도 위에 어른거리는 그림자를 보았다.

복도는 불길과 연기로 덮여 있었는데 양탄자에서 나오는 연기가 자욱했다.

방 안에 있으면 뛰어 나와야 한다.

이동욱이 가슴에 찬 수류탄을 빼내고는 벽에 붙어 섰다. 그러고는 안전핀을 이빨로 뽑아내고 기다렸다.

그때 뛰어 올라온 잘라드가 반대쪽 복도 벽에 등을 붙이고 섰다. 총구는 서쪽 복도를 향해 있다.

본관의 동쪽 건물이 불덩이가 되어 있기 때문이다. 복도는 무너져서 아예 보이지도 않는다.

그때 이동욱이 쥐고 있던 수류탄을 앞쪽 복도를 향해 던졌다.

"꽈꽝!"

엄청난 폭음과 함께 복도 중심 부분이 폭발했다.

남은 복도 길이는 20미터 정도. 그 중심 부분이 폭발했다.

"두루루루루루루."

그쪽을 향해 잘라드가 AK-47을 난사했다.

"찾아라!"

소리친 이동욱이 안으로 뛰었고 잘라드가 옆을 달린다.

아래층 로비.

부서진 기둥에 몸을 붙인 메이슨의 등 쪽은 부서진 본관 동쪽이다.

메이슨의 역할은 이동욱, 잘라드의 뒤를 받치는 것이다. 적을 차단시켜야 한다.

이동욱과 잘라드가 2층으로 올라간 후에 수류탄 폭발과 이쪽의 발사음이 울리고 나서 주위가 갑자기 조용해졌다. 밖에서의 외침도 뜸해졌다.

여기까지 오면서 붉은 별장의 동, 서쪽 부속채가 완전히 붕괴되었고 본관의 절반인 동쪽이 무너져 있는 것을 확인했다.

밖에 나와 있는 사내들은 10여 명, 그중 여섯을 죽이고 본관에 진입한 것이다.

본관의 서쪽 부분을 남긴 것은 그곳을 숙소로 삼고 있는 오사마를 직접 사살하려는 의도다.

그때 메이슨은 반쯤 부서진 현관 안으로 뛰어드는 두 사내를 보았다.

둘 다 손에 AK-47을 움켜쥐고 있다.

그 순간이다.

메이슨이 10미터 앞의 두 사내를 향해 방아쇠를 당겼다.

"두루루루루루루."

10미터 거리.

둘이 사지를 흔들면서 쓰러졌다.

"투루루륵."

다시 확인 사격.

그때 또 하나가 뛰어 들어왔다. 사내는 앞쪽 두 사내가 쓰러지는 것을 본 것 같다.

"타타타타타타타."

사내가 쏘아 갈긴 총탄이 메이슨의 옆쪽 기둥에 맞고 튀었다.

"두르르르륵."

메이슨이 맞섰고 머리통이 박살난 사내가 옆쪽 불구덩이 속으로 떨어졌다.

좌우의 문은 모두 6개. 그중 우측 2개는 부서져서 안에서 연기가 피워 오르고 있다.

이동욱은 우측 맨 끝의 문으로 달려갔다. 그곳이 오사마의 침실인 것이다.

오른쪽으로 스치고 지나는 방 2개는 비었다. 연기 속에 남아 있을 수는 없다.

그때 좌측 닫힌 첫 번째 문을 박차고 들어간 잘라드가 총을 난사했다.

"두르르르르르르."

그 총성을 들으면서 이동욱이 맨 끝 방 문 앞에 멈춰 섰다.

숨을 고른 이동욱이 발길로 문을 걷어찼다.

"우직."

고리 부서지는 소음이 울리면서 문이 활짝 열렸다.

연기는 없다.

"이쪽으로!"

소리친 차르바가 손으로 앞쪽을 가리켰다. 본관 서쪽이다.

"뒤를 막아! 안에 습격자가 있어!"

차르바는 행동대 간부 중 하나로 이번 폭격에서 살아남았다. 살아남은 간부 중 하나인 것이다.

차르바의 명령으로 행동대 4명이 그쪽으로 달려갔다.

"나머지는 날 따라와!"

차르바가 AK-47을 고쳐 쥐고 현관을 노려보았다.

사방의 불길은 더 거칠어졌고 바람결에 불씨가 흩날렸다.

이제 무질서한 고함, 비명은 사라졌다.

가끔 울리는 사내들의 외침은 화재를 진압하고 사상자를 수습하려는 것이다.

한 걸음 더 다가간 차르바가 주머니에서 수류탄을 꺼내 안전핀을 뽑았다.

현관 안쪽에 쓰러진 사내들이 보인 것이다. 총에 맞아 쓰러졌다.

"안에 서너 명이 들어갔습니다."

부하 하나가 옆에서 말했다.

"안에서 기다리고 있습니다."

차르바가 숨을 골랐다.

현재 모인 부하는 모두 14명, 나머지는 다 폭사했고 부상으로 땅바닥에 누워 있다.

고개를 돌린 차르바가 뒤를 보았다.

"지도자님은?"

"안에 계십니다."

누군가 소리쳐 대답했다.

그들은 불에 타고 있는 본관 동쪽의 정원 바위 옆에 모여 서 있다.

정원의 바위가 불길을 가로막아 주는 것이다.

차르바가 다시 물었다.

"알바그다디 님은?"

"같이 계실 겁니다."

대답을 들은 차르바가 수류탄을 쥔 손을 치켜올리면서 달려갔다.

그 뒤를 사내들이 따른다, 모두 8명.

현관으로 다가간 차르바가 수류탄을 안으로 던졌다.

"쾅!"

수류탄이 계단 밑에서 폭발하면서 옆의 기둥이 무너져 내렸다.

로비는 아직도 불길과 연기로 가득 차 있었기 때문에 5미터 앞도 보이지 않는다.

2층으로 올라가는 계단도 절반쯤만 드러나 있다.

폭음과 함께 다시 총성.

"타타타타타타타타."

로비 안으로 IS가 진입했다.

"비었다."

방에서 나온 이동욱이 잘라드에게 말했다.

그때 로비에서 올라온 메이슨이 가쁜 숨을 뱉으며 말했다.

"보스, 아래층으로 놈들이 몰려왔습니다. 떠납시다."

"아니. 어디 숨었을 텐데."

그때 다시 아래층에서 총성이 울렸다.

"타타타타타타타타타!"

그리고 외침.

"찾아라!"

"보스, 갑시다."

이번에는 잘라드가 말했을 때다.

이쪽으로 연기가 구름처럼 몰려오면서 불길이 번져 왔다.

그때 이동욱이 말했다.

"너희들은 여기서 지켜."

"보스, 어떻게 하시려고."

메이슨이 묻자 이동욱이 옆쪽 응접실로 몸을 돌렸다.

"내가 다시 수색하고 올 테니까 5분만 기다려."

메이슨과 잘라드가 미처 입을 벌리기도 전에 이동욱은 연기 속으로 사라졌다.

응접실이다.

응접실은 넓어서 벽에 서랍장이 붙어 있고 한쪽 벽은 벽 전체를 카펫으로 장식했다.

폭격에 대한 진동으로 건물이 비틀어져서 서랍장 절반은 무너진 데다 연기가 위쪽으로 뿜어 나온다. 테이블도 비틀어졌고 의자도 넘어진 상태다. 그러나 넓다.

이동욱이 총신 끝으로 늘어진 카펫을 끌어 내렸다. 그러자 위쪽에 매달려 있던 카펫이 뜯어지면서 벽이 드러났고, 벽 한쪽의 문이 드러났다.

사람 하나가 겨우 들어갈 만한 크기의 쪽문이다.

벽과 같은 색깔이었고 문의 손잡이도 없지만, 폭발로 벽에 금이 갔기 때문에 문틈이 벌어져 있다. 그래서 문이 드러난 것이다.

이동욱이 어금니를 물었다. 이곳이다.

"여기다!"

이동욱이 밖에 대고 소리쳤다.

비밀통로다.

나무 계단을 20미터쯤이나 내려간 후에 다시 지하 통로를 1백 미터쯤 전진했을 때 10평 정도의 휴게실이 나왔다. 휴게실에서 다시 20미터를 올라가면 동쪽 부속채가 나오는 것이다.

이곳은 휴게실 안.

오사마가 경호원 셋과 함께 둘러앉아 있다.

경호원 하나가 내려온 참이다.

"불길이 식을 때까지 기다려야겠습니다."

사내가 보고했다.

"지금 나가면 불구덩이 속으로 들어가는 꼴이 됩니다."

"알바그다디는 나갔나?"

"예, 조금 전에."

사내의 얼굴이 일그러졌다.

"우리가 조금 늦었습니다. 그때는 불기둥이 문 앞쪽에 쓰러지지 않았습니다."

"……."

"제가 문 앞으로 갔을 때 기둥이 넘어지는 소리가 났습니다."

"……."

"다행히 문이 철문인 데다 밖에서 공기도 들어오지 않습니다."

"습격자가 저쪽으로 들어오지 않을까?"

오사마가 눈으로 옆쪽 문을 가리켰다.

경호원들이 긴장했고 그중 선임자가 AK-47을 고쳐 쥐더니 사내 하나에게 말했다.

"네가 밖에 나가서 경비해."

하나가 AK-47을 움켜쥐고 문으로 다가갔다.

복도 밖에서 지키려는 것이다.

통로를 따라 전진하던 이동욱이 먼저 밖으로 나온 사내를 보았다.

통로는 폭이 2미터, 높이 2.5미터 규모로 구불구불했기 때문에 막 모퉁이를 꺾어졌을 때 사내를 본 것이다.

거리는 10미터 정도. 사내는 AK-47을 쥐고 있다.

거의 동시에 사내도 이동욱을 보았지만 반응은 이동욱이 빨랐다. 방아쇠를 당기는 손가락의 반응.

"두루루루룩."

발사음과 함께 날아간 총탄이 사내의 몸통에 한 발도 빗나가지 않았다.

사내가 총격을 받고 벽에 몸을 부딪치면서 쓰러졌다.

방 안에서 밖의 발사음은 들리지 않았다. 문이 두껍고 소음기를 낀 발사음 때문이겠지.

방 안에 있던 오사마는 조금 초조한 분위기. 고개를 든 오사마가 경호원에게 말했다.

"밖을 한 번 보고 와."

경비원이 바깥쪽 통로의 문으로 다가갔을 때다.

안쪽 문이 벌컥 열리더니 사내 하나가 들어섰다.

손에 AK-47을 쥐고 있다.

"움직이지 마!"

사내의 외침이 방에 울렸다.

그러나 경호원들이 그 말을 들을 리가 없다.

전장(戰場)에서 외침 소리에 움직임을 멈추는 병사가 있겠는가?

경호원들이 즉각적으로 반응했고 제각기 총구를 이쪽으로 돌렸다.

"두르르르르르륵."

발사음과 함께 경호원들이 사지를 휘저으면서 쓰러졌다.

쓰러지면서 꿈틀거리는 경호원들을 향해 사내는 다시 방아쇠를 당기는 것이었다.

"두르르르륵."

그때 방 안으로 다른 사내 둘이 더 들어왔다.

이동욱이 나이든 사내에게 총구를 겨누었다.

"너, 오사마지?"

"그렇다."

의자에 앉은 채로 사내가 바로 대답했다.

주위에 경호원 셋의 시체가 널브러져 있는데도 눈 한 번 깜빡하지 않는다.

60대쯤의 사내, 쑵 위에 양복저고리를 입었고 페즈를 썼다. 턱수염은 반백이고 주름진 얼굴, 그러나 눈빛은 강하다.

이동욱이 다가가 섰다.

"내가 누군지 알겠나?"

"리스타로군."

오사마가 똑바로 이동욱을 보았다.

"리스타 용병이지?"

"맞다. 내가 요즘 테러를 일으키는 아프리카 리스타의 용병단장이다."

"네가?"

오사마의 눈이 커졌다가 곧 고개를 끄덕였다.

"네가 그 코리안이군."

그때 이동욱이 고개를 돌려 메이슨을 보았다.

"탈출구를 봐."

오전 1시 30분, 폭격 이후 30분이 지난 셈이다.

그때는 소방차와 경찰이 몰려와 있는 상황이다.

불길은 본관 서쪽까지 태우는 중이어서 소방차는 그쪽으로 몰려가 있다.

"대장님, 동쪽 부속채에서 불길이 또 솟았습니다."

부관이 소리쳐 보고했을 때 아크란이 버럭 화를 냈다.

"시체 확인이나 해! 오사마는 아직 못 찾았어?"

"형체를 알 수 없는 시신이 40구가 넘습니다."

"총에 맞은 놈은?"

"9명입니다. 수류탄 폭발도 있었다니까 습격을 받은 겁니다."

"젠장."

투덜거린 아크란이 불길을 피해 한 걸음 뒤로 물러섰다.

아크란은 다마스쿠스 제3구 경찰서장으로 이 지역 책임자다.

폭발이 일어나고 전 경찰력을 동원했지만, 불구덩이 안에서 시체를 끄집어내고만 있을 뿐이다.

그때 경찰들이 사내 하나와 함께 다가왔다.

머리칼이 불에 그슬렸고 찢어진 옷에는 검댕이 묻어 있다.

별장에 있던 IS 요원이다.

"확인했소?"

아크란이 묻자 사내가 고개를 저었다.

"몇 명이 실종되었는지 모르겠소."

"아, 글쎄. 총원이 몇인지도 모른단 말요?"

버럭 소리친 아크란에게 이번에는 사내가 맞받아 고함을 쳤다.

"그건 지도자님만 안단 말이오! 나 같은 졸자는 모른다니까 그러네!"

사내는 경찰과 함께 생존자 파악을 하고 왔지만 전체 숫자를 모르는 터라 눈에 보이는 숫자만 센다.

그때 경찰 하나가 다가와 보고했다.

"현재 시신 54구, 생존자 18명. 18명 중 별장 종업원이 4명입니다."

이뿐이다. 불구덩이 안에 몇 명이 재가 되었는지, 몇 명이 사라졌는지 알 수가 없는 것이다. 그러나 드러난 시신만 54구다.

거기에다 별장에 투숙했던 IS의 지도자 오사마도 보이지 않는다. 십중팔구 지금도 타오르고 있는 불구덩이 속에서 화장되어 있을 것이다.

"IS가 당했군."

중얼거린 아크란이 고개를 들어 하늘을 올려다보았다.

이 폭격은 드론이 미사일을 날린 것이다.

그 드론이 CIA 소유인지 리스타 소유인지는 확실하지 않다.

본채 서쪽의 응접실로 들어간 소방관 3조는 4명.

본채 서쪽도 이미 폐허가 되었지만, 불길이 더 번져가지 않도록 차단시켰다.

도끼로 마룻장을 뜯어내 벽을 허물어서 불길을 끊은 것이다.

"젠장, 담배 한 대 피우자."

도끼를 내던진 커먼스가 무너진 벽 모퉁이에 엉덩이를 걸치면서 말했다.

"다 부서져서 집어 갈 것도 없네."

투덜거린 커먼스가 담배를 꺼내 입에 물었다. 그러고는 라이터를 찾았지만 없다. 짜증이 난 커먼스가 앞에 선 죠란을 보았다.

"죠란, 라이터 있어?"

"내가 담배 안 피우는 거 몰라?"

퉁명스럽게 대답한 쵸란이 옆쪽 방바닥에 앉았다.

이곳은 응접실 입구다.

"젠장. 불난 집에 불이 없다니."

짜증이 난 커먼스가 복도에 있는 아룬에게 소리쳤다.

아룬은 담배를 피우지 않는다.

"아룬! 저쪽에 가서 불붙은 나무토막이나 하나 가져와!"

"여기선 안 돼요, 조장. 계단이 부서져서 뒤쪽 사다리를 타고 가야 돼."

"이런, 젠장."

그때 다른 조원 마하비가 웃음 띤 얼굴로 들어왔다.

"어때? 다시 불이 나기를 기다렸다가 담뱃불을 붙이지그래? 계단 밑에 불씨가 있는 것 같으니까 말야."

그때 어깨를 부풀렸던 커먼스가 입을 딱 벌렸다.

바로 앞쪽 벽이 갑자기 무너진 것 같았기 때문이다.

눈앞에서 벽이 '뻥' 뚫렸으니 놀랄 수밖에.

그 순간이다.

그 뚫린 구멍 안에서 사내 하나가 나왔다. 더욱이 손에는 AK-47을 쥐었다.

"엇."

그때는 옆에 앉았던 쵸란도 보았다.

"누구야?"

엉겁결에 쵸란이 그렇게 물었을 때다.

"두루룩. 두루룩."

총탄이 발사되었고 커먼스와 쵸란이 바로 앞에서 쏜 총탄에 맞았다.

"두루룩. 두루룩."

총구를 아룬과 마하비에게 돌린 사내가 다시 사격을 했고 이번에도 한 발도 빗나가지 않았다.

"두룩. 두룩."

쓰러진 마하비가 꿈틀거렸기 때문에 다시 확인 사살을 했다.

잠시 후에 소방관 셋이 본관 서쪽 벽에 걸린 사다리를 타고 내려왔다.

소방관 제복을 입은 셋은 곧장 소방관들 사이에 묻히더니 어둠 속에서 보이지 않았다.

그때 꺼졌던 본관 서쪽 부분에서 불길이 솟더니 맹렬하게 타오르기 시작했다. 소방관들은 건물이 다 부서져 있었기 때문에 놔두었다.

이동욱이 안가로 돌아왔을 때는 오전 3시 무렵이다.

기다리고 있던 에레나의 차에 오른 넷은 곧장 국경을 향해 달렸다.

오전 7시.

국경에서 이동욱과 메이슨, 잘라드가 내렸고 에레나는 차를 갖고 나탄으로 돌아갔다. 오빠 식구와 함께 비행기로 베이루트에 가려는 것이다.

이동욱과는 베이루트에서 만나기로 했다.

도로에서 국경까지는 6킬로.

날이 밝았지만 셋은 잡초 사이를 헤치고 산을 올랐다.

험한 산이다. 그래서 밀입국자들도 피하는 코스다.

셋은 작업복에 배낭을 멘 차림으로 무기는 배낭에 넣었다.

나무가 우거진 짙은 숲을 헤치면서 셋은 능숙하게 산을 오른다.

"예상외의 소득이 있었어."

발을 떼면서 이동욱이 말을 이었다.

"알바그다디라는 놈의 존재를 알게 된 것만 해도 엄청난 소득이야."

"시체는 발견될까요?"

뒤를 따르던 메이슨이 물었다.

"소방관 시체도 통로에 넣었는데 함께 발견될지도 모르겠네요."

이동욱은 대답하지 않았다.

지금 배낭에는 오사마의 육성 테이프가 들어 있다.

오사마의 사진도 있다. 증거를 남기려고 준비해간 것이다.

오사마는 죽기 전에 자진해서 진술을 했다.

유언이라고 해도 될 것이다. 이동욱에게 처형당할 줄을 알면서도 뱉은 유언인 것이다.

IS를 창립했던 정의(正義)가 변질된 것에 대해서 분했던 것이 유언을 남긴 이유다.

오전 11시.

숲을 통해서 국경을 돌파했다.

이곳은 레바논 국경에서 5킬로 정도 떨어진 민가의 방 안, 셋이 둘러앉아 있다.

배낭에서 녹음기를 꺼낸 이동욱이 버튼을 눌렀다. 그 순간, 오사마의 목소리가 울렸다.

"IS의 지도자가 되어 있는 알바그다디는 위험한 존재다. 나는 IS의 창립자로서 알바그다디의 축출을 선언한다."

셋은 숨을 죽였고 오사마의 목소리가 이어졌다.

"IS의 동지들이여, 들으라. IS는 알라신을 받들고 아랍인과 평화공존을 해야만 한다. 나를 따른다면 테러는 중지하고 평화공존을 하라."

오사마의 목소리에 열기가 띠어졌다.

"알바그다디는 내 후계자가 아니다. 알바그다디는 살인자다. IS를 멸망시키는 배신자다. IS 동지들이여! 알바그다디를 축출하라! 알라신의 이름으로 명한다!"

그때 이동욱이 버튼을 눌러 녹음기를 껐다.

"이것을 방송으로 보도해야 한다."

"대단한 소득입니다."

메이슨이 상기된 얼굴로 말했다.

"오사마뿐만이 아니라 IS를 제압한 것이나 같습니다."

"아니야."

이동욱이 고개를 저었다.

"알바그다디라는 괴물이 남아 있어. 오히려 그놈의 전의(戰意)를 일으킨 셈이 될지도 모른다."

"오사마의 유언을 듣고도 IS 대원들이 알바그다디를 따른단 말입니까?"

잘라드가 묻자 이동욱이 고개를 끄덕였다.

"협박에 의해서 진술한 것으로 뒤집을 수도 있을 테니까."

"어쨌든 IS의 지도자 오사마는 사살하고 유언까지 받았습니다."

메이슨이 일단 마무리를 했다.

TV에는 '다마스쿠스의 대폭발'이라고 보도되었다.

IS는 전혀 언급되지 않았다.

"바라다 강변의 대통령 별장인 '붉은 별장'이 대폭발을 일으켜 종업원 수십 명의 사상자가 발생했다."

이렇게 보도된 것이다.

숫자도 제대로 나타내지 않았고 별장에 있던 사상자가 '별장 종사자'인 것처럼 표현됐다. 폭발 원인도 '조사 중'이라고 했다.

사건을 축소시켜 버린 것이다. 시리아 정부니까 그 정도가 가능했다.

IS는커녕 오사마의 '오' 자도 방송, 신문에 나오지 않았다.

그러나 이곳은 소말리아의 모가디슈.

모가디슈항 끝 쪽의 여관방 안에 대여섯 명의 사내가 둘러앉아 있다, 모두 침통한 표정. 그 중심에 앉아 있는 사내가 바로 무사르다.

몸바사에서 이곳으로 와 있는 것이다.

무사르가 충혈된 눈으로 사내들을 보았다.

"지도자께선 전사하셨다. 빠져나오지 못하셨어."

모두 침묵했고 무사르의 말이 이어졌다.

"대부분의 전사들도 당했어. 하지만……."

숨을 들이켠 무사르가 고개를 들었다.

"알바그다디 님은 건재하셔."

"연락 받으셨습니까?"

하나가 묻자 무사르의 얼굴에 쓴웃음이 떠올랐다.

"내가 확인했어."

"이번에 공격한 놈이 누굽니까?"

"이동욱."

"확인되었습니까?"

"1개 팀이 기습해왔어."

모두 숨을 죽였고 무사르의 말이 이어졌다.

"그리고 먼저 드론으로 미사일을 퍼부었어. 시리아 정부는 드론 이야기를 안

했지만 말야."

"……."

"리스타도 드론을 운용한다는 소문이 있어. 하지만 이건 CIA가 보낸 드론 같다."

"……."

"리스타와 미국, 특히 CIA와는 동맹 관계니까."

무사르의 두 눈이 번들거렸다.

"우리가 몸바사를 공격한 것에 대한 보복을 받은 거다."

어깨를 늘어뜨렸다가 세운 무사르가 말을 이었다.

"그 몇 배의 보복을 받은 건데. 이것으로 끝내지 않을 거다."

모두 입을 다물고 있다.

"리, 나다."

해밀턴의 목소리가 울렸다. 이곳은 베이루트의 지사 사무실 안.

이동욱이 해밀턴에게 전화를 한 것이다.

"잘했다."

해밀턴이 대뜸 말했다.

"만났지?"

오사마를 만났느냐고 묻는 것이다.

그때 이동욱이 목소리를 낮췄다.

"예, 오사마의 유언을 들려드리지요."

"뭐라구?"

"유언을 남겼습니다."

해밀턴이 숨을 삼켰고 곧 송화구에 대고 이동욱이 녹음기의 버튼을 눌렀다.

곧 오사마의 목소리가 사무실을 울렸다.

오후 3시 반, 창밖은 청명한 날씨다.

방 안에는 다비드까지 모여 있었지만 모두 숨을 죽이고 있다.

이윽고 오사마의 녹음이 끝났을 때 해밀턴이 말했다.

"우리도 알바그다디의 존재를 알고는 있었지만, 이제는 그놈 이름이 공식적으로 드러나게 되었군."

"오사마는 알바그다디의 행동을 막지 못하고 끌려간 것 같습니다."

"그래서 이렇게 유언을 남겼겠지."

"이 테이프를 IS 측에 넘겨야 할 텐데요."

"서둘러 무사르와 알바그다디부터 찾아야겠다. 그리고 그 테이프도 동시에 터뜨려야지."

해밀턴이 말을 이었다.

"카이로에서 보자."

그러고는 덧붙였다.

"네 팀원들에게 수고했다고 전해라."

옆에 서 있던 메이슨, 잘라드도 다 들었다.

오후 4시 반이 되었을 때 이동욱이 베이루트 시내의 칼빈스호텔 로비로 들어섰다. 시내 중심부지만 골목 안에 있는 작고 아담한 호텔이다.

20평쯤 되는 로비 안쪽의 소파에 7명의 가족이 둘러앉아 있다가 들어서는 이동욱을 보더니 일제히 일어섰다. 에레나의 가족이다.

모두 정성껏 옷을 차려입었지만 영락없는 피난민이다. 아이들도 주눅이 들어서 제 엄마 옆에 딱 붙어 있다.

다가간 이동욱이 웃음 띤 얼굴로 에레나의 부모에게 먼저 인사했다.

"레바논에서 당분간 머물도록 하시지요. 이곳에 우리 지사가 있으니까요."

이동욱이 먼저 에레나의 아버지 야스로에게 말했다.

"우리 지사장이 도와줄 것입니다."

"감사합니다."

야스로가 고개를 숙였다.

"우리 가족이 큰 은혜를 입습니다."

"천만의 말씀입니다."

이동욱의 시선이 에레나를 스치고 지났다.

"우선 이곳에 주택을 얻으시고 살 궁리를 하시는 게 낫겠습니다."

인사를 마친 이동욱이 에레나와 함께 호텔 현관 밖으로 나왔다.

이동욱이 주머니에서 쪽지를 꺼내 에레나에게 내밀었다.

"이거, 네 계좌번호하고 비밀번호야. 베이루트의 아메리카 은행 지점장 벤 존슨한테 연락하면 돼."

에레나가 쪽지를 받았을 때 이동욱이 말을 이었다.

"벤 존슨의 전화번호까지 적혀 있어. 네 계좌에 1백만 불을 입금해 놓았으니까 언제든지 찾을 수 있어."

숨을 들이켠 에레나가 이동욱을 보았다.

"고마워요."

에레나의 두 눈이 흐려졌다.

"내가 이렇게 과분한 보상을 받을 만한 일을 했어요?"

"내가 받을 보너스에서 나눠주는 거다. 난 나눠줄 가족이 없어."

이동욱이 말을 이었다.

"곧 레바논 지사장 다비드가 널 찾아올 거다. 다비드가 도와줄 거야."

"……."

“난 오늘 밤에 레바논을 떠난다. 무슨 일이 있으면 다비드한테 연락해, 나하고 바로 연결되니까.”

이동욱이 에레나의 어깨를 가볍게 만지고는 몸을 돌렸다.

에레나와 시선을 마주치지 않았다.

밤 11시 반, 카이로, 구시가지의 2층 저택 안.

이동욱이 1층 응접실로 들어가자 소파에 앉아 있던 해밀턴이 자리에서 일어섰다. 해밀턴은 두 사내와 함께 있었는데 보좌관이다.

인사를 마친 둘이 자리에 앉았을 때 해밀턴이 말했다.

“네 덕분에 IS의 알바그다디 존재가 드러났어. 이제 각국의 수사기관, 정보기관이 알바그다디를 추적하는 중이야.”

정색한 해밀턴이 말을 이었다.

“알바그다디와 무사르가 접촉하고 있을 거야. 이제는 두 놈을 잡아야 돼.”

“그렇습니다.”

이동욱이 탁자 위에 녹음테이프를 내려놓았다.

“오사마도 그렇게 증언했습니다. 여기 전문이 있습니다.”

“굿.”

해밀턴이 커다랗게 고개를 끄덕이고는 녹음테이프를 보았다.

“이것이 이번 작전의 가장 큰 성과야. 오사마가 이렇게 육성 유언을 남길지는 전혀 예상하지 못했어.”

이 테이프는 CIA와 전 세계의 정보기관이 공유하게 될 것이다.

깊은 밤, 응접실에는 이제 해밀턴과 이동욱, 둘이 남았다.

탁자 위에는 위스키 병과 마른안주가 놓여 있다.

술잔을 든 해밀턴이 이동욱을 보았다.

"IS가 '아프리카 사업'을 방해하면서 전 세계의 관심이 집중되었다. 하지만 이민 신청이 대폭 감소하는 현상이 일어나고 있단 말야."

"당연하지요."

"리스타의 성장에 위협을 느끼는 국가와 조직이 늘어나고 있어. 테러 단체뿐만이 아냐. 리스타연합의 기반이 굳어지면 제3세력이 된다는 우려가 미국 내부에서도 일어나고 있어."

해밀턴의 눈빛이 강해졌다.

"IS의 알바그다디가 그 흐름을 읽고 있는지도 모른다. 그래서 우리는 서둘러 그놈과 무사르를 잡아 처단해서 기반을 굳혀야 한다."

"알겠습니다."

이동욱이 고개를 끄덕였다.

"서둘러서 두 놈을 잡지요."

그때 해밀턴이 앞에 놓인 녹음기를 집어 들었다.

"난 이것을 적극 활용해서 IS의 잔당을 와해시키겠다."

홍해를 빠져나온 알바그다디가 예멘의 아덴에 도착했을 때는 밤 11시경이다. 아덴 서북쪽 조그만 어항에 25톤급 어선이 정박했을 때 소리 없이 사람들이 모였다. 배에서 10여 명의 사내가 내렸고 사람들에 둘러싸였다.

어둠 속에 사내들의 얼굴 윤곽이 드러났다.

배에서 내린 알바그다디가 앞으로 다가온 무사르를 향해 두 팔을 벌렸다.

"무사르."

"알바그다디 님."

부둥켜안은 채 둘은 한동안 떨어지지 않았다.

인사를 마친 둘은 대기시킨 차에 올랐고 일행들과 어둠 속에 묻혀 있는 차 안으로 미끄러져 들어갔다.

이윽고 차량 대열은 어항에서 사라졌다.

차 안에서 알바그다디가 무사르에게 물었다.

"오사마 님 유언이라는 녹음테이프 들었나?"

"예, 알바그다디 님. 들었습니다."

무사르가 알바그다디를 보았다.

차 안의 어둠 속에서 무사르의 두 눈이 번들거렸다.

"오사마 님이 놈들에게 협박을 당하신 것 같습니다."

"……."

"그렇게 말하라고 했겠지요. 놈들의 고문을 견뎌낼 수는 없습니다."

"오사마 님이 약해지시긴 했어."

외면한 알바그다디가 말을 이었다.

"앞으로 우리는 더 철저하고 잔인하게 대응할 거다."

"예, 알바그다디 님."

"오사마 님의 복수다."

"그래야지요."

"우리를 돕겠다는 세력도 있어."

숨을 죽인 무사르를 향해 알바그다디가 길게 숨을 뱉었다.

"리스타의 급성장에 반미 단체들이 결속하게 된 것이지. 전화위복이야."

차 안에 정적이 덮였다.

알바그다디는 다마스쿠스의 '붉은 별장'에서 부하 셋만 데리고 탈출했던 것이다.

'붉은 별장'에 머물던 오사마와 IS 요원 73명이 전멸했다.

시리아의 언론은 일절 보도하지 않았지만, 각국의 정보기관은 이미 IS 요원이 전멸했다는 것을 안다.

다시 카이로.

이동욱이 리스타 빌딩의 회의실에서 회의를 주재하고 있다.

옆에는 김여진, 박기준, 고영수 등 측근이 둘러앉아 있다.

'리스타 용병단' 간부 회의다.

이동욱은 리스타연방의 용병단장으로 각국의 '연합' 지부장을 소집한 것이다.

오전 10시.

먼저 케냐의 지부장 허드슨이 보고한다.

"몸바사 훈련장 폭사 사건 후에 현장 출입자 경비를 강화했습니다. 나이로비 훈련장에는 2중 출입구를 설치했습니다. 자체 경비원을 2배로 늘렸는데 현지 인력으로 보충했습니다."

이동욱이 고개를 끄덕였고 이번에는 카이로 지부장 아바스가 입을 열었다.

"이집트에 이민자가 4만 명 가깝게 입국했는데 그중 북한 이민자가 3천 명 정도로 증가했습니다. 앞으로는 더 늘어나겠지요. 그런데 북한 이민자들까지 조직을 결성하고 있습니다."

그때 알제리의 지부장이 말했다.

"알제리에도 북한 이민이 6백 명입니다. 그런데 이미 조직이 결성되어서 매주 비밀 회동을 하고 있습니다."

"에티오피아도 마찬가지입니다."

에티오피아 지부장이 말했을 때 김여진이 나섰다.

"그렇다면 각국의 북한 이민 조직에 대한 자료를 모두 보내주세요."

김여진이 정리를 했다.

"IS에 대한 대책 회의를 계속합시다."

지금까지 김여진이 이동욱 대신으로 각국 지부 관리를 해 온 것이다.

이동욱이 입을 열었다.

"알바그다디가 무사르와 함께 다시 테러를 일으킬 거요. 지금은 IS와의 전쟁 중이나 마찬가지 상황이니까 긴장을 풀지 말도록."

오늘은 지사장을 모아 놓고 경각심을 높이려는 의도다. 지사장들은 이동욱이 다마스쿠스에 다녀온 줄을 아는 것이다.

회의가 끝났을 때 이동욱이 박기준, 고영수에게 말했다.

"너희들이 각국의 북한 조직을 조사해보도록."

이동욱이 말을 이었다.

"팀으로 나누어서 조사하고 그 조직을 사전에 분해해야 될 거야."

"알겠습니다. 고 부장하고 각 지역을 분담해서 맡기로 하지요."

선임인 박기준의 얼굴이 찌푸려졌다.

"산 넘어 산이네요. IS도 아직 남아 있는데 북한이 무슨 짓을 하려는지 모르겠습니다."

"적화통일이죠."

김여진이 바로 대답했다.

"지금은 남북화해 시대지만, 그 사상은 변하지 않았어요. 우선 밖에서부터 주도권을 잡고 나서 통일을 이룰 수도 있을 테니까요."

국정원 팀장 출신인 김여진이다.

김여진이 이동욱을 보았다.

"그동안에 북한계 이민자들의 활동이 활발해졌습니다. 리스타에서 일단 이민을 온 후에는 경제 관련 후원과 안전만 책임지는 관계로 활동이 자유롭기 때문이죠. 그래서 북한계 조직이 빠르게 결성되는 중입니다."

그때 이동욱이 고개를 들었다.

"한국계 조직은?"

"결성 중입니다."

김여진이 손목시계를 보는 시늉을 했다.

"지금 기다리고 있을 겁니다."

잠시 후에 방으로 들어선 여자는 30대 중반쯤으로 단발머리의 미모다.

까무잡잡한 피부, 날씬한 체격, 가는 눈이 반짝였다.

이름은 강영주. 36세, 인민군 중위 출신으로 14년간 군 생활을 했다.

카이로에 이민을 온 것은 3달째. 구시가지에 식료품 가게를 오픈했는데 리스타에서 15만 불 융자를 받았다.

예의 바르게 고개를 숙여 인사를 한 강영주가 앞쪽 의자에 앉았다.

이동욱의 좌우에 박기준과 김여진이 앉아 있다.

김여진은 강영주와 만난 적이 있기 때문에 먼저 입을 열었다.

"여기 단장님이 계시니까 다시 이야기하는 부분도 있을 거예요. 강영주 씨는 아직 미혼이시죠?"

"그렇습니다."

강영주가 빤히 김여진을 보았다.

"혼자 있는 게 편해요."

고개를 끄덕인 김여진이 다시 물었다.

"여기 오시면서 받은 임무가 있죠? 자세히 말씀해주시죠."

"제가 이집트 담당 당 조직위 상임위원입니다. 조직의 감시, 보고를 맡고 있죠."

강영주가 말을 이었다.

"조직의 정치위원이니까요. 내 밑에 정치보조원 셋을 지휘하고 있어요."

그때 이동욱이 물었다.

"리스타에 귀순한 이유는?"

강영주가 고개를 들었다.

"내가 북조선에 있을 때부터 귀순하려고 한 겁니다. 구체적으로 말하면 탈북해서 남조선으로 가느니 이민을 와서 귀순하려는 것이었죠."

"그 이유를 들읍시다."

"간단해요. 자유민주주의 체제에서 살고 싶은 거죠."

강영주의 얼굴에 희미한 웃음이 떠올랐다.

"내가 결혼을 안 한 것도 그 이유죠. 내 결혼 상대로는 공산당 간부밖에 없었거든요."

이동욱이 고개를 끄덕였다.

"현재 이집트의 북한 이민의 조직 상황은 어떻게 됩니까?"

"현재 이민을 온 북한 출신은 모두 조직에 가담되었습니다. 단 한 사람도 예외가 없죠."

강영주가 말을 이었다.

"북조선이 그냥 내보낼 것 같습니까? 이탈자를 막기 위해서 가족을 인질로 잡고 현지에서 처형대까지 조직해놓은 상황입니다. 내가 처형대의 위원이기도 하고요."

"조직의 목적은?"

"조국에 대한 충성심 강화죠."

강영주의 두 눈이 반짝였다.

"그리고 이민 3개월부터 소득의 30퍼센트를 바쳐야 합니다. 세금이죠."

"……."

"또 있습니다. 남조선 이민자를 포섭, 조직에 가담시키는 것입니다. 그러기 위해서 위장 결혼을 적극 권장하고 있지요."

이동욱의 시선을 받은 강영주가 다시 쓴웃음을 지었다.

"그래서 저 같은 미혼녀도 보내는 것입니다. 내가 남조선 출신 사업가하고 결혼해서 포섭하기를 당에서는 바라고 있겠지요."

그때 이동욱이 고개를 끄덕였다. 강영주가 믿을 만했기 때문이다.

"예상은 했지만 심각한 수준이군."

강영주가 방을 나갔을 때 이동욱이 말했다.

이동욱이 말을 이었다.

"이집트뿐만 아니라 아프리카 연방 전체가 이런 상황일 테니, 각 나라마다 싸울 수는 없어."

김여진이 고개를 끄덕였다.

"머리를 잘라야 돼요. 아프리카를 관리하는 현지 책임자가 있을 텐데, 강영주는 모르고 있더군요."

강영주는 이집트의 정치위원에 조직위 상임위원이지만 중간 간부인 것이다.

북한에서 파견된 '리스타 아프리카연방'에 이민 온 북한 이민단의 총책이 누군지 모르고 있다.

그때 이동욱이 고개를 들고 박기준을 보았다.

"난 지금 당장 시급한 IS 문제를 맡을 테니까 너희들은 각국의 북한 조직을 조사해."

이렇게 결정을 했다.

오후 9시 반, 이곳은 구시가지 안가(安家).

저택의 응접실에 이동욱과 김여진이 마주 앉아 있다.

"이제 몸은 괜찮아요?"

김여진이 부드러운 시선으로 이동욱을 보았다.

저녁 식사를 마치고 둘은 차를 마시는 중이다.

이동욱이 고개를 끄덕였다.

"내 적성에 맞는 일을 했더니 컨디션이 더 좋아졌어."

깊은 밤, 창문을 열어놓았기 때문에 더운 바람과 함께 매운 흙냄새가 맡아졌다. 주위는 조용해서 귀에 이명이 울리고 있다.

이동욱이 고개를 돌려 김여진을 보았다.

"무사르하고 알바그다디가 만났을 거야."

"내 생각도 그래요."

김여진이 몸을 붙였다.

"이젠 더 적극적으로 우리를 치려고 하겠지. 벌통을 부순 꼴이 되었어요."

그러나 아직 알바그다디도, 무사르도 흔적을 찾지 못했다. 은신에 천재적인 테러단이다.

"몸바사에서 육로로 피하지는 않았어. 배로 움직였을 거야."

추적에 익숙한 이동욱이 말을 이었다.

"배로 북상했어."

"어디로?"

"당신이 추측해봐."

이제는 이동욱이 친근한 호칭을 썼다.

"일당을 이끌고 어느 쪽으로 갔겠어?"

"북쪽."

"당연하지."

"에티오피아?"

"거긴 내륙이고. 소말리아나 이집트야."

"그럼 여기 와 있을지도 모르겠네."

"첫째 인구가 많아서 숨기에 이롭지."

"잠적하면 찾기가 불가능해."

"계속해서 오사마의 육성을 들려줘야지. 그럼 자극을 받을 테니까."

"해밀턴 사장이 연방을 통해 각국 언론에 방송 중이야."

이동욱의 가슴에 얼굴을 붙인 김여진이 말을 이었다.

"아마 알바그다디나 무사르가 어디에 있건 오사마의 유언을 계속해서 듣게 될걸? 견딜 수 없을 거야."

"경비를 단단히 해야 해."

"각 지부마다 함정을 파놓고 있어."

그러나 그것을 모를 IS 일당이 아니다.

고개를 든 김여진이 이동욱을 보았다.

"그렇게 목숨을 걸고 싸우는 것이 적성에 맞아?"

"그래."

이동욱이 김여진의 어깨를 당겨 안았다.

"이번 작전 중에 시리아에서 여자와 그 가족을 레바논으로 탈출시켰어."

"……."

"여자가 작전을 도와주었기 때문이지."

"뭐 하는 여자인데?"

"여관 주인 딸인데 남자친구가 반정부 활동을 하다가 처형당한 여자야."

"……."

"여자한테 생활자금 1백만 불을 줬어."

"여자 나이는 몇이야?"

"스물다섯."

"잤어?"

그때 이동욱의 얼굴에 웃음이 떠올랐다.

"그게 중요한 거냐?"

"만일 그동안 내가 여기서 딴 남자하고 잤다면 당신 기분이 어떻겠어?"

"생각 안 해봤는데."

"생각해봐."

이동욱이 잠깐 천장을 응시하다가 대답했다.

"배신감을 느낄 것 같네."

"그것 봐."

김여진이 이동욱의 가슴에 얼굴을 붙였다.

"말해. 잤어?"

"안 잤어."

이동욱이 김여진의 이마에 입술을 붙였다.

이제 김여진과 소통이 된 것 같아서 개운해졌다. 서로 속마음을 보여준 것이다.

말 나온 김에 이동욱이 덧붙였다.

"난 너하고 있으면 편안해."

"걱정하지 마."

이동욱의 허리를 감아 안으면서 김여진이 말을 이었다.

"공식석상에서는 철저하게 위계질서를 지킬 테니까."

직장에서 이성 교제가 힘든 이유다.

구시가지의 시장 골목 안.

이곳은 현지인들만 이용하는 오래된 시장으로 낮에는 인파로 들끓는 곳이다. 그러나 지금은 깊은 밤.

쓰레기로 뒤덮인 좁은 길은 텅 비었고 상가는 짙은 어둠에 덮여 있다.

행인도 없었기 때문에 마치 공동묘지 같다.

시장의 야채 골목 안.

'알하단'이라는 낡은 간판을 붙인 가게 안, 셔터를 내린 문 안쪽의 가게 안에 대여섯 명의 사내가 둘러앉아 있다. 그 중심에 앉은 사내가 무사르다.

무사르가 카이로에 입성한 것이다.

그리고 무사르를 정면으로 바라보고 있는 사내는 동양인이다. 이번에 이민을 온 북한 출신 최용호다.

최용호는 이집트 담당 정치국장, 북한 이민의 최고 지휘관으로 오늘 부국장과 보좌관을 데리고 왔다.

무사르와 첫 상면이다.

밤 12시 반. 주위는 조용하다.

먼저 무사르가 입을 열었다.

"난 북한과 인연이 많습니다. 아프간에 있을 때 북한군 교관단한테서 군사훈련을 받았지요."

무사르가 웃음 띤 얼굴로 말을 이었다.

"북한은 IS의 동맹국이나 마찬가지라고 생각합니다."

"동감입니다."

최용호가 고개를 끄덕였다. 52세, 북한군 현역 대좌, 검은 피부에 각진 얼굴,

눈빛이 강하다.

최용호가 말을 이었다.

"IS와 우리의 목표는 같습니다. 미국 제국주의가 지배하는 세계 질서를 바로잡는 것입니다."

"우리가 선봉을 맡겠습니다."

무사르가 말을 이었다.

"북한은 우리의 지원군이 되어주시면 됩니다."

"지금은 우리가 기반을 굳히는 과정이니까 우리도 도움을 받아야 됩니다."

"필요하시면 언제든지 도와드리지요."

무사르가 화답했다.

"잘 아시겠지만, 우리는 다마스쿠스에서 당한 보복을 해야 됩니다."

고개를 든 무사르가 최용호를 보았다.

"몸바사에서 일어난 테러가 남한인만을 겨냥했다는 것을 아직 리스타에서는 모르고 있을 겁니다."

최용호가 고개를 끄덕였고 무사르는 말을 이었다.

"이곳 카이로에서도 남한 출신의 이민자를 공격할 겁니다."

"리스타나 연방 측에서 눈치채지 못하도록 부탁합니다."

"그러기 위해서 이렇게 만나는 겁니다."

무사르의 얼굴에 웃음이 떠올랐다.

"작전을 짜야지요."

다음 날 오전.

김여진에게 정보원 하나가 찾아왔다. 신시가지에 위치한 리스타 빌딩의 김여진 기조실장실 안으로 들어선 사내는 30대쯤의 아랍인, 후줄근한 차림의 왜소한 체격이다.

아부핫산, 리스타연합 소속의 총무부 소속 버스 운전사로 채용되었지만 전직 이집트 정보국 출신이다.

앞쪽에 앉은 아부핫산이 김여진을 보았다.

"구시가지 채소 가게 골목에 소문이 났습니다. IS가 카이로에 왔다는 것입니다."

아부핫산은 정보국 시절부터 운용하던 정보원들을 지금도 고용하고 있다.

직책은 총무부 소속 버스 운전사지만, 김여진의 직속 정보참모다.

긴장한 김여진에게 아부핫산이 말을 이었다.

"어젯밤, IS의 지도부가 채소 가게 골목의 '알하단' 가게 안에서 한국 이민자하고 만났다고 합니다."

"한국 이민자?"

"예, 확실합니다. 한국 이민자 셋입니다."

"……."

"IS 측은 고위층인데 신분은 확실하지 않습니다. '알하단' 가게 옆의 가게 종업원이 문틈으로 엿보고 나서 알려준 것이니까요."

"IS라는 증거는?"

"알하단이 제 입으로 아들한테 말한 것입니다. 그 아들이 자랑삼아서 제 애인인 여자한테 말한 것이고요."

"……."

"그 여자가 옆쪽 가게 종업원의 동생입니다."

그리고 그 종업원이 아부핫산의 정보원인 것이다.

이것이 이집트 정보국의 '세포 정보원'이다. 세 단계만 거치면 1천만이 넘는 카이로 시민과 다 연결되는 것이다. 하물며 시장 안이었으니 말할 것도 없다.

그때 김여진이 물었다.

"IS의 숙소는?"

"구시가지 알마르다니 모스크 뒤쪽에서 놓쳤다고 합니다."

고개를 끄덕인 김여진이 아부핫산을 보았다.

"공을 세웠어, 아부핫산."

<3권에 계속>